錨を上げよ〈一〉
出航篇

百 田 尚 樹

幻冬舎文庫

錨を上げよ〈一〉出航篇

錨を上げよ〈一〉出航篇

目次

錨を上げよ

〈二〉
座礁篇

〈三〉
漂流篇

〈四〉
抜錨篇

第一章　進水

1

人生は動き回る影法師、哀れな役者、とマクベスに語らせたのはシェークスピアだ。ゲーテは『ファウスト』のラストで「すべて移ろい行くものは永遠なるものの比喩にすぎず」と神秘の合唱で歌わせた。しかし人生は影ではないし、人の世もまた比喩ではない。皆、唯一無二の存在だ。同じに見えて同じものは一つもない。

ぼくは昭和三十年、大阪に生まれた。戦争に負けてちょうど十年目に生まれた子供というわけだ。十年ひと昔のたとえ通り、その頃ではもうしたたかな庶民にとっては戦争の感傷などとうにお呼びでないものになっていた――少なくともぼくの両親や祖母、それに町のオヤジやおカミさんたちにとってはだ。しかし戦争の傷跡は完全に癒えていた時代でもなかったのだ。誕生の翌年に発表された『経済白書』には「もはや戦後ではない」とやけに強調されてはいたが、当時日本は国連にも加盟が許されていなかったし、国内にはまだアメリカの進駐軍もその一部が残っていた。生まれた町は大阪の中心街から淀川で大きく隔てられていたため、市街のように一面焼け野原になることだけはなんとか免れてはいたが、それでもぼくがかなり大きくなるまで、戦争の名残りなら町のいたる所に見受けられた。幅数百メートルを越える淀川の河川敷には空襲の爆弾跡の池や窪みがいくつも残っていたし、家の近くにあった水道局の浄水場の壁には米軍戦闘機の機銃掃射の痕があばたのように残っていた——離れて見るとまるでミシン穴のようだった。何しろ当時はまだ大阪のどまん中にも、数千発の爆弾を喰らって完全な廃墟と化した杉山工廠跡《すぎやまこうしょう》——『日本三文オペラ』の舞台として有名だ——がそのまま巨大な荒地として残っていたし、大阪駅前の阪神百貨店の裏でさえ、戦後の闇市跡がそっくりバラックの町として定着していたくらいだった。それに十三《じゅうそう》のガード下や梅田の歩道橋にはいつも白い服を着た傷痍《しょうい》軍人たちが大勢いた。手や足が取れたまるで壊れた人形のような人間たちの姿は、幼いぼくにも戦争の不気味さを教えた。

とはいえ、戦争はぼくの世界からはやはり遠いところにあった。歪んだ鉄骨を剝《む》き出しにしたままの壊れた淀川の橋梁《きょうりょう》も、コンクリートの壁に残る銃痕も、ぼくのような子供にとってみれば、大阪城の遺跡と本質的にはなんら変わるところはなかったのだ。大人たちも戦争のことなど滅多に話題にしようとはしなかったし、時折口にしたところで、かつて民族の一大危機が日本を襲ったというふうに話す人など一人も——少なくともぼくのまわりでは——いなかった。その頃の町の人たちにとっては、今日の生活こそが第一の関心事であり、戦争の悲しみをひきずっている暇などあるはずもなかったからだ。まさに「古き悲しみの上に新たなる涙を流すべきにあらず」と言った詩人エウリピデスの言葉そのままだ。もっとも、当時の日本中がすべてそうだったとは思わない。もしぼくが広島か沖縄にでも生まれていたならば、また違ったふうに戦争を捉えていたことだろう。

　繰り返すが、ぼくの生まれた町は大阪だ。大阪くらいしたたかな生命力を持った町はない。まるで巨大なゴキブリだ。取れた足を悔やんでいる暇があるなら残飯でもあさっていた方がましというものだ。なりふりなど構わない。上品さなど持ったこともない。おまけに大変ないらちときてる。嘘だと思うなら、街中を往く人を見てみるといい。のんびり歩いている人なんか一人もいない。車で街を走っても同じこと。車線などはただの模様――ジグザグ、割り込み、なんでもござれ。君が歩行者なら十分過ぎるくらい気をつけることだ。青でも油断は禁物だ――有難くないことに、事故も轢き逃げも、おまけに駐車違反も他の町を圧倒している。情けないことにひったくり件数も何年も全国のワーストだ。

　とにかく万事がこの調子。下品で、ずるくて、しぶとくて、ルール無視でもお構いなし――それがぼくの知っている大阪だ。無手勝流の放浪児オーギー・マーチを生んだのが黒くくすんだ都市シカゴなら、ぼくを生んだ大阪も、したたかさでひけを取ることはないだろう。薄味好みで品のいい上方《かみがた》文化も、下町庶民には全く縁のない世界だ。『細雪《ささめゆき》』の蒔岡《まきおか》姉妹のことなんか、ぼくらの知ったことじゃない。商売、漫才、喰い倒れ、ぼくが生まれ育ったのはそういう町だ。インスタントラーメンも回転寿司もプレハブ住宅も大阪発祥だ。安くて手っ取り早いというのがいかにもこの町らしい。

話をぼくに戻そう。又三《またぞう》というのがぼくの名前だ。なんともひどい！　親父が付けた。とても戦争が終わって十年もして生まれた子供の名前とは思えない。それというのも、ぼくが予定よりひと月も早くこの世に飛び出した時、なかなか挨拶しようとしないぼくを逆さに吊り下げ、尻を思い切りぶっ叩いてくれた産婆の岡井《おかい》婆さんが「おそらく三つまで生きないだろう」とぬかしてくれたおかげだ。生まれてすぐに尻に平手打ちを喰らうなどは、ぼくのその後の人生を象徴しているような出来事でもあったが、それはともかくとして、取り上げ三十年のベテラン産婆の言葉を聞いた親父の又次《またじ》は、種を仕込む前から考えていたというとっておきの名前をひとまず保留にし、代わりに慌てて、しかも極めていい加減に命名したのがこの名前という訳だ。この時後廻しにされた「竜之介《りゅうのすけ》」という名前は、二年後弟にとられることになる。ついでに言えば、そのまた一つ下の弟は剣之介《けんのすけ》だ。死んでも惜しくないような名前を付けるというのも、親父としては上出来の発想かもしれなかったが、死ぬとわかっていたならもう少しましな名前を付けてやるのが本当の親心というものだろう。

ところで、二人の弟の名前にしたところで、実際にはかなりの時代錯誤的な代物だ。講談本しか読まない親父とはいえ、子供にはもっと時代にふさわしい名前をとは思わなかったのだろうか。ちなみに親父は夜間中学しか出ていない。が、学歴の低いのは彼のせいではない。

親父は大正十二年生まれだが、その当時の多くの子供は中学など行けなかったからだ。親父の趣味は別にして、戦後十年も経って剣之介や竜之介といった侍の名前はないだろう。せめて由緒ある血筋でも引いているのならそれなりに納得もするというものだが、「作田《さくた》」という姓が、とても士族の血統を匂わせるとは考えられない。事実、本家は——我が家は三代前に分かれているが——大阪のずっと南で百姓をやっている。それも戦後の農地改革の折に手に入れた土地でだ。

というわけで、作田又三というのがぼくの名前だ。小さい頃はこの名前のことで近所の悪ガキどもと何度やり合ったかしれない。なにしろからかいのネタにするには恰好の名前だ。産婆の岡井婆さんの予言にもかかわらず、ぼくはたくましく育ち、物心つく頃には近所でも札付きのケンカ坊主になっていた。もっともケンカはぼくたちの町の子供にとっては日常茶飯事で、ある意味ではビー玉やベッタンや三角野球よりもずっとポピュラーなゲームの一つだった。

何度も言うようにぼくが育ったのは大阪の下町だ。近くのガード脇には何組もの朝鮮人家族が住んでいたし、隣町には大きな被差別部落もあった。当時はまだ「同和」などという呼び名も無く、町の人たちはただ「部落」と呼んで彼らをその貧しさと共に差別した。しかしそう言う町の人たちの暮らしもまた相当にひどいものだった。たいていがバラックのような長屋造りの小さな家に住み、職の無い人も珍しくなかった。ぼくの家も例にもれず、両親と祖母、それに三人の子供の計六人が、二軒長屋の四畳二間と六畳一間の狭い家に住んでいた。リビングルームなどはもちろんのこと、廊下も風呂もない家だった。炊事場さえも玄関前にトタンで囲って作ったものだったし、家の外にある便所は、隣家との共同だった。親父の母である祖母に言わせると、「ほんまはウチのやけど貸したってるんや」ということだが、借家住まいの身ではそれもおかしな言い分だ。

我が家に水道が引かれたのでさえ、ぼくが四つになった時だ。それまでは洗濯は近くにある浄水場の裏を流れる川でしていた。浄水場の裏を使うのには理由があった。裏門横の排水管から一日に何度か、浄水用の釜を冷やすために使った水が湯となって流れてくるという情報を祖母がどこからか仕入れてきたからだった。彼女はそんな穴場を見つけてくるのが得意だった。ある日、母が近所の貧乏カミさん連中と、いつものようにそこで洗濯をしていると、めったに開いたことのない裏門から浄水場の人が顔を出し、母たちを見て呆れながら、この湯は職員の風呂に使ったものだと教えてくれた。母の驚きと怒りは大変なものだった。なにしろ、笑い転げたぼくをいきなり張りとばしたくらいだったのだから。結局その晩の母と祖母の大喧嘩の末、我が家にもようやく水道が引かれることになったというわけだ。

そうした暮らしにもかかわらず、ぼくは自分の家が特に貧しいとは思わなかった。近所も皆同じようなものだったし、もっとひどい家さえいくらでも見ることができた。それに子供はそんなことにはたいてい気が付かないものだ。あるいは両親や祖母でさえ気付いていなかったかもしれない。敢えて言えば大阪の町全体が貧しかった。当時、大阪で一番高いビルは九階建ての阪急百貨店だった。大阪城は市内からだとたいてい見えた。下町では道路はほとんど舗装もされていなかった。

母は気性の激しい女だった。後年は信じられないくらい穏やかな性格になったが、当時は一度頭に血が昇ると手がつけられなかった。彼女の武勇伝はいくつもあったが、折伏《しゃくぶく》に来た創価学会の連中をすりこぎを振り廻して追い返したのは近所でも知らない者はなかった。祖母もまた気の強いことでは母に勝るとも劣らなかった。二人はほとんど毎日のようにののしり合い、時にそれは摑《つか》み合いにまで発展したが、二人とも単純な頭の持ち主で、怒りを根に持つことはなかった。その点では、実の親子以上によく似ていた。また実際はかなり仲も良かった。二人に比べ、親父は気の弱い男だった。他人とは争い事などはもちろん、正当に言うべきことさえまともに言えなかった。しかし家の中では暴君だった。すぐ子供たちに手を上げたし、酒を飲んだ日には母を殴ることさえあった。

そんな環境で、子供が上品に育つはずもない。むしろ二人の弟のおとなしい性格こそが突然変異だ。しかし見方によっては、親父の気の弱い側面を多分に受け継いでいるとも言えた。

逆に、母と祖母の両方の血をまともに引き継いだのがぼくというわけだ。体にしても、風邪一つひかないぼくの頑健さに比べ、弟たちはどちらかというとひ弱な体質だった。動物の母は一番強い子を最も大事にするというが、その本能は人間に関してはあてはまらないようだ。母は弱い弟たち、とりわけ病弱だった剣之介を可愛がった。もっとも、幼いうちから、きかん気とやんちゃで親の手をさんざんわずらわせた兄とは違い、弟たちは二人とも両親の言うことをよくきく素直な子供だったからということもある。

両親も祖母も教養からは程遠い人だったから、その点では子供たちに教えるものなど何一つ持っていなかった。誠実に生きることや真面目に暮らすことを示すのに、教養の有無は関わりないはずだが、母がぼくに教えようとしたのは――もちろん無意識のことだが――およそ正反対のことだった。母に与えられた最初の教訓は「他人を信じるな」というものだ。彼女のその言葉はそもそも親父に言っていたものだった。その頃、親父はそれまで働いていた工場のストライキに巻き込まれて馘《くび》になり――運の悪いことに、組合員でもないのにただ一人の処分者としてだ――友人の紹介でまた別の工場に勤めに行っていたが、そこでも工場が経営不振とかで何ヵ月も給料が出ていない状態が続いていた。結局は計画倒産で半年余りの給料も未受給のまま、またもや失業者となるのだが、その後も彼は何度かそういう目に遭っている。こうしたことが善良性からきていたということは、残念ながらない。多少は人のいいところもあっただろうが、概して善良と言えるほどの人ではなかった。

　今でも覚えている一つに、親父がタバコ屋に新生《しんせい》を買いに行くのについて行った日のことがある。いったいにぼくの幼い日の記憶の数々は、『失われた時を求めて』の主人公のように紅茶に浸したマドレーヌ菓子の味と同時に甦るといったものではなく、むしろ宿便のようなといった感じの方がぴったりくるものばかりだ。それはともかく、タバコ屋の店主は、何か考え事でもしていたのか、親父の出した百円札を千円札と勘違いし、釣銭を九百六十円も出した。店を離れてから、ぼくが親父の狡《ずる》さをからかうと、彼は「出鱈目《でたらめ》を言うな」と怒鳴るなり、ぼくの頭を張りとばした。これをみても、親父の一連の不運は善良性の故ではない、ということは理解してもらえるだろう。

　ぼくが少し大きくなると、母は最初の教訓をより具体的にしてぼくに示した。それは泥棒に気をつけろというものだ。母と祖母の二人の口癖は「世の中は泥棒だらけや」というものだった。その言葉が彼女たちの口から吐かれる時、まさに正しい重みを持っていた。というのは、二人とも泥棒だったからだ。二人はよくいろんな場所でいろんな物をちょろまかしてきた。といってもたいていは靴下とか野菜といったケチなものばかりだったが。二人の教訓にもかかわらず、ぼくはよく物を盗まれた。しかしそれは他人を疑うことを知らない無垢な性格のせいではなく、たいていの場合ぼんやりしていたからにすぎない。もともと自分の持ち物に絶えず緊張した目を光らせているといったことは苦手だった上に、当時はまさに至る所に小泥棒がいたのだから無理もない話だ。実際その頃は、どこで何を盗まれるかわからない時代だった。銭湯で服を盗まれ——子供用の服だ！　——パンツ一丁で帰ったことも一度ならずあった。母は「このスカタン！」と怒鳴りつけ、祖母は大笑いした。二度目の時は、母はぼくを弟たちから引き離して言った。

「せめてシャツとズボンぐらいどっかで借りてくる器量はないんか」

「借りてくる言うたかて——誰に借りたらええんや」

彼女は呆れたように口を開け、それから腹立たし気に「あほが！」と怒鳴った。

「ちょっとぐらい、誰にでも借りれるやろが」

しかし本当のところは、ぼくもまた泥棒の一人であったのだ。庭のガラクタ箱に放り込んであったフラフープもダッコちゃんも、そうして手に入れたものだった。

両親がこんなふうだったから、親戚を見廻してみたところで、素晴らしい血が流れていると思わせる人物など一人もいないのは当然のことだった。「誰にでも風変わりな叔父が一人はいるものだ」とはモームの言葉だが、ぼくの場合には、親父の三人の兄弟の全員がそれにあてはまった。長男の健一《けんいち》伯父は、作田の血には珍しく進取《しんしゅ》の精神に富んだ人物であり、明治維新後「作田」の姓が与えられて以降の一族の中で、おそらく最も成功した人物だった。

戦後、南方から復員するや、大阪で進駐軍から横流しされた物資で一儲けし、さらに城東線《じょうとう》——現在はＪＲ環状線の一部になっている——あたりを根城にしていた屑鉄《くずてつ》泥棒のアパッチ族との商売で鉄工会社まで経営した。会社は折からの朝鮮戦争による特需景気で、あっという間に規模を拡大した。この頃が伯父の人生の最良の時だった。結婚もしていないのに、二号、三号と妾《めかけ》をつくったり、運転手付きの外車に乗ったり、女のために北の新地のクラブを丸ごと買い取ったりと、当時の彼の信じられないような景気のいい成金ぶりは、後々までも語り継がれていた。親父が戦前から勤めていた国鉄をあっさりと辞め、伯父の会社に入ったのもこの頃だった。

この時こそ、イタリア人における「ローマ帝国時代」や、モンゴルの遊牧民における「元」時代のように、作田家にとって最高の栄光の時代だった。しかし帝国の崩壊はあまりに早かった。商売の規模を拡大しすぎたのと、無軌道な経営および浪費がたたり、朝鮮戦争の鎮《しず》まりと同時に、会社はあっという間に倒産してしまった。親父は以後、就職と失業を繰り返す生活に入るのだが、経営責任者だった伯父の方はそれどころではなかった。執拗《しつよう》な債権者から逃げまわりながら、それでも彼は何度か事業を企てたが、もともと商才などはたいしたこともなく、最初の成功は時代の流れとツキによって助けられた、言うなれば初めてのレースで買った馬券が万馬券になったようなものだったから、以後に企てた事業などどれ一つとして成功しなかった。ぼくが生まれた頃には、すっかり尾羽うち枯らし、天王寺駅の近くで石焼きイモの屋台を引いていたということだ。そしてその後まもなく胃潰瘍を悪化させて死んだ。

親父のすぐ下の弟、文三《ぶんぞう》叔父も、健一が鉄工会社を起こした時にすぐ傘下に加わった一人だが、会社が潰れた後は、あっさりと元の大工見習いに戻った。文三叔父は気の短い男で、喧嘩早いことでも知られていた。傷害事件で何度も警察の世話になった挙句、棟梁《とうりょう》や仲間からも嫌われ、結局一人立ちはできなかった。その後、親父と同様何度か職を転々とし、最後はトラックの運転手になった。

健一とその兄弟たちが有卦《うけ》に入っていた時、おこぼれに与《あずか》ろうとしなかったのは、末弟の信吉《しんきち》だけだった。しかしそれは彼が時代を読みとっていたわけでもなければ、ささやかな矜持《きょうじ》のためといったものでもない。彼は生来の怠け者で、働くのが何よりも嫌いな男だったからだ。兄弟の中でただ一人徴兵を免れた彼が――敗戦の時は十八歳だった――おそらく一番苦労したのは戦争中の徴用として軍需工場で働かされていた時だった。戦後はどうした縁か、年上のコールガールのヒモになって仕事もせずに暮らしていた。売春防止法のできる少し前にその娼婦との仲も切れ、彼は堅気の娘と結婚して心機一転、金物屋の店員として新しいスタートを切ったが、それも束の間、またぞろ怠け癖が顔を出し、いつのまにか生活は妻に頼るということになっていた。親戚が集まるたびに、信吉を何とかしなければという話題が出た。

　情けないことに、この三人のおじの性格の特殊な部分は、ほとんどすべてといっていいくらい、ぼくに引き継がれていたのだ――後年それを嫌というほど思い知らされることになる。

　父の家に比べて母の兄姉たちはかなり裕福で躾《しつけ》のいい家庭に育ったらしく、伯父と三人の伯母たちは父の兄弟のような規格はずれの人ではなかった。山中家《やまなか》――母の実家――の兄姉たちは母を除いて全員が中学校か女学校を出ていた。親父の兄弟たち全員が高等小学校卒業なのと比べてえらい違いだ。母が女学校へ行けなかったのは、生まれるタイミングの悪さにほかならない。昭和二十年の大阪大空襲で、大淀区《おおよど》――今は北区に合併――の家と父を同時に失くしてからは、山中家も喰うことで手一杯でとても末娘の女学校どころではなかったからだ。そのため彼女は四人の兄姉たちの境遇に比べ、自分は取り分を不当に差し押さえられたという意識をかなり長い間持っていたようだ。しかし見方を変えれば運が良かったとも言えた。なぜなら、三人の姉は軍需工場に動員され、うちの二人はその時の過労と栄養不足で終戦に前後して亡くなっていたからだ。長男である重一《しげかず》伯父は、除隊後大阪市の公務員となり、その下の治子《はるこ》伯母は少し後に市内の銀行員と結婚していた。

　さて、ぼくが物心つくようになった頃には、社会は神武《じんむ》景気を上廻る岩戸《いわと》景気に浮かれていたが、一方では六〇年安保をめぐっての激しい嵐が吹き荒れてもいた。しかし、ぼくの両親、祖母、それにほとんどの町の人たちにとって、そんなことはたいして関心がなかった。親父は失業中だったし、家は借金だらけの上に、祖母が見つかった盗電の罰金まで払い続けていたのだ。当時、多くの家では電気は夜間だけで、貧しい住人たちは昼間は電線から勝手に電気を盗んでいたのだが、祖母は盗電見回りの関西電力の人に見つかったというわけだ――このどんくさい失敗に、当然のことながら母は荒れ狂った。

この頃は電器屋や銭湯のテレビで安保乱闘シーンのニュースフィルムもよく流れていたし、近所にも政治に関心のある男はいた。たとえば寺の一人息子は東京で学生運動に身を投じていた。彼は町から出た初めての大学生だった。父親の坊主は、町の人に出会うたびに、息子は社会正義のために闘っているのだ、と言ったが、口の悪いおっさん連中はいつも陰で、「あんな弱虫に何ができるか。いつも喧嘩でピーピー泣いとった奴が！」とにべもなかった。

彼らがテレビで見たかったのは、そんなニュースよりもプロレスだった。当時のプロレスくらい大人たちを熱狂させたものはない。力道山の試合となるといつも銭湯が一杯になった――この頃、ぼくらの町の住民の多くはまだテレビを持っていなかった。親父もプロレスには目がなかった。テレビの前で肩車してもらえるのはいつも最初のうちだけだった。試合が白熱すると下に降ろされ、あとはいくら頼んでも知らんふりだった。大人たちは力道山が空手チョップで外人レスラーを叩きのめすと歓声を上げ、反対に敵が反則でもしようものなら激しい罵声《ばせい》と怒声を浴びせた。中でも野次の一番大きかったのは阪急電車の踏切番をしていた徳田《とくだ》さんだった。日頃は無口でおとなしく、いつもにこにこして踏切の開閉をしていた徳田さんがあんな大きな声を出すのには驚いた。

「野郎見たか！　一対一でやったら日本人がアメ公なんかに負けるかい。なあ、みんな」

周りの者は口々に、「当たり前やないか」「進駐軍なんか、糞喰らえじゃ！」と喚《わめ》いた。まさに力道山こそ大人たちにとっての月光仮面であり怪傑ハリマオであったのだ。プロレスが八百長だと知ったのはかなり大きくなってからだった。それに実際は力道山は朝鮮人だったのだ。

2

そうした世界の中で未明の時を過ごしたぼくは、やがて小学校に入学した。ぼくの町は同和地区にある小学校の校区に組み込まれていたのだが、この町のほとんどの子供たちと同じく隣町の小学校に越境入学した。当時はこんな間違ったことが平気でできた。

ところでこの学校というものほど嫌なものはなかった。なにしろ学校にいる時間の大半を机と椅子に縛りつけられて過ごすのだから、その苦痛たるや大変なものだった。授業も何一つ面白いと思わなかった。国語、算数、理科、社会と、全く次元の異なるところへ集中力の対象を変更していき、しかもこちらの意思や興味などお構いなしなのだから、好きになれる道理がない。しかし稀《まれ》には授業の内容に興味が湧くこともあった。ところが、そんなときはいつも自らの好奇心のおもむくまま勝手に下らない質問ばかりを連発して、しばしば授業を中断させるか大いに脱線させてしまうものだから、たいていの場合教師をかんかんに怒らせてしまうという結果に終わった。教師にすれば、小憎らしいガキにからかわれているような気分だったのだろうが、ぼくの方でも肝心な疑問の数々には一向に答えてくれない彼らに対して大いに立腹していた。そんなことがおよそ何十回か繰り返されるうち、授業などにはもう何の興味も湧かなくなってしまった。同時に、こんな窮屈な思いをさせられる小学校というところなど辞めてしまいたいと考えた。しかし残念ながらぼくの母はエジソンの母でもなければ『窓ぎわのトットちゃん』の母でもなかった。学校に行かないと言ったところで、頭に平手打ちを喰らう以外に何をしてもらえただろう。ぼくが小学校で最初に学んだのは「世の中には不自由が存在する」ということだ。

一年もすると、両親にもぼくが出来損ないだということがわかってきたようだ。それまでにも近所の大人たちから、「ひどい悪ガキ」「こんな憎たらしいガキはいない」と口を揃えて罵《ののし》られていたのだが、両親はやはり親バカのせいか、それほどまでとは思っていないようだった。ところが小学校での成績が滅法悪い上に、学校からはしょっちゅう呼び出しを受け、教師たちからぼくの悪童ぶりに対して注意や小言を聞かされ続けていれば、さすがの彼らも評価を改めざるを得なかった。授業参観の日など、母は決まって他の親たちに皮肉や悪口を言われ、結局いつも喧嘩となり、二年生になった頃にはもう二度と学校へ来ようとはしなかった。

そんなわけだったから、ぼくに理解を示してくれた教師は一人もいなかった。一、二年を受け持ったヒステリックな中年の女教師は、最後の家庭訪問の時に「十五年教師をやってきましたが、こんな憎らしい子は初めてでした」と怨みのこもった捨てゼリフを残して帰って行った。入学早々、彼女が大便をきばっている時に、トイレの戸を開けて「ウンコたれババア！」と大声で叫んだのをずっと根に持っていたのだ。ぼくにしてみれば、その前の授業中に、モスラの落書きをしていたノートをいきなり取り上げ破り捨てられたことへの復讐のつもりだった。

三年生の担任は男で、戦前の匂いを残す初老の鬼教師だった。気に喰わないことがあると、子供に対しても容赦なく手を上げた。新学期が始まって三日もしないうちに男子のほとんどがビンタの洗礼を受けたし、以後も毎日のように犠牲者が出た。ぼくは当然その常連組に名を連ねていたし、しかもビンタの後の目付きが悪いという理由でたいがい余計に叩かれた。彼の制裁はかなり手荒いもので、背中を叩かれた時には数秒間息ができないくらいだったし、頬に平手をもらえば丸一日お多福でいなければならなかった。そうした暴力が問題になることはなかった。当時は少々の暴力教師などどこの学校にもいたし、下町の小学校でこんなことが騒がれるはずもない。日教組が大きな顔をしだすのもずっと後のことだった。その証拠に、毎年元日の朝には全校児童が校庭での日の丸掲揚の儀式に呼び出しを受けていたし、天皇が大阪訪問をした時など、近くを通られるというので、朝から授業を中止して、各自紙製の日の丸の小旗を手に三時間も沿道に整列して待機させられたのだ。行幸《ぎょうこう》の一行は、昼前に突然、数台の車と共に現われたかと思うと、あっという間に通り過ぎていった。ぼくたちにしてみれば、不意をつかれたのと、天皇がどの車に乗っていたのかわからないのとで、旗を振るタイミングさえつかめなかった——もっとも車が来る頃には、男子生徒のほとんどの小旗が棒だけになってはいたが。

さて、母はぼくのおかげですっかり学校というものが嫌いになっていたが、彼女の気持ちをがらりと変えてしまったのがすぐ下の弟の竜之介だった。小学校へ上がるや初めての通知表で「オール5」をもらってきた時には家中が仰天した——その中にはもちろんぼくも入っていた。母はまるで自分が取ったかのように喜んだし、それまで学校の成績などには全く興味を示さなかった祖母までも急に竜之介を持ち上げ出した。もっとも彼女の場合、ぼくには少々腹が立つ褒《ほ》め方をした。

「又三はヤンチャなだけのどうしようもない奴やけど、竜之介は出来がええ。なんちゅうても、これからの世の中、教育が無《の》うてはあかん」

　こういったことを彼女は近所で言いまくった——最後の言葉だけはそっくり母の受け売りだったが。それまでどちらかといえば、祖母の一番のお気に入りはぼくだっただけに——ぼくの喧嘩の強さが彼女の自慢の一つでもあったのだ——掌《てのひら》を返したような彼女の言葉にはかなり腹が立った。とにかく竜之介の通知表のおかげで、ぼくの肩身が大いに狭くなったのは間違いない。

　しかし親たちの前では長男の権威を失っていたとはいえ、弟たちには依然として頼もしい兄貴だった。二人の弟はどこへ行くにもぼくに付いて来たし、近所の悪童どもから——そう言うぼくもその一人だったが——弟たちを守ってやれる者はぼくだけだった。いったいに長男くらい苦労するものもない。「総領の甚六《じんろく》」などという呼び方は、ええしのぼんぼん野郎のための言葉ではあっても、ぼくの町の長男たちにはおよそあてはまらない。殴り合いの末にようやく相手をへこますや、今度はその兄貴がやってくる。ところがこちらがやられても助っ人は誰も現われない——なにしろ自分が総大将なのだから。子供の喧嘩に親が出ることはまずなかった。稀にはそんな親を持つ因果な子供もいたが、二、三度そんなことがあれば、誰もその子を相手にしなくなる。もちろん、ぼくの両親も一度だってしゃしゃり出て来たことはない。喧嘩に負けてボロボロにされて帰った時も誰も何も言わなかった。慰《なぐさ》めもされなかったし、怒られもしなかった。ただいつも祖母だけはおかしそうに声を上げて笑った。両親の態度は弟たちの場合でも例外ではなかった。しかしその場にぼくがいたならば、ただちに家を飛び出すのは言うまでもない。弟たちのためなら、たとえ相手が中学生であろうと逃げたことはない——自分のためだけなら、相手によってはたまに戦闘を回避することはあってもだ。

学校の勉強はともかく、喧嘩にはかなり自信があった。加えて、ぼくの得意は、ビー玉とベッタンだった。路地裏はそうしたものの戦場だった。拾ったシケモクをくわえながら——たいていはただくわえているだけだったが、中には本当に喫ってる奴もいた——道で行なうビー玉の勝負は、後年見た場末の玉突場の雰囲気に何と似ていたことか。もっともそれは少し前に流行《はや》っていた裕次郎や小林旭を真似た先輩たちから引き継がれていたものかもしれなかった。よれよれの長ズボンのポケットに両手を突っ込みながら——当時、下町の子供たちは夏でも長ズボンを穿《は》いていた——ぶらぶら歩き、平気で道に唾を吐き、いつも歯をシーシーと鳴らしている、というのがぼくの普段のスタイルだった。こうしたことはすべて先輩たちから学んだものだ。

なかでもぼくが最も尊敬していたのは、何代目かの町のガキ大将を襲名していた中学生のカズ兄《にい》だった。ぼくにワンツーストレートパンチを教えてくれたのも彼だった。銭湯のテレビで見たカミソリ海老原から学んだパンチということだった。この左ジャブと右ストレートのおかげで――実際の海老原はサウスポーだったのだが――ぼくたちの町の悪童たちは皆、子供の喧嘩としてはレベルが一桁《けた》違うくらいに強かった。彼から教わったものは喧嘩のやり方ばかりではない。万引きの方法、指の鳴らし方、タバコの喫い方、啖呵《たんか》を切る時の巻き舌のやり方、ビー玉の勝ち方、カーブの投げ方など、およそ路地裏でぼくが生きていくすべての知恵は彼から学んだと言っても過言ではない。カズ兄こそ、下町の幡随院長兵衛《ばんずいいんちょうべえ》であり、同時に、ぼくにとってのラスト・ヒーローだった。

そう言ったのは、彼以上の英雄が以後の人生において現われなかったという意味ではなく、純粋に他人を尊敬したり、憧れたり、心の底から偉大だと思える時代に現われた最後の人物が彼だったということだ。それはちょうどすべての子供たちが通りすぎる神話時代に見た、半神半獣たちの王のようなものだ。ぼくたちの町によそ者が殴り込みをかけて来た時の彼の活躍は、路地裏の歴史に百年は語り継がれるほどの見事なものだった。しかしある日、彼はパチンコ屋でちんぴらヤクザと喧嘩して腹を刺されて死んだ。ぼくにとってその衝撃の大きさは、同じ年に死んだケネディや力道山の時なんかとは比べものにならない。

幼い日のぼくのもう一人の理解者は魚屋の二階に住む弦蔵《げんぞう》じいさんだった。寺の裏庭へ入るには魚屋の屋根伝いに行くしか道がなかったので、ぼくたちはよく屋根の上を走った。そんな時、よく駐屯地となったのが弦蔵じいさんの部屋だった。魚屋はぼくたちを見つけるとカンカンになって怒ったが、弦蔵じいさんは子供には優しかった。子供たちもこの一風変わった老人が好きだったが、近所での評判は良くなかった。かつてヤクザだった彼のことを祖母は「仕事はせんわ、喧嘩はするわ、ほんまどうしょうもない奴《や》っちゃった」と憎々しげに言った。両手とも小指がなく、長い間、刑務所に入っていたということだったが、ぼくたちはただの一度も彼の怒った顔を見たことがなかった。いつもにこにことした好々爺《こうこうや》という感じの老人だった。反対に彼の妻は、いつも泣くのを必死でこらえている子供のような顔をしていた。年老いてできた一人息子を戦争で失った悲しみから抜け出せないのだ、というのが祖母の意見だったが、それが正しいかどうかはともかくとして、彼女はぼくたちに優しくなかった。それどころか夫のいない時には怒鳴りつけることもあった。

弦蔵じいさんは多くの子供たちに勝手に渾名《あだな》を付けて可愛がった。もっとも、カボチャとかバンソウコウとかコンニャクといったあまり有難くない名前ばかりだった。彼がぼくにつけた渾名は「ドラ猫」だった。彼はよく「ドラ公」と言ってぼくを部屋に呼び、何回かに一回の割でお菓子やパンをくれることがあった。最初は呼ばれるといつも部屋に上がっていたが、そのうち、その時の呼び方の調子で、お菓子のある時とない時の区別がつき、ない時は聞こえないふりをして屋根の上を通りすぎた。彼はそんなことで一向に気を悪くしたふうも見せなかったどころか、むしろ喜んでいるようなところさえあった。実は彼が子供たちの中で一番気に入っていたのは、なぜかぼくだったのだ。もしかしたら肉親を除いては、ぼくを可愛がってくれた唯一の大人だった。彼がぼくの何を気に入ったのかはわからない。ただ、よく言われたことがある。

「ドラ公、お前はガキの中でも一番たいした奴っちゃ。すばしこいし、頭も切れる」

ぼくはお菓子を頬張りながら、内心の嬉しさ——それはやはり嬉しいものだった——を懸命に隠して言った。

「弟らの方が、俺よりもずっと賢いで」

「ああ、エンピツとコンニャクか。あんなもん比べもんになるか。お前の方が数等上やで」

弟らを貶《けな》されると、正直言って複雑な気持ちだった。

弦蔵じいさんはぼくが喧嘩も賭け事も強いことを知っていた。それに近所のおカミさんたちの嫌われ者であることも。彼は、まともな大人たちにとってはとても褒められたものではないぼくの行為の数々を喜んでいるらしかった。そんな彼の考え方はひどく幼稚なものなのだと子供心に思いながらも、それでも褒められることは嬉しかった。

町にはもう一人風変わりなじいさんがいた。成田《なりた》金治《きんじ》というのが本名だったが、町の人たちは「成金さん」と呼んでいた。その渾名は彼が将棋マニアであることに由来していた。彼の腕は大変なもので、近隣では敵う者がなかった。小遣い稼ぎに、ヤクザにインチキ詰将棋を教えていたくらいだから品のあるアマチュアではない。将棋のスタイルも勝負に徹したもので、およそ華麗さからは程遠いものだった——これは近所の将棋好きの大人たちの評だ。隠居前の職業が下駄屋ということもあって、我が町の阪田《さかた》三吉《さんきち》というところだった。ただ、平手は「真剣」——賭け将棋のことだ——でしか指さないという妙な美学を持っていた。一度、彼の噂を聞きつけて梅田の銀行に勤めるアマチュアの五段が挑戦したことがあった。その人は町にいる親戚から「成金」じいさんのことを聞いたらしかった。五千円を賭けて行なわれたその勝負は、終始押されていた成金さんが、終盤奇策を用いて逆転勝ちした。町の人たちは改めて彼の勝負師らしいしぶとさに舌を巻いた。しかしその彼が、あろうことか小学生の鼻たれ坊主に負けた時は、皆はあっと驚いた。

成金さんを破った村田《むらた》信雄《のぶお》はぼくの幼なじみだった。喧嘩も弱く、勉強もさほどではない彼が、なぜか幼い時から飛び抜けた才能を持っていたのが将棋だった。ぼくなどは信雄が歩三枚でも勝てなかったから、最後はいつも腹立ちまぎれに殴りつけて泣かしていたくらいだった。ある時、彼の子供らしからぬという評判を聞き、成金じいさんが駒落ちで指したが三番続けて負けたのだ。最後に百円を賭けて平手で対したが——その金は信雄の父が出したものだ——勢いに乗る信雄はその勝負でもじいさんを破った。

信雄はほどなくして、大阪のさるアマチュア高段者の紹介で、東京の将棋指しに弟子入りし、プロの卵たちが集まる奨励会に入った。それを聞いた時は、よく意味がわからないものの、彼がスーパーマンにでもなったように思った。一方、成金じいさんの方は、その後一気に老け込んでしまった。信雄に負けたのは明らかに不覚を取ったからだったが、その敗戦は傍《はた》が思う以上に大きなショックとなっていたのだろう。以前のように縁台に腰掛けていても、将棋の駒を並べていることはめっきり少なくなってしまった。それはさながら、若きジークフリートに槍を叩き折られたヴォータンといった図だった。

さて、経済の急激な復興は家の中にも形を見せていた。電気洗濯機を皮切りに、テレビ、ホーム炬燵《こたつ》、冷蔵庫、掃除機といった家庭電化製品が貧乏だった我が家に続々と入ってきたのもこの頃だった——それまで家にあった家電製品はトースターと電熱器だけだった。

今、振り返ってみてあらためて不思議なのは、よく冷蔵庫がなくて暮らしていたなあということだ。そう言えば、幼い頃は傷んだ食べ物を口にすることはしょっちゅうだった。少し古いものは食べる前に匂いを嗅いで、「これ、あかんで」というのは普通のことだった。電気冷蔵庫が普及する前は、木製の箱に大きな氷を入れたものを冷蔵庫と呼んでいたが、我が家にはそれさえなかった。多分、氷代が惜しかったのだ。洗濯機が我が家に来たのはぼくが小学校に上がる少し前だったが、当時の洗濯機には脱水機能がなく、脱水は手回しのローラーの間に濡れた服を通すもので、よくやらされた。テレビがやってきたのは小学校二年生の時だ。貧乏な我が家には新品は買えず、日本橋《にっぽんばし》の電器屋に勤める父の友人が中古部品を集めて作ってくれた。こんな具合に、家の中に次から次へと電化製品が入ってくるのを見て、ぼくは我が家が突然、金持ちになったと錯覚した。

ところで、その頃の製品はその製品機種としては最初期のものであったにもかかわらず、すこぶる丈夫なものばかりだった。そのいずれもが、ぼくが高校を卒業する頃まで、故障らしい故障など一度も起こしたことがない。その後十年ほどして買い換えた品々は、かつての泥臭い製品とは比べものにならないくらい見栄えも良くスマートだったが、どれもこれも数年でガタがくるようなものばかりだった。販売計画達成のためにメーカーが初めからそうなるように作っているのだろうか。だが、ぼくにはそれだけではなく、当時の製品の多くは、昭和三十年代というたくましい時代の生み出したたくましい製品だったという気がしてならない。そんな製品はもうどこにもお目にかかれなくなってしまった。

時代のめざましい変化は家の中ばかりに見られるものではなかった。当時のぼくを何より驚かせたのは、東京オリンピックの年に開通した「夢の超特急」と呼ばれた新幹線だった。家からわずか数百メートルしか離れていない田圃《たんぼ》とため池ばかりのところに、突如として巨大な駅――新大阪駅――が生み出されていく様は、町全体が大きく生まれ変わっていこうとしているのを実感させた。

もっとも生活が豊かになってきたからといって、必ずしも我が家の暮らしが余裕のあるものになったというわけではない。むしろ依然として貧乏をひきずっていたという方が正しかった。その頃、親父は母の兄である重一伯父の紹介で、市の水道局の臨時職員として一年余り勤めた後、ようやく正公務員になったばかりだった。相変わらず給料は低く、暮らしは厳しかったはずだが、どんどん家電製品が増えていった。当時はそうした繁栄と貧しさが奇妙に混ざり合っていた時代でもあった。新幹線が開通した後もかなり長い間田圃のど真ん中に巨大な駅がぽつねんと建っていた、そんなチグハグな光景もまた、時代の象徴だったのかもしれない。ぼくたちはよく、鉄骨が剝き出しの新大阪駅の地下の泥だらけの通路を通り抜けてザリガニを取りに行ったものだ。

というわけで、父の就職にもかかわらず、祖母も母も生活のために懸命に働いていた。祖母は近くの漬物工場に通っていたし、母は家で何かの型紙に金属製のパンチ穴をはめ込む内職をしていた。それは実に退屈で下らない作業で――一度面白そうに見えてやらせてもらったことがあったが、五分で嫌になった——一日たっぷり働いて二百円になるかならないかだった。そんな暮らしだったから、喰い物にしてもひどかった。しかし喰うや喰わずというのではない、要するに安物ばかり喰わされていたということだ。食卓にはいつも野菜ばかり並んでいたし、肉と言えばレバーかタンかクジラだった。レバーくらいまずいものはない。ところが母ときたら「肝臓は肉の中でも一番ええとこなんや。トラやライオンが動物を獲って真っ先に喰うのがレバーなんや」と言った。長い間「安物の肉でもいいから、うまいところを喰いたい」と思っていたが、皮肉なことに食べ物の多くは概して高価で美味のものより安物でまずいものの方が栄養価が高いのだ。その意味では、後年丈夫な肉体を持ったことは大いに感謝すべきなのかもしれない。

さて、小学校での生活も、高学年ともなると、それほど耐え切れないものでもなくなっていた。縛りつけられるような授業や固苦しい校則の多くは相変わらず苦痛以外の何物でもなかったが、当時の小学校はまだ、スタート直後から落ちこぼれ続出といった近代マラソン並みの過酷な生き残りレースにはなっていなかっただけに、のびのびした雰囲気も十分に残っていた。それに仲間たちは路地裏や横町とは比べものにならないくらい多かったし、それなりにまた違った楽しみもあった。クラスの連中とやる一番ポピュラーな遊びは野球だった——当時、ぼくらがやるスポーツといえば、ほかにはドッジボールくらいしかなかった。

ほとんどの者が野球好きだったが、クラスの男の子たちの圧倒的人気は巨人だった。残りは阪神ファンと南海ファンが少数いるだけだった。ぼくは数少ない阪神ファンだった。大阪で阪神ファンが増えるのはずっと後のことだ。その頃は甲子園球場もたいていがらがらで、満員は巨人戦の時だけだった。昭和三十七年のセ・リーグ初優勝を決めた試合を観に行ったが、日曜日のダブルヘッダーにもかかわらず、スタンドは半分も埋まっていなかった。

王と長嶋の人気は凄かった。銭湯の脱衣箱でも、二人の背番号である1番と3番の競争率は高かった。村山実《むらやまみのる》の11番や吉田義男《よしだよしお》の23番なんかたいてい空いていた。それも仕方のないことで、当時テレビで野球は巨人戦しかやっていなかったのだ。世は「巨人、大鵬、玉子焼き」と言われ、常勝巨人軍は東京オリンピックの翌年からぼくが高校三年の時まで九年間も優勝し続けた。ぼくは玉子焼きだけは大好きだったが、巨人も大鵬も大嫌いだった。だから、村山対長嶋、王の対決はそれこそ必死になって村山を応援した。悲壮感漂う独特のフォームと表情で無敵巨人と戦う悲劇のエースは、それだけでぼくの胸を痺れさせた。ぼくはまた彼の姿に野球の上手だったカズ兄の姿をダブらせてもいたのだ――彼なら絶対に阪神のエースになれたのにと本気で思っていた。だからぼくが野球選手になろうと思ったとしても何の不思議もない。それにぼくは野球が上手《うま》かった――もっとも運動なら何をやらせても一番だったが。何よりも重要なことは、ぼくの使っていたグラブはカズ兄のものだったということだ。

彼が死んだ時、近所の子供たちで形見分けをしてもらったのはぼくだけだった。カズ兄が特にぼくを可愛がっていたのを彼の母も覚えていてくれたのだろう。そのグラブは彼が隣町との試合の最中盗んできたものだった。しかしぼくの手の中にある今、それは紛れもなく彼の形見だった。そのグラブをはめてさえいれば、どんな球でも捕れるし、どんな速球でも放れるような気になった。

クラスの仲間たちと夢中になったのは野球やドッジボールばかりではない。昭和三十九年の東京オリンピックの前後、切手を集めることがぼくらの間でブームになった。少ない小遣いを貯めて一枚ずつ切手を増やしていく面白さは、ビー玉やベッタンを集めるのとはまた違った趣きがあった。朝早くから郵便局の前に並ぶというのも、どこか冒険的な楽しみの一つだった。皆、互いに他人の持っていない切手を手に入れようとし、町の切手商に通い、掘り出し物を探した。傷ものでも安ければ喜んで買った。新品でもどうせぼくらの手に入ったとたん三日もしないうちに傷だらけになるのだ。けれどもそのブームはまもなく終わった。何人かの金持ちのガキが親に何百枚かを一度に買ってもらったことが終焉のきっかけだった。ぼくらの間では幻の存在ともなっていた「月に雁」や「見返り美人」が、彼らのアルバムに何でもないような顔をして並んでいるのを見た時、ぼくも他の連中もたかだか数センチにも満たない紙切れを買うために小遣いをケチるなんて気はどこかへ消え失せてしまった。

小学校時代のもう一つの娯楽は映画だった。我が家の壁には駅前の映画館のポスターが貼られていたから、うちにはいつも「ビラ下」という無料券が何枚もあったのだ。ブロックブッキングも関係ない三番館だったが、毎週のように映画館に通った。小学校時代に五百本以上の映画を観たはずだ。

クラスの仲間たちとはうまくいっていたが、教師という人種だけはいつまでたっても好きになれなかった。四年生になっての新しい担任である石田《いしだ》もまた、ぼくとはソリが合わなかった。彼は三十過ぎの背の低い男で――クラスで一番大きい男の子よりも小さかった――卑屈な目をし、絶えず神経質そうに片頰をヒクヒクさせていた。彼には何度もこっぴどい目に遭わされたが、二学期開始早々にやられた仕打ちは相当に厳しいものだった。その日、昼休みの時間にぼくは仲間たちとプールでトンボを取っているうち、うっかり始業のベルを聞き逃してしまったのだ。石田は、凄い形相で飛んで来るやぼくを筆頭に全員に平手打ちを喰らわせていった。最後の生徒に向かって手を振り上げた時、その生徒が医者の息子だということに気付いた。医者はＰＴＡの役員だった。石田は振り上げた手で拳を作り、それを空中でぐるぐる振り廻しながら、皆に教室へ戻れと大声で怒鳴った。生徒たちはぞろぞろと帰りかけたが、ぼくは一歩も動かなかった。

「俺らだけどつかれて、教室なんかに帰れるか。どつかれたもんだけで遊びに行こうぜ」

すっかり頭に血が昇っていたぼくは大声で怒鳴った。もともと叩かれるということには平気な方だったし、あからさまな依怙贔屓《えこひいき》にも慣れていたはずだったが、その時はなぜか怒りを抑えることができなかった。それはぼくにとっても教師にとっても運が悪いとしかいいようがない。なぜなら、ぼくの短気な性格は、母の気まぐれな性分をそっくり受け継いでいたので、同じことがあっても笑っていられる時と怒りを爆発させずにはいられない時とがあるくらい、感情の波に関してはニトログリセリン並みの不安定さを持っていたからだ。だから、その時のぼくの怒りも、およそ「踏みにじられた公正さ」や「卑怯さ」といったものに対する怒りから生じたものでないのは明らかだった。しかし一度頭に血が昇ってしまったなら、もう相手が誰であろうと止まらなかった。

「依怙贔屓すな！　しばくんやったら皆やらんかい」

石田はいきなりぼくの頬に往復ビンタを喰らわせた。ぼくは思い切り彼の足を蹴り上げると、そばにあった竹ぼうきを摑んで振りおろした。鋭い手応えと同時に、彼の額から血が吹き出した。次の瞬間、ぼくの体はプールのコンクリートの床に叩きつけられた。

気が付くと保健室に寝かされていた。「もうすぐお前の母親が来る」と石田が言った。彼の頭には包帯が巻いてあった。その横には教頭もいた。「あほんだらめ」とぼくは言った。

「何をっ！」と石田はいきり立った。

「お前こそどんな躾を受けてきたか、きょうは母親の口からたっぷり聞かせてもらうぞ」

ぼくはベッドから飛び降りて逃げようとしたが、間一髪のところで二人に押さえられた。

まもなく母が来た。石田は母と教頭とぼくの前で嘘ばかり並べた。いや、正確に言うと嘘ではない、ただ医者の息子を殴らなかったということを言わずに、ぼくのしたことだけを説明したのだ。それは事実だっただけに反論の余地がなかった。それで最後に、ぼくは「依怙贔屓をした！」と怒鳴ったが、石田は「出鱈目言うんじゃない」と言った。教頭もぼくの発言を無視した。審理はあっさりと終わりそうだった――裁判長は教頭だ。ぼくはこの教頭も大嫌いだった。彼はその年の四月に教頭になったのだが、その途端、それまでずっと放課後一人で続けていた校内の便所掃除をやらなくなったのを知らない生徒はいなかった――教頭になる以前は学校中で一番人気のある教師の一人だったのだ。ぼくが最後に叫んだ「ほかの奴らに聞いてくれ」という証人喚問要求も黙殺された。母はひたすら謝った。ぼくにも謝れと言ったが、それだけは絶対に嫌だった。

「一言、悪かったと言えないのかね」

という教頭の言葉に、石田が笑いながら「困ったものですな」と言った。

「あほんだらっ！」

ぼくはベッド脇の花瓶をひっ摑むと、石田に向かって投げつけた。しかし花瓶は彼の頭をかすめ、窓ガラスを派手にぶち破った。驚く大人たちを尻目に、ぼくはベッドから飛び降りると、裸足のまま窓から飛び出して学校を走り去った。

その夜は両親にこってりと油を絞られた――なにしろ保健室の窓ガラスをそっくり弁償させられたのだから彼らの怒りも大きかった。ぼくは親父に「私立の学校へ転校させてくれ」と言ったが、ぼくの反射神経がもう少し鈍ければ灰皿で頭をぶち割られるところだった。

「ちくしょう、クソ親父！　学校なんかもう辞めたるからな」

「勝手にしろ！　このガキ」

というわけで、あくる日から家を出ると学校へ行かず、毎日遊び歩いた。しかし一人で釣りをしたり、養豚場の豚に石を投げたり、貸本屋で立ち読みしたりしたところで、すぐに退屈してしまい、三日もするとすっかり飽きてしまった。それにその頃になると、もう事件の記憶も頭から脱け出して、どうでもいいような気分になっていた。だから四日目に、寺の屋根の上での昼寝から覚めると、何喰わぬ顔で学校へ行った。石田はぼくを見つけるなり、

「何や、来たんか。もう来《け》えへんと思うとったで」と言った。

「あほんだらが、お前こそ早《は》よ辞めてまえ」

彼は怒りで目を剝いたが、ぼくは知らん顔をして席についた。

こうしたことを、ぼくは自分の人生における極めて重要なこととして述べようという気は

さらさらない。それに事件はぼくに何の教訓も与えなかった。つまりぼくの幼い心には辛い思い出にもならなかったし、以後の人生および人生観に対し、何の暗示にもならなかったということだ。そうなるには繊細でガラスのような神経が必要だ。幸か不幸か、ぼくの神経はその意味ではいささか大雑把に作られていた。だからこの事件も結局はぼくの心の中にある「気に入らなかったもの」の記憶の袋に、無造作に放り込まれたに過ぎなかった。ただ、ぼくの場合、そこに投げ込まれている量は大変なもので、人生を始めて十年そこそこの間に、もう袋は一杯になっていた。ぼくを目の敵にしている近所のおカミさん連中も、いつも怒鳴ってばかりいる鉄工所のオヤジも、またそれまでの担任教師も、すべて皆この中に放り込まれていた。

　気に喰わない相手がぼくと同じ子供ならぶん殴ることもできようが、相手が大人ではそういうわけにはいかない。せいぜい悪態をつくぐらいしかやりようがないからだ。相手が通信販売の会社なんかになると、これはもうどうにもお手上げだった。漫画週刊誌に載っていたインチキ通信販売に騙されたのだ。広告文で見たそのエアガンは、オール金属製、発射音のしないサイレンサー式で、二十メートル先の雀も撃ち落とせるというすごいものだった。ぼくはお年玉の残りを全額送った。ところが届いたのは、ブリキ製のピストルの形をしたただのパチンコだった。ぼくはすぐに抗議の葉書を出したが返事が来ないので、さらに「金を返せ」と書き送ったが、いずれもナシのつぶてだった。すっかり頭に来たぼくは、交番へ駆け込んだ。若い巡査が丁寧にぼくの言い分を聞きながら紙にメモしてくれた。てっきり悪徳会社は捕まると思っていたが、結局は何も起こらず、ぼくの金も返ってこなかった。とはいえこうした事件でさえ、実のところはたいしてぼくを傷つけもしなかった。

しかし精神の頑健さは、あらゆるものに対して発揮されたわけではない。自分自身の意外な脆《もろ》さに初めて気付かされたのは、恋をした時だった。

相手は五年生の時に同じクラスになった池田《いけだ》明子《あきこ》という女の子だった。恋というものはたいていの場合ごく些細《ささい》なことから生じるものだが、ぼくの場合もその例にもれず、きっかけはまことに他愛ないものだった。担任教師との一騒動があってからしばらくした頃、秋の運動会に備えての練習が、体育の時間や放課後を利用して度々行なわれることになった。その時のフォークダンスのパートナーとして決まったのが彼女だった。

手を握り合ったことが恋の直接の引き金になったとはいえ、実際にはそれ以前からぼくの心の中にその下地は十分に作られていたのだ。夏休み前に彼女から誕生パーティーに誘われて、かなり動揺を覚えたことがあったからだ。その時のメンバーには、普段から彼女と仲の良い女の子たちに加えて、何人かの男の子も混じっていたが、いわゆる坊ちゃんタイプの彼らの中にあって、ぼくだけが異色の存在だった。ぼくは大いに迷った。

その頃は、戦後まもなく生まれた「靴下と女は強くなった」などという冗談が日常でも頻繁に使われていた時代だったが、要するに、そんな言葉が残っているくらい女の立場が弱かったのだ。小学校の世界はまだまだ徹底した男尊女卑だった。したがって子供たちの間でも、一部のなよなよした進歩派を除いては、女の子など男がまともに相手にするものではない、といった尊大な思想が染みわたっていた。特にぼくのような古色蒼然とした硬派を受け継ぐ者としては、たとえ女の子の友人がいたとしても、いざ何か冒険とか大きなことをやろうとする時なんかには、絶対に加えるべきではないという不文律を持っているのは当然のことだった。そんなことをした途端、それらは神聖さを失い、ただの下らないままごとに堕してしまうような気がするからだ。ぼくのこういった思想は、多分に路地裏の文化の伝統を引き継いできたものだった。そこでは、ビー玉やベッタンなどの「ますらお文化」に対し、ままごとやゴム跳びといった「たおやめ文化」とが、はっきりとある一線で隔てられていたからだ。

というわけで、結局ぼくは池田明子の誘いを断ったのだが、この一件は、ぼくに少なからず彼女を意識させる出来事となっていた。しかし本当のところを言えば、それ以前からぼくは彼女を強く意識していた——そうでなければ彼女の誘いにどうして迷ったりしただろう。

彼女は眉が太く、クセ毛で短い髪の毛をしていて、クラスの男子からは「おとこ女」と悪口を言われていたが、大きな黒い目と長い睫毛は女の子のものだった——ぼくはこっそりと美人と認めていたのだ。

　また美人というだけでなく彼女に一目置いていたことも事実だ。というのは、彼女くらい利発で、弁も立ち、気も強く、おまけに身のこなしの速い女の子もいなかったからだ。ドッジボールをやらせても彼女に敵う男の子は少なかったし、喧嘩となると泣かされる男の子もいた。ぼくは内心で、女にしておくのは惜しいとさえ思っていたくらいだった。実際彼女は、男子にも女子にも人気があり、クラス選挙ではいつも副委員長に選ばれていた——当時は委員長は必ず男子と決まっていた。

　そんな彼女が、生まれて初めて手を握った異性となったのだから、恋に落ちたのも仕方のないことかもしれない。以来、寝ても覚めても彼女の顔が脳裏から去らず、何も手につかない状態になってしまった。こんなことは初めてだった。休み時間の野球では信じられないようなエラーをしたし、路地裏のビー玉勝負では格下相手にさえ不覚を取った。しかし何といっても放課後にクラス合同でやるフォークダンスの練習くらいひどいものはなかった。彼女の手を握っては、ごく簡単なステップさえ踏みそこなった。彼女は少しも怒らず、おかしそうに笑うものだから、ぼくの恋は一層熱いものになった。生まれて初めての感情であるにもかかわらず、これが「恋」と呼ばれるものであることはうっすらとわかった。ただ、こんな想いは映画や流行歌の世界だけのことで、まともな男なら決して陥ったりしないと思っていただけに、かなりショックだった。淀川の堤防を女と手をつないで歩いている男や、真っ暗なガード下でごそごそと女の体を撫でている男たちと同じ下らないカス野郎に自分がなってしまったような惨めな気分で一杯になった。何とか池田明子のことを忘れようと試みたが駄目だった。この時人生で初めて自分の心が思うままにならないことがあるのを知らされた。

およそ何百回か力のないため息をついた後に、ぼくはどうにも手に負えない心の反乱軍の命じるまま、極めて本能的な恋の解決に突き進んだ。

運動会の前日、ぼくは学校から帰る池田明子を途中で待ち伏せて声を掛けた。彼女はちょっと驚いた様子だったが、すぐににっこりと笑った。

「どうしたん、作田君」

彼女の大きな目で見つめられると、もうそれだけでいっぺんに緊張してしまった。

「友だちのところに遊びに行くんや」

ぼくはやっとの思いでそう言った。

「どっち？」

「――消防署の方」

「ほんなら、うちの家とおんなじやん。一緒に帰ろ」

彼女は屈託なくそう言うと、ぼくと並んで歩き始めた。ぼくはもうすっかりあがってしまった。彼女とテレビや学校の話などをしていたが、ほとんどうわの空だった。途中、タコ焼きの屋台のそばを通った時、ぼくは「あれ、食べへんか」と言った。

「買い喰いしたら怒られんねんよ」

彼女はそう言いながらも嫌ではなさそうだった。それで二人でタコ焼きを買って、映画館の前のベンチに座って食べた。ぼくらの後ろには上映中の「サウンド・オブ・ミュージック」の絵看板が掛かっていた。

「この映画、観たいわあ」

振り返って看板を見た明子が言った。

「俺、ここの映画館のタダ券持ってるんや。今度、行こか」

「ほんと、嬉しい」

彼女は目を輝かせて喜んだ。ぼくは今こそ彼女に好きと言おうと決意した。しかしそう思っただけで、胸がどきどきして心臓が口から飛び出しそうになった。中学生相手に喧嘩する時でさえこんなひどい状態にはならなかった。

ぼくは「池田――」と言ったが、掠《かす》れたような声しか出なかった。

「なあに」

「お前、俺の女になれや」

しまったと思った時は遅かった。彼女はたちまち目を吊り上げた。

「なによ！　作田君て、完全な不良やね」

彼女はそう言って立ち上がった。

「待ってくれ、堪忍や」

彼女は返事もせずに足早に歩いた。

「俺、お前が好きやねん」

彼女は一瞬立ち止まって振り返ったが、すぐ踵《きびす》を返して歩き出した。

「待ってや、逃げんでもええやんか」

彼女は再び足を止め、睨むように振り返った。

「逃げてへんわ」

「お前のことが好きやねん」

池田明子の顔は一瞬で真っ赤になった。ぼくは心の中で、トマトみたいや、と思った。彼女は再び怒ったような顔をして黙って歩き出したが、突然早口に言った。

「なんでパーティーの時、来てくれへんかったん？」

予期しない言葉で返事に詰まった。

「堪忍、悪かった。せやけど、俺、お前が好きで、もうどないしてええかわからへんねん」

「男子がそないなこと言うもんやあれへんわ」

彼女は怒ったようにそれだけ言うと、走って去って行った。

おそらく、ぼくは恋を手に入れていたのだろう。しかし残念なことに、この会話でそれがわかるほどには人生の経験を積んではいなかった。ぼくは打ちのめされて家へ帰った。

翌日の運動会の日、彼女はぼくを見ようともしなかった。その日のフォークダンスは散々だった。なぜなら、ステップを踏み間違えたのがぼくだけではなかったからだ。彼女もまた信じられないようなミスを連発したのだ。退場の行進中、彼女はずっと下を向いたままだったし、ゲートを出るや、一言も口を利かずにぼくの前から走り去った。ぼくは前日以上に打ちのめされ、今度こそ本当に恋の終わりだと思った。わずかな誤解が、時として偽りの仮面をつけたまま真実に変わることがある。そして恋においては——幼くて純粋であればあるほど——それは最も悲しむべき不幸の一つだ。映画館前の一件以後、ついに彼女と話すことはなかった。運動会のひと月後、ぼくは転校したからだ。

3

　この頃ぼくの町のまわりでは、新幹線開通にともなって、地下鉄御堂筋線の延伸、新御堂筋の自動車道新設など、都市化をめざす開発が急速に進み、方々で大幅な区画整理が始まっていた。おそらく数年後に開かれる万国博覧会のためでもあったのだろう。ぼくの町もその波をまともにかぶり、町のかなりの部分が新設道路計画のラインの中に含まれていたため、多くの家が立ち退くことになっていた。ほとんどの家が借家住まいであり、また相場以上の補償金が出るということもあって、立ち退きは比較的スムーズに進んでいた。我が家も市から七十万円の補償金をもらって、同じ東淀川区内の三国《みくに》にある小さな文化住宅――何という素敵なネーミングだ――に引っ越した。ちなみに関西で言う「文化住宅」とは、昭和初期の文化住宅とは別物だ。乱暴に言えば、木造モルタル二階建ての集合住宅だ。

　弟たちは転校することが悲しくて泣いたが、ぼくには生まれ育った町がなくなることの方が辛かった。町がなくなるということは、幼いぼくにとっては故国の喪失と思えるほどの大事件だったからだ。

　我が家の移転と前後して、幼い頃から共に暮らしてきた町の仲間たちも、皆その家族と共にちりぢりに散っていった。

　昭和四十年当時の七十万という金は、我が家が一度に手にした金としては文句なしに最高額だった。引っ越した際いろいろなものをどかっと買った。後から考えるといささか不要な物までも買い過ぎたきらいはあったが――例えば花瓶や日本人形、それに大袈裟な本棚などだ――ぼくは今度こそ、我が家が一夜にして金持ちの仲間入りをしたのではないかと思ったくらいだった。新しい住まいはぼくらを有頂天にさせた。なにしろ家の中にトイレや台所があり、さらにはガスさえもついていたのだ。部屋の数が四つもあり、そのうちの一つが三人の兄弟に与えられた。今まで住んでいた家と比べるとまるで大邸宅だった。よく見ると、建物全体の壁にはところどころに細かいひびが入っていたし、階段の手すりは方々ペンキがはげていたにもかかわらず、新しい住まいの素晴らしさには、両親や祖母までも子供じみた喜びを抑えることができないほどだった。

文化住宅は二階建てで上下合わせて八家族が住んでいた――ぼくの家は二階だった。住人たちとはすぐに親しくなった。ぼくや竜之介と同じ年頃の子供を持つ比較的若い夫婦が多かったが、右隣の飯田《いいだ》さんの家は、中年過ぎの夫婦だった。息子の勝行《かつゆき》は関西学院大学の学生だったが、文化住宅の住人たちの評判は良くなかった。なぜなら彼くらい愛想の悪い、いつも不機嫌な男もいなかったからだ。大阪大学を目指して浪人中の時などは、テレビの音がうるさいと怒鳴り込んで来たというくらいだから、住人たちの気の収まらないのも仕方のないことかもしれなかった。両親もまた揃って尊大で、息子の大学を鼻にかけ――当時関学というのは品のいい坊ちゃん大学といわれていた――近所付き合いには積極的でなかったこともあって、一層この家に対する風当たりは強かった。勝行は大学にもほとんど友人がいないようだった。そのせいか、近所の子供をつかまえてよく話をしていた。それにしても彼ほど年中怒っている人間は見たことがない。まるで不機嫌の虫でも腹の中に飼っているかのようだった。アメリカのベトナム北爆に怒り、文部省の全国一斉学力テストに怒り、建国記念日制定に怒り、全日空の羽田沖事故に怒り、あげくは漫画「おそ松くん」の下品さや、ビートルズ来日の馬鹿騒ぎにまで怒りをぶつけていた。そんな具合だったから、彼がその後まもなく学生運動に走ったのも当然のなりゆきかもしれなかった。

彼の一家とは反対に、文化住宅の中で誰からも好かれていたのは、下の階に住む林田《はやしだ》さん夫婦だった。不幸なことに彼らの六つになる一人娘は脳性麻痺で重度の身体障害者だった。彼女は歩行どころか満足に喋ることさえできなかった。けれども林田さん夫婦はいつも明るく笑顔を絶やさなかった。子供に寄せる愛情も深く、また誰に対しても優しく親切だった。林田さんは近くのクリーニング店の店員で、白い服を着て街をスクーターで走り廻っている姿をよく目にした。ぼくを見ると必ず笑顔で声をかけてくれるので林田さんのことは好きだった。

ところで、新しい小学校は以前の学校よりも一層嫌なところだった。下町の小学校のくせになぜか教育熱が高く――三年前まで五年間ほどＰＴＡの会長を務めていた男のせいらしかった——転校と同時に教科書以外に授業で使うというドリルや問題集なども買わされたし、宿題の量も普通ではなかった。おまけにやたらと校則が多く、転校して一週間で息が詰まりそうになった。そんな気分にさせられたのは、狭すぎる校庭が一因だったのかもしれない。一番気に喰わなかったのは、クラスごとに行なわれる月一度のテストで、席次順に教室内での席の位置を決められることだった。十六位以下は公表されず、したがって座席も単純にクジ引きだったが、当然のことながらぼくはいつも十六位以下だったから、この制度はいかに鈍感なぼくでもいささか自尊心を傷つけられるものだった。

そんな校風だったから、五年生の終わりにもなると、クラスの中に有名私立中学や国立大学の附属中学を目指す連中が公然と名乗りを上げたのも少しも不思議ではなかったし、進学塾に通う者や家庭教師をつけている者も珍しくはなかった。そうした子供の家が必ずしも金持ちというものでもない。我が家に代表されるように、その頃はかつてのような喰うための生活の苦労といったものは家庭の中からは急速に姿を消しつつあり、同時にほとんどの人々が中流意識を持ち始めていた時代でもあった。ぼくの母にしたところで、そうした考え方からまったく影響を受けないではいられなかった。彼女は一番下の剣之介が学校へ上がる頃から、二人の弟を弁護士か医者にしたいと言い出すようになっていた。おそらく彼女の頭には、その二つこそがかつての博士か大臣のような出世の代名詞として存在していたのだろう、職種などはどうだって良かったのだ——東大でいえば文Ⅰと理Ⅲほど、その性格が離れているにもかかわらずだ。「名誉ある仕事で人のためになる」というのが母の口癖だったが、「名誉があり、金もある」というのが本音だった。彼女はまた「努力さえすればどんなものにだってなれる」という信仰を持ちつつあった。その考え方は、おそらくマッカーサーに植え付けられた戦後の民主主義のもとで生まれたものに違いない。そして東京オリンピックを頂点とした好景気を背景に、真理として国民たちを席巻した。それが間違っていると言う気など毛頭ない。少なくとも医者か弁護士くらいなら、真剣に努力すればなれないことはないだろうからだ。

というわけで母はあっという間に教育ママに変身した。母の変身に最も影響を与えたのは彼女の兄の家だった。重一伯父の一人息子の信如《のぶゆき》はぼくの三つ年上だったが、小さい時から大変な秀才で、伯母は会う度に、息子を北野高校に入れるのだと呪文のように言い続けていた。旧制府立一中の名門北野高校は大阪一の進学校で、ぼくの一族ではむろん誰一人進学した者はなかったから彼は皆の注目を集めていた。信如はまた、その礼儀正しさと丁寧な言葉遣いで親戚中の評判も良かった。弟たちも彼にはよくなついていた。しかしぼくは、彼の妙に大人びた気障《きざ》な感じが大嫌いだった。正月など伯父の家に親戚が集まった折に子供たちが遊ぶ時も、信如が好むのはたいてい面白くもない室内ゲームばかりだったから——それでも従弟《いとこ》たちは夢中になっていた——ぼくは一人で近所の見知らぬ子供たちと戸外で遊んでいたくらいだ。母は何とこの信如を子育ての理想としたのだ。何かといえば彼のことを引き合いに出し、弟二人を何とか信如のようにしようとしていた。

竜之介と剣之介はそんな母の期待を裏切らなかった。もともとの頭の良さに加え、家族の思いに応えようとさらに努力したのだから、成績は常にクラスのトップだった。竜之介は三年生にもなると、テレビの漫画よりニュースの方を面白がった。その上新聞が好きで、時折わからない漢字をぼくに訊いたりしたが、たいていはぼくもわからなかった。父も母もそうした方面ではまったく当てにならなかったから——祖母に至っては平仮名さえも危なかった——竜之介はいつも一人で辞書を引いていた。彼のひ弱で喧嘩を怖がるところなどは、兄としても大いにがっかりさせられるものがあったが、実を言うと、成績の良さには幾らか誇らしい気分さえ味わっていたのだ。ぼくのクラスにも勉強は学年で一番という秀才がいたが、もし竜之介と同じ学年ならば敵わないだろうなどと考えていた。それでぼくは何とか早く一人前の大人になって、弟たちを私立の有名中学に入れてやりたいものだと半ば真剣に考えていた。弟との年齢差を考えるとそんなことは不可能なのはわかっていたが、とにかくその頃のぼくときたら早く大人になりたくて仕方がなかった。大人になりさえすれば、どんなことでもできるように思っていたのだ。

こんなことを考えていたのは、毎日の生活に不満ばかり持っていたからなのは明らかだが、なかでも、生まれ育った町を出なければならなかった無念さは、ぼくに自分の無力さをたっぷりと感じさせていた。しかし現実生活のぼくときたら、ある意味では弟たちより子供だった。というのも母たちを目覚めさせ弟たちを啓蒙した偉大な思想――勉学に励んで立身出世を目指す生き方――も一向に学ばず、それどころかいまだに海賊や無法者への憧れを持ち続けているような状態だったからだ。

それでも小学校も最終学年になった頃には、自分とそれを取り巻く状況との関係に全く何も感じないわけでもなかった。春に行った伊勢への修学旅行のコースで見た鳥羽《とば》の水族館での鰯《いわし》の水槽は今もよく覚えている。ドーナツ状の水槽の中を何千匹という鰯が同じ向きになって泳いでいる光景だった。それはちょうど、水槽を見つめていた小学生たちの姿を映してもいたのだ。かつては夜店の金魚すくいの金魚のようにてんでんばらばらに泳いでいた一群が、いつのまにか何か一つの価値観の命ずるまま同じ方向に泳ぎだしていたのだ。しかしそのことによるしっくりしない気分は、新しい靴を履いた時にほとんど気がつかないうちにおこす靴ずれ程度の違和感にすぎず、それがぼくの中で焦りや苛立ちといった感情にまで発展することはなかった。もともと自らを冷静に見つめ、環境や社会の中に自己を客観的に位置づけるということは極めて不得手なものだったのだ。だから小学校を卒業したときでも、およそ自覚というものは持たなかった。

ところで同じ年ぼくに三番目の弟ができた。母はいい年をしてと恥ずかしがっていたが、ぼくたち兄弟にとっては可愛い赤ちゃんは大歓迎だった。おそらく、引っ越して初めて夫婦の寝室を持ったおかげで張り切りすぎた結果だろう——その頃ではもう子供がどうして生まれるかということくらいとっくに知っていた。新しい弟の名前は正樹《まさき》と名付けられた。両親も祖母も、彼を猫可愛がりした。おそらく上の三人兄弟へ注いだ愛情を全部足してもまだ及ばなかっただろう。加えて、三人の兄たちも揃って可愛がったのだから、本当に果報者といえた。こうした過大な甘やかしが本当は子供のためにならないということを、我が家の連中が理解していたはずはない。後年、正樹のことでは母も大いに苦労することになる。

さて中学での新しい生活だが、これは最初からうんざりすることこの上もなかった。首まで詰められた黒い窮屈な制服を着せられ、頭は不恰好にも丸坊主にされた。情けないことに勉強にはすぐついていけなくなった——というよりも、勉強というものにもはやまったく興味すら持てなくなっていたのだ。生まれて初めて習った英語など、最初の夏休みを過ぎるともう何のことやらさっぱりわからなくなり、それは卒業するまで同じだった。入学と同時に入った野球部も、来る日も来る日も放課後の時間を潰して球拾いばかりやらされた上、日曜までも号令を掛けられるので、ひと月でやめた。退部の直接の原因は、下手糞な先輩を笑ったことに端を発したつまらない喧嘩だったが、それがなくてもとても夏休みまでは持たなかっただろう。結局、入学して半年も経たないうちに、中学生活でぼくを惹きつけるものは何もなくなってしまった。

面白くないことに、ぼくの通う中学は伝統的に文武両道をもって尊しとする校風が強く残っていた。実際、運動部のレギュラーの多くは、勉強の成績もよかった。三年生の生徒会長は長距離走の大阪代表選手だったし、副会長もバスケット部のキャプテンだった。勉強ができてもうらなりのガリ勉ではほとんど尊敬を集められないといった感じの学校だったから、ぼくのような、勉強にはついていけない、運動部にも入っていないという者は、何の存在価値も与えられないのは当然だった。もっともそんなことを気にするぼくではなかったが、問題は、こうした学校での生活が一日の大半を占めるということにある。授業にもクラブにも興味がなく、またほかに趣味らしいものも持っていないとなれば、することはロクなことが残っていない——つまり、喧嘩、万引き、授業のサボタージュといったところだ。それでも実際のところ、ぼくはまだ自分が規格外であるとは思っていなかったのだ。

そのことに初めて気付いたのは、夏休みを終えて新しい学期を迎えた時だった。夏の間にすっかり伸びた髪のまま学校へ行くと、教師たちはカンカンになって怒り、ただちに切って来いと怒鳴った。髪を伸ばしていたのは深い意味があるわけではなく――校則への反抗でもなければ不良としての自己主張でもないということだ――ただ散髪屋へ行くのを忘れていただけだったので、その日のうちにでも切るつもりでいたのだが、顔を見るなりいきなり頭ごなしにどやしつけられたりするとたんにその気はなくなってしまった。それで翌日もそのまま登校すると、担任の教師はぼくのことで自分の授業を潰し、クラス会議を開いた。ぼくの中学では、生徒の自主性を高めるという目的のため、積極的にクラス会議が行なわれていた。生徒たちもまた一人前の人間として与えられた権利を精一杯行使しようと、何かあるとすぐにクラス会議を開いた。しかしこのクラス会議というものくらいぼくをムカムカさせるものはなかった。校長から耳にタコができるほど聞かされていた「自主性」および「民主主義」という言葉も同様だった。

クラス会議は最初から裁判の様相を呈していた――ただ実際の裁判と違うのは、クラスの全員が裁判官であり、検事であり、弁護士であり、傍聴人であることだ。被告人はもちろんぼくだ。もっとも主要な役割を演じるのは、成績の良い一部の生徒に限られ、大多数は単なる傍聴人だった――しかし時としてこういった大多数の存在こそが最もやっかいなものになるのだ。

検察側論告は本当にうんざりするものだった。曰《いわ》く「規則は守るためにある」「協調性を乱すことは許されない」「自由は各自が責任を持ってこそ与えられるものである」云々——これらの言葉が、ぼくと同じ十二や十三のガキの口から出るかと思うと反吐《へど》が出そうだった。しかし担任教師は満足そうだった。もう一つ腹が立ったのは、ふだん面と向かってぼくに憎まれ口一つ叩く度胸のない男たちが、ここぞとばかりぼくの非をあげつらうことだった。そんなふうにして、バカバカしいほど長い論告求刑が終わると、いつものように採決がとられ、あっさりと丸坊主の刑が下された。もっとも、初めから丸坊主にしなければならないのは校則で決まっていたことで、結局このことは罰則でもなんでもない——要するに、ぼくをダシにしてのクラス会議こそが目的だったのだ。頭に来たのは当然だった。

「あほんだら。俺の頭のことなんかほっとけ。他人構う暇あんねやったら、毎朝自分の髪の毛の長さでも計っとけ、ボケ！」

ぼくの剣幕に担任教師も含めて全員が呆気に取られたが、クラス委員長の高橋裕太郎《たかはしゆうたろう》が悠然と立ち上がって叫んだ。

「みんなで決めたことが守れないのか！」

高橋は体もクラスで一番大きく、小学校の時から町の道場で習っているという柔道は初段の実力があると言われていた——実際、彼の体格はゆうに大人並みで、三年生でも彼より大きいのは稀だった。高橋が人と争うのは一度も見たことがない。それは彼が気の荒い性格ではなかったからだが、彼に喧嘩をふっかけるような向こうみずがいなかったということもある。二年生や三年生の不良さえも彼には一目置いていた。できればぼくも彼を相手にするのは避けたいと思っていた。当時ぼくはあまり背も高くなく、その上ひどく痩せていた——おそらく高橋の体重はぼくの一倍半はあっただろう。喧嘩では気力だけでは通用しない相手がいるのは経験で十分知っていることだったが、ここまで来たら後には引けない。

「野郎、ぶん殴られたいか」ぼくは拳を振り上げて怒鳴った。

作田っ、と担任教師が怒鳴ったが、高橋は落ち着いた声で、「先生、ぼくに任せて下さい。こんなクラスの協調を乱すような奴は許してはおきませんよ」と言った。その言葉を聞いた途端、ぼくの怒りは頂点に達した。

彼はゆっくりと教室の後ろの空きスペースに移動した。

「来い。規則というものがどんなものか教えてやる」

「何を！」

ワル仲間の何人かがぼくをひきとめようとしたが無駄だった。完全に頭に血が昇ったぼくは彼らの手を振り払って教室の後ろに行った。担任教師は止めようとはしなかった。彼は高橋が勝つと思っていたのだ。ぼくは高橋と向き合うなり、いきなり右ストレートを顔面に叩き込んだ。さらに素早く軽い左を返し、間髪を入れずにもう一度右を顎に叩き込んだ。痺れるような手応えと共に、相手の体が一瞬ぐらつくのがわかった。しかし高橋は倒れなかった。やにわにぼくの襟首を摑むと一瞬のうちに背負い投げを喰らわせてきた。ぼくの体は背中から思い切り床に叩きつけられ、一瞬目の前が真っ暗になった。すぐ高橋の巨体がのしかかり、ぼくは蛙がつぶされたような声をあげた。彼はぼくの学生服の襟を摑んで喉元《のどもと》をぐいぐいと締めつけてきた。振りほどこうとしたが無理だった。息が詰まり、苦しくて頭が破裂するのではないかと思えた。

「髪を切るか」

高橋はさらに締めながら言った。ぼくは、あほんだら、と言おうとしたが声が出なかった。もし担任教師が飛んできて高橋の腕を緩めなかったなら、ぼくは間違いなく失神していただろう。結局、意識朦朧としたまま、ぼくは教師と高橋の二人に引きずられるように職員室に連れて行かれ、そこで反抗の罰として、頭をバリカンで一枚刈り――ほとんどつるつるに近い――に丸められてしまった。

この屈辱感といったらなかった。悪童連中からはすっかり笑い者にされるわ、今までぼくを怖がっていた奴らからも平気でからかいの言葉を浴びせられるわで、ぼくの権威も――そんなものがあるならばだが――すっかり地に堕ちた。もっとも、ぼくに対して舐めた口をきいた連中は残らずぶん殴ってやったが。

敗北のショックから立ち直ると、当然のように高橋に対し雪辱戦を試みたが、厄介なことに、彼は力は正義のためにしか使うものではないといった古典的理想主義のような信念を持っているらしく、ぼくの挑発にはまったく乗ってこなかった。相手がそんなふうであれば、こちら一人がムキになって殴りかかるわけにはいかない。もともとぼくの方も執念深い性格ではなかったし、それにまた「面子《メンツ》」といったものに対するこだわりもそれほど持っていなかったので、髪の毛が再び伸びてくるようになると、屈辱感も怒りもいつのまにか薄れてしまった。

さて、両親はぼくのことに関してはほとんど匙を投げてしまっていた――親父はどうかわからなかったが、母については まず間違いない。もっとも、ぼくの成績および学校から知らされるまったく不名誉な行跡や言動の数々を聞かされれば仕方のないことでもあったから、両親に対して怒りを持つことはお門違いというものだ。

文化住宅の下の階に同学年の女の子がいたせいで、ぼくの不良ぶりは住人たちにも知られていた。大人たちの評判は気にもならなかったが、近所の年下の子供たちまでがぼくを敬遠するのには腹が立った――住人たちの中で変わらずに接してくれるのはクリーニング屋に勤める林田さん夫婦だけだった。

それでもぼくの文化住宅での評判の悪さはまだ二番目だった。一番は飯田勝行だった。というのも彼はこの頃学生運動に夢中になり、保守的な住人たちの一層の顰蹙《ひんしゅく》を買っていたからだ。彼はもうすっかり学業を忘れてひたすら全学連闘争に打ち込み、何日も家へ帰らない日が続いていた。この年の十月、十一月の佐藤首相の東南アジア諸国とアメリカ訪問の時には、二度にわたって上京してゲバ棒をふるっていた。これらの話は、彼の両親が住人に泣きながら語ったことだった。共稼ぎしながら一所懸命に育ててきた自慢の一人息子から大声で罵倒《ばとう》される声が、夜中、文化住宅中に響きわたるのもしょっちゅうだった。住人たちは近所迷惑を怒りこそすれ、哀れな両親に対しては少しも同情しなかった。

ぼくはどういうわけか勝行とはよく話をした。彼にしてみれば、同じ文化住宅の評判の悪い者同士といった妙な親近感を持っていたのだろうが、ぼくの方にはそんな仲間意識はなかった。ただ彼といると、時折近くの喫茶店に連れて行ってくれるのが楽しみだった。勝行の話はいつも学生運動に関することばかりだった。彼は、打倒佐藤内閣、ベトナム戦争反対、成田空港建設反対、米空母日本寄港反対などについて熱っぽく語ってはいたが、そのほとんどがぼくの耳を素通りしていた。彼がぼくにそんな話をすることで自己満足しているのはわかっていた。しかしその話がまるっきりつまらないわけでもなかった。羽田における機動隊との乱闘の話などは大いに興味をそそられたし、興奮もした。その時の光景はテレビでも見ていたし、また実際に人が一人死んでいる事件でもあったので、彼の話はさすがに迫力に満ちていた。彼はぼくに何とか「権力」の恐ろしさと非道さを教えようとしていたのだったが、ぼくはヤクザ映画か戦争映画の筋を聞くように面白がって聞いているだけだった。

ぼくはまた彼から多くの本を借りた。本といっても小説や評論のようなものではなく——彼はその手のものを貸そうとしていたのだが、ぼくが受けつけなかったのだ——週刊新潮、週刊朝日、週刊文春といった週刊誌だった。ぼくのその後の活字好きと多少ひねくれた考え方は、おそらくこの頃の週刊誌の乱読が影響しているのだろう。

ところで、中学での話に戻すと、高橋に対する雪辱戦は予期せぬ形で用意されていた。冬休みを過ぎた頃、ぼくの髪の毛は再びかなり見苦しいくらいに伸びていた。以前のことで強気になっていたクラスの何人かがぼくに注意したが、ぼくはそんな連中を片っ端から殴りとばした。最後にとうとう高橋が出てきた。短いやりとりの後、クラスの連中が見つめる中で再び対決となった。しかし結果は同じにはならなかった。なぜならこの半年近くの間にぼくは身長が五センチも伸び、体重も十キロ近く増えていたからだ。最初の右ストレート一発で高橋は大きくふらついて前のめりにつんのめった。それでも何とかこらえたが、もう一度同じパンチを叩き込むとあっさり倒れ、もう立てなかった。

このニュースはあっという間に学校中に広まった。同時に、この勝利によってぼくの生き方はほぼ決まったようなものになった。すなわち、不良少年まっしぐらというくだらないレールが敷かれることになったというわけだ。それで二年生に上がる頃には上級生の幾つかの不良グループから激しいスカウト攻勢に遭うようになっていた——まさにその年のドラフトの目玉商品という奴だ。しかし実のところ、ぼくはまだ進路を決めかねてもいたのだ。自分では本当の不良とは思っていなかったからだ。けれども現実にやっていることは少しの弁明も通らないものだった。授業をサボり、無免許で単車を乗り廻し、事あるごとに派手な喧嘩をし、常に煙草の匂いをプンプンさせていた身で、不良ではないんですとカマトトはできないだろう。

女の子たちとくだらない遊びを覚えたのもこの頃だった。落ちこぼれは何も男子生徒に限ったことではない。数は少ないが女子生徒にもいた。そして多くの場合彼女たちの転落の方が過激で、しかもしばしば歯止めが利かなかった。おそらくは「セックス」との関わり方の違いからきていたのだろう。だから性的な面においては、実質的に彼女たちの方が男子生徒をリードした。勉強のできる優等生の男女が、帰り道のわずかな時間をデートの代わりとして過ごしている間、ぼくらは放課後の教室や友人の部屋などで女の体をまさぐっていたのだ。しかしぼくは性的には極めて奥手だった。陰毛が生えたのは二年生になってからだったし、初めて精通を見たのは三年生になってからだった。だから滑稽なことにオナニーよりも先にペッティングを覚えたことになる。そんなだったから他の悪友ほどには、女の子の体に夢中にならなかったというのが実情だった。

彼女たちの中に野原《のはら》めぐみという女の子がいた。彼女は中学二年にしては比較的大柄な娘で、ぽっちゃりと肉付きも良く、顔立ちもどちらかというと美少女風だったし、中学一年生の時に高校生と初体験したくらい早熟な娘だった。父は無く、母は妾だという噂があった。仲間の何人かは実際に彼女とセックスをしていた。それで、お前もやってみろよということになり、ある日ぼくも彼女の家へ行った。しかしその日は結局最後まではいかなかった。別に深い理由があったわけではない。セックスを神聖視していたわけでもなかったし、初体験に重い意味を持たせて考えていたわけでもむろんない。なぜなら、四年後に西成《にしなり》の飛田《とびた》の遊郭で何の感慨もなくあっさりと童貞を失うことになったのだから——。要するにぼくの性的未熟さがすべてだった。すっかり裸になった彼女を前にして、ぼくがやりたくないと言っても、彼女は別に怒りもしなければ気を悪くもしなかった。彼女はにっこり微笑んでぼくにキスをした。それから二人とも服を着て、しばらくとりとめもない話をしていたが、その中で彼女は驚くような話をした。それは以前にブラックと寝たという話だった。

ブラックとは黒田《くろだ》という四十過ぎの体育教師の渾名だった。彼は野球部の監督もし、同時に校内の生活指導部長をも兼ねていた。すぐに戦前の精神訓話を持ち出し、平気で体罰を加える厳しい指導方針は、生徒たちには怖れられる存在である反面、不思議に人気もあった。野原めぐみの話によると、ある日の放課後、ブラックから指導室に呼び出され、派手なヘアスタイルや校則違反の服装などを厳しく注意された後、さらに生活ぶりまでしつこく問い質された。すっかり面倒臭くなった彼女が、セックスのことから何から洗いざらい喋ると、ブラックはその後、家まで送ってやる、と彼女を車に乗せ、そのままモーテルに連れ込んだということだった。「帰り際、五千円くれたわ」と彼女は笑いながら言った。それから今度は急に顔を歪め、「ほんまにイヤらしいスケベエ親父やわ。それからしつっこく誘うんよ。もう嫌やわ」と言った。啞然とするぼくに、彼女はさらに驚く話をしてくれた。それは、ぼくと同じクラスの上岡《かみおか》や板井《いたい》たち数人に呼び出されいたずらされそうになったということだった。上岡はテニス部の次期キャプテンと言われる男で、しかも学年テストの席次も毎回上位を占め、校内でも女の子に人気の高い男だった。板井やその他の連中も皆勉強の出来る秀才グループだった。ぼくは話の二つとも嘘だと言ったが、彼女は絶対に嘘ではないと言った。野原めぐみは頭のいい女ではなかったが、意味もない嘘をつく女ではない。それにブラックや上岡たちの話をする時の憎々しげな表情は、とても作り話とは思えなかった。この二つの話はぼくの心に強い印象を残した。ぼくが「性の毒」のようなものを初めて実感したのは、皮肉にもぼく自身の肉体と生理によってではなく、この時の彼女の話によってだった。

ちょうど同じ頃、ぼくの身近にも女のことで馬鹿げた事件が起こっていた。父のすぐ下の弟でトラック運転手をしていた文三叔父が、青森の八戸《はちのへ》で女のことでもめ、喧嘩で女の亭主を刺したのだ。幸い相手の命に別状はなかったが、何年間か刑務所に入らなければならなくなった。我が家においてはそれほど大騒ぎするほどには受け取られなかったが——祖母などは困ったものだと言いながら苦笑していたくらいだった——いささか過剰に反応したのは、母の兄である重一伯父の一家だった。新聞の社会面に小さな記事として載った翌朝、さっそく伯母からヒステリー気味の電話があった。彼女の非難は文三と我が家に関するものだったが、それらはすべて北野高校に通う息子の信如の将来の就職や結婚についての心配から発していたものだ。その心配はぼくにもいささかオーバーなものだと思われた。それに、どうしてくれるのだとぼくの母を問い詰めたところでどうしようもない。それでも彼女は延々と電話口で文句を言い続けた。それでとうとう我慢を重ねてきた母の堪忍袋の緒も切れた——もっとも昔ならとても十五分も持たなかっただろう。

「信如の就職や結婚がどうしたんや。いつの話してるんや。就職やと？　まだ高校生やないか。大学行くのやめて就職するんか。結婚？　もうどっかで女でも作ってるんか！」

母は凄まじい言葉を機関銃のように電話口の向こうにいる相手に浴びせると、叩きつけるように受話器を置いた。結局、このことで重一伯父との付き合いは疎遠になった。そのことで一番悲しんだのは弟たちだった。特に竜之介は、心から尊敬している信如に会えなくなるということで随分ショックを受けたようだった。彼は六年生になっていたが、勉強は学年一番で、担任教師からはどこの中学でも行けるだろうと太鼓判を押されていた。剣之介もまた、竜之介ほどではないにしても優にトップクラスの成績だった。

それで、母の竜之介たちに対する願いは、「信如のようになる」というレベルから、「信如以上になる」ということへ形を変えていった。母もその頃にはPTAなどの活動も積極的に行ない、小学校の父兄の間では有名な教育ママになりつつあった。親父はあまり喜怒哀楽を表に出す人間ではなかったが、二人の弟たちに関してはやはりかなり自慢に思っているらしく、母の語る弟たちの話はいつも嬉しそうに聞いていた。

そんな家庭だったから、ぼくはまるで継子《ままこ》扱いといったふうでもあった。しかし愛情が与えられなかったわけではない。普段の生活においても、およそ差別的な待遇を受けたこともなければ、弟たちと分け隔てされたこともなかった。ぼく自身は下町時代からの習慣的なものか、自分は四人兄弟の一人に過ぎないという意識よりも、むしろ未だに三人の保護者的な立場であるという考え方が心の底に残っていたので、仮に差別待遇があったとしても気が付いていなかっただろう。ぼくが弟たちから切り離されていたのは、作田家の期待を担うといった話や、将来の具体的な希望――高校、大学、就職――などの話題においてのことだった。

実際、二年生に上がった頃にはぼくは完全な不良少年になっていた。しかし決して非行少年と呼ばれるものではなかった。むしろ陰湿で凶悪な行為にはしばしば嫌悪を感じた。少年時代の反社会的行動の多くは、純粋な欲望によるものよりも、多分に面子および自己顕示、それに劣等感による一種の代償作用から行なわれるものだ。ぼくの場合こうした意識がきわめて低かったことが行動にブレーキをかけていたのかもしれない。また徒党を組むのが嫌いだったことも幸いしていた。なぜなら非行の多くが仲間意識からの連帯感によって引き起こされていたからだ。とはいえ箸にも棒にもかからない劣等生であったのは言うまでもなく、成績もひどいものだった。学年テストではいつも三百人中二百番あたりをうろうろしていたし、通知表は、五段階評価で国語が「4」、体育と音楽と技術家庭と美術が「3」で、あとは全部「2」だった。しかも、ぼくの中学校では通知表には「1」をつけないことになっていたらしいので、実質上の成績はもっと悪いということになる。しかしこの通知表についてはぼくにも言いたいことがあった。というのも試験の成績よりも全科目一ランクか二ランクは低い評価がつけられていたからだ。要するに授業態度と教師の受けがこうした結果となって現われていたのだ。

それでもぼくの成績の悪さを弁護してくれる人がまったくいなかったわけでもない。祖母がそうだ。彼女は兄弟の中ではぼくが一番好きなようだった。それにどちらかというと彼女は学歴というものに対して懐疑的だった。「これからの世の中、教育が無うてはあかん」と言っていたのは、ほんのわずかな間だけだった。むしろ祖母の哲学は「そんなもんが社会に出て何の役に立つかいな？」というものだった。そんなことを言うのは彼女がまったく社会というものを知らないせいでもあったが——というよりも、彼女が生きてきた世界がそんなものを必要としない世界だったということでしかないのだが——彼女の頭にある社会の成功者とは、賢い商売人にほかならなかった。だから彼女の四人の息子たちの中でも評価が図抜けて高いのは亡くなった長男の健一だった。

「学校なんか出てどうなるんや。師範か役人にしかなれんやないか。昔やったら軍人や。そやけど賢い人間は学校なんか出んでも商売で大儲けする」

それが祖母の生きてきた世界の中で得た持論であったが、後年『パーキンソンの法則』の中で同じ文章を見つけた時は思わず唸ってしまった——もっともその時祖母はもうこの世にいなかったが。

祖母に言わせると、だから隣の飯田さんの家くらい馬鹿な親もいないということになる。息子の勝行などはもうそれこそケチョンケチョンだった。その頃勝行は学生運動にどっぷりと浸かっていた。その春久し振りに会った彼の顔からはもう以前の線の細い坊ちゃんらしい風貌はすっかり影をひそめ、どこか野蛮な感じさえ漂わせていた。しかも、一月に佐世保での原子力空母エンタープライズ入港反対運動の際こしらえたという額の傷は一層その印象を強めていた——彼もまた十分それを意識して、それまで垂らしていた前髪を、後ろにかき上げるヘアスタイルにしていた。

本来ならば四回生で就職を控えている身であったにもかかわらず、彼はもうそんなことはそっちのけで学生運動に明け暮れていた。彼の両親がすっかり肩を落としているのが、通路ですれ違う時でもわかった。

その年は学生運動の嵐が全国に吹き荒れた年だった。新聞やテレビでも連日、学生と機動隊の衝突のニュースが流れていた。勝行は自分の闘争を誇らし気にぼくに語ってみせた。無精ヒゲを生やし——ただしちょっと薄かった——汚れたジャンパーを無造作に羽織ってヘルメットを首にかけている姿はちょっといかしたものだった。

前に言ったように文化住宅の住人は概《おおむ》ね学生運動には批判的だった。だからといって彼らがはっきりした政治的立場から批判していたとは思えない。なぜならその年の七夕の日に行なわれた第八回の参議院議員選挙では、投票の後、タレント候補の名を書いたと面白そうに言っていた人たちが何人もいたからだ。ぼくの親父は水道局の組合に入っている関係上いつものように総評の推す社会党議員の名を書いていたが、祖母などは、投票日の朝まで、横山ノックに入れたいとだだをこねていたほどだった。史上稀な大量タレント立候補となったその選挙は、結局ふたを開けてみれば、石原慎太郎、青島幸男、今東光、鬼の大松こと大松博文らのタレント候補は全員当選ということになった。しかも、石原慎太郎の一位をはじめとして軒並み高得票の当選だった。飯田勝行は「昭和元禄の猿芝居だ」と吐き捨てるようになじったが、これにはぼくも同感だった。しかしぼくの目には、彼の学園闘争もまた昭和元禄のお祭り騒ぎとして映っていたのだ。

飯田勝行にはっきりとした批判をしていたのが一階に住む中西《なかにし》さんだった。もっとも彼の場合は警察官という職業柄ということもあった。彼は豊里の派出所に勤務する中年の巡査長だったが、温厚な人柄は文化住宅の誰からも好かれていた。彼の息子は竜之介と同い年だったが、おとなしい子供だった。彼はやみくもに学生運動を嫌っているわけではなかった。

「日本の国を良くしようという気持ちはわかりますよ。でも、交通を妨害したり、街で石を投げたりして市民に迷惑をかけていい、なんてことがありますか」

中西さんは一度うちに遊びに来た時、そう親父に言った。

「まったくや、あんな奴らは全員捕まえて刑務所に放り込んで炭坑で石炭でも掘らしたったらええんや」

「いや、そんなことはできませんよ」

彼は親父の無茶苦茶な言葉を柔らかく制しながら言った。

「デモなんかで捕まって送られてくる学生を何人も見ましたけどね、たいていはおとなしい連中ですよ。一人一人はほんとうにいい人間です。とてもゲバ棒持って暴れまわる人間には見えません。礼儀は正しいし、言葉遣いは丁寧だし、彼らと喋っているとぼくらとはだいぶ育ちが違うな、と思いますよ」

彼はそう言って、ビールで赤くなった顔に優しそうな笑みを浮かべた。

実際、中西さんは優しい人だった。その年の十月二十一日、国際反戦デーでは、新宿駅を中心に反日共系学生が荒れに荒れたが、大阪でも御堂筋を中心に大きなデモが行なわれた。その時警備にあたっていた中西さんは、倒れたまま機動隊員に殴られていた学生を何人もかばって助けたのだった。デモを見物に行っていた近所の材木屋の若い衆二人が偶然その光景を見たのだ。その話はぼくを感動させた。勝行に伝えると、彼は黙ったまま無表情に聞いていたが、何かを感じているのは明らかだった。その証拠に、それ以後アパートで中西さんに出会ったりすると、きちんと挨拶をかわすようになったからだ。

学生運動の嵐はその後さらに盛り上がり、全共闘による大学闘争へと拡がっていった。年が明けた昭和四十四年には、東大安田講堂の攻防戦をはじめとして、全国各大学で激しいバリケード闘争が行なわれた。東大の入試が中止になったのには、ぼくも驚いた。剣之介などは東大がなくなってしまうのではないかと本気で心配していた——彼の夢は東大に行くことだった。ぼくは東大なんかなくなったところでどうということはなかったが、剣之介の夢が壊れるのは嫌だった。それで機動隊を応援していた。

　学園紛争の波は大学に止まらず、その余波は一部の高校や、稀には中学にまでもその影響が及んでいた。大阪府下でも幾つかの高校が、全共闘シンパの生徒やべ平連に加入している生徒などのデモや集会によって、授業や試験が中止になったり、卒業式に警官出動となったりしていた。

　ぼくの中学でも、そういった政治的なものではなかったが、生徒による一つの運動が生まれていた。それは三年生になってまもない頃に起こった「髪の毛闘争」と呼ばれるもので、それまでの「男子生徒は坊主頭」という校則に対しての生徒たちの反対運動だった。最初生徒会長から出されたこの要求は、またたく間に全校生徒に広まり、長髪運動の気運は一挙に高まった。

　生徒会が何度もその議題を採り上げ、新入生を除く各クラスでも自主的にクラス会議が行なわれた。普段は放課後の時間を潰してまでクラス会議なんかには出たがらない不良連中も、自由に髪を伸ばせるかもしれないとあって、すこぶる積極的に参加した。クラス会議で「封建的」「時代錯誤」などの言葉に混じって「体制側の横暴」だとか「階級差別」などの言葉が飛びかったのは、明らかに学生運動の影響だった。校内のいたるところに「丸坊主反対」

「長髪を認めろ」などのビラが貼られた。しかしぼくはこうした運動にはうんざりだった。その頃学校の中で髪を伸ばし放題にしていたのは、ぼくを含めごく一部の不良たちで、教師たちからもほとんど放任されていた連中だった——要するに、医者も投薬を諦めた重病患者というわけだ。

もっとも、ぼく個人は何が何でも髪を伸ばしたいと思っていたわけではなく、たいていは散髪に行くのが面倒だったにすぎなかった。その証拠に、口のうまい教師に穏やかに言いふくめられたりすると、体良く坊主になったりもしたからだ。それに、ぼくや他の不良たちにしたところで、髪を伸ばすには皆それなりに大きな代償は支払っていた——すなわち「不良」というレッテル、そして時には教師たちからの殴打などだ。

だからといってぼくが今回の運動に面白くないものを感じていたのは、何も苦労して勝ち取った特権を他の連中に与えたくないといったケチな感情からではない。どうにも我慢ならなかったのは、長髪運動を積極的に推し進めていた生徒会の役員たちのほとんどが、かつては坊主頭の校則の信奉者であり、同時に番人であったことだった。二年前、ぼくを投げ飛ばした高橋裕太郎もその一人だった——彼は今では生徒会の書記だった。それに正直な話、ぼくにはたかだか髪の毛ぐらいのことで学校中を巻き込んで大騒ぎすることが何とも子供じみたものに思えてならなかったのだ。

そんな具合だったから、四月の終わりに体育館で行なわれた全校生徒特別集会を無視して帰ろうとしたのも当然だった。ところがその時、体育館を出ようとしたぼくらの前に、生徒会長の藤岡信彦《ふじおかのぶひこ》が、待て、と言って立ちはだかった。彼は両手を大きく広げ「どうしても出て行くなら、俺を殴り倒して行け」と言った。テレビの青春ドラマばりの台詞《せりふ》に、ぼくと仲間たちは大笑いしたが、周囲を取り囲んでいた生徒たちは誰も笑わなかった。

ぼくは藤岡を押しのけて出ようとしたが、彼はいきなりぼくの顔を殴った。殴ったといっても撫でるようなパンチに過ぎなかったが、それでもぼくの頭に血を昇らせるには十分だった。ぼくは彼の胸ぐらを摑むと、足を払って地面に転がした。倒れた藤岡は大声で「生徒の敵め！」と怒鳴った。

ぼくはかっとして二度ばかり彼の尻を蹴り上げた。彼は無抵抗に蹴られながらも「みんなよく見ろ、こんな連中が、革命を邪魔する反動主義者なんだ！」と声を張り上げた。ぼくは彼の一人芝居に付き合わされているような気分になり、急に白けてしまった。それで最後にもう一発彼の尻を蹴り上げて体育館を後にした。

ところで藤岡の言うところの「生徒の敵」はぼくらのような不良たちだけではなかった。相撲部や柔道部をはじめとする一部の体育クラブの連中も保守的な幾つかの理由で男子生徒の長髪化には最初から反対を唱えていた。彼らは学校側のバックアップにより、生徒会側の反対勢力として俄かに力を増した。特に放課後の教室使用禁止と生徒の無断集会禁止という二つの新しい校則の番人としての役割を受け持ったのは大きかった。

この一連の慌ただしい動きによる小維新はちょっとした見物だった。校内はまるで幕末の京都のような緊張に包まれていたし、事実、こぜり合いや衝突はいたるところで見られた。極め付きは、我が中学の池田屋騒動ともいうべき、相撲部による生徒会室への殴り込みだった。相撲部の連中は生徒会に「髪の毛闘争」をやめるように直談判《じかだんぱん》に乗り込んだのだが、交渉はもちろん決裂。逆に「学校の犬」と罵られた相撲部の連中は怒って、生徒会室で大暴れして、いくつかの備品を壊した。生徒会役員への直接暴力もあったと聞いた。

この事件のあと、勤皇の志士の生徒会役員たちは、ぼくら不良浪人を仲間にしようとした。彼らにおだてあげられた不良たちはその気になり――不良たちにしたところで、長髪が公認ともなれば結構なことだった――ぼくに意見を求めにきた。ぼくは不良たちの中でも一匹狼的な存在だったが、幾つかのファミリーのボスたちからは一目置かれているようなところがあった。

「相撲部や柔道部のゴリラみたいな連中を相手にする気があんのか？　お前ら喧嘩が強い言うていきがっても、実際にあんな連中とまともにやり合って勝てるんか。それでもやる気あんねやったら、やれや」

ぼくがそう言うと、彼らはあっさりと生徒会にはつかないという結論を出した。

ところがその話をどこから聞きつけたのか、今度は相撲部の連中がぼくに接近をはかってきた。もううんざりだった。ぼくにとって、何かに属したり、誰かに利用されたりすることくらい嫌なものはない。ぼくは言ってやった。「この褌《ふんどし》かつぎが！　土俵へ帰って、汚いケツでも拭いてろ」

彼らは血相を変えたが、手を出すことはしなかった。こんな馬鹿を相手にするだけ損だと思ったのだろう。

そうした嵐の中で、生徒会長の藤岡信彦の態度は立派だった。何度も教師から呼び出しを受け、新撰組とも言える相撲部や柔道部の連中からは数え切れないくらいの刀傷を負わされながらも、決して怯むことはなかった。噂では彼の兄は大学で全共闘の幹部役員をしているということだったが、彼の態度にも何かにとり憑かれているようなところがあった。

そして二ヵ月に余る闘争の末、とうとう学校側は折れ、長髪が認められた。藤岡は一躍英雄となった。彼の名声は日増しに高まり、かつては彼を目の敵にしていた教師たちからも賞賛の声が聞かれるほどだった。彼は運動部の連中とも和解した。相撲部の連中も「あいつは骨がある」と手放しで褒めた。というわけですべてのしこりは学校から消えた――ただ一部分を除いて。その一部分というのが、ぼくら不良たちというわけだった。長髪運動が結着を見た後、全校の目は不良たちに注がれた。まもなく学校が一丸となって——生徒会や一般生徒はもちろん、教師やかつての新撰組の連中もだ——「学校をよくする」ために、校内にはびこる不良分子の粛清をはかった。長髪運動の結果、生徒たちは集団の力というものの威力を自覚し、また「正義」の風が強く吹いたということもある。

不良たちはいたるところで生徒の集団から個人攻撃を受けた。大勢から吊るし上げられ、皆の前で自己批判させられたり、中には今後クラスに迷惑はかけないという誓約書まで書かされた者までいた。ぼくらは急速に追いつめられていった。が、生徒たちの情熱も長くは続かなかった。夏休みを迎え三年生たちはいよいよ受験の準備に入り、それどころではなくなったからだ。

ほとんどの者が高校受験を前にしての夏の陣を敷いている間、ぼくはアルバイトやら草野球やらで中学最後の夏休みをぐうたらに過ごした。今さら付け焼き刃のような勉強などする気にもなれなかった。高校受験で大きく物を言う内申書には最悪の内容が書かれるのはわかっていたからだ——もっとも内申書どうのということはなくても、遊び呆けていたのは間違いないが。しかしそんなぼくでも高校に進学したい気持ちだけは人並みに持っていた。というのもこの十年ほどの間に高校進学率は飛躍的に伸び、この頃では中卒で働く者は極端に少なくなっていたからだ。ぼくらの中学でも一割にも満たなかった。そして彼らのほとんどは、家庭の経済事情からというよりも、本人の成績および考え方から進学しない道を選んでいた。はっきり言ってしまえば、相当の学校嫌いか、よほどの劣等生ということだ。

ぼくのクラスにも中卒で働く者が二人いた。一人は親の跡を継いで大工になる男で、もう一人は近くの自動車修理工場へ就職する男だった。九月の終わりのある朝、担任教師が皆の前で満面に笑みをたたえながら言った。「みんな、いいニュースだぞ。伊藤《いとう》君がK自動車修理工場に就職が決まった。みんなより一足先に社会に巣立って行くんだ。君らの先輩になるわけだ。みんなで祝福しようじゃないか」

教室に一斉に拍手が起こった。伊藤浩一《こういち》というその少年は無口でおとなしく、クラスの中でも目立たない存在だった。勉強がまるっきり駄目で、Be動詞の活用ができないことや分数の計算を間違えることは、クラスでも知らない者がなかった。だからといって誰も面と向かって馬鹿にはしなかったが、まともに相手にすることもなかった。突然、クラス委員の木村《きむら》忠男《ただお》が立ち上がって「伊藤、おめでとう」と大声で言った。続いて何人かの連中が口々に「良かったなあ」「頑張れよ」などと声を掛けた。伊藤は顔を真っ赤にして下を向いた。彼に祝福の声を掛けた者たちは皆成績の良い者ばかりだった――その中に彼の友人は一人もいなかった。ぼくは急に訳のわからない怒りに襲われた。

「あほらしいっ！」

ぼくの怒鳴り声に、皆が振り返った。ぼくは立ち上がって言った。

「何が、伊藤おめでとうじゃ、笑わすな、ぼけっ！」

一瞬、教室中が静まり返ったが、すぐに教師が怒鳴った。「作田、どういうことだ」

「中卒で就職のどこがおめでたいんや。そんなもん、最低やないか」

「お前は伊藤君を侮辱するのか、許さんぞ」

「侮辱なんかしてるか」

「侮辱したじゃないか」

木村が立ち上がって言った。

ぼくは言い返そうとしたが、うまい言葉が出てこなかった。木村たちは口々にぼくの言葉を非難した。どうにも分の悪い闘いになってしまったのは明らかだった。担任教師は、伊藤君に謝れと言った。

「うるさいな、俺が悪かった」

「なんだ、その言い草は」

「やかましいわい、あほんだら！　文句あんのか」

ぼくがそう怒鳴って椅子を蹴飛ばすと、さすがに教師も少し恐れをなしたか、それ以上は何も言わなかった。しかし結局この一件で、ぼくは完全にクラスの鼻つまみものになってしまった。

　さて、秋も終わりになると、ぼくの進路の方も煮詰まってきた。十一月に進路指導についての保護者同伴の相談が行なわれ、そこで決まった。その日、職員室で、進路指導の教師は、ぼくと母を前にして、公立の受験校として南方《みなみがた》商業の名前を挙げた。あくまでもアドバイスの形をとってはいたが、承知するほかはなかった。どうせ不服を唱えたところで、教師が合格するというところを受けなければ、まず受かるはずはないのだ。それにぼくとしては行けさえすればどの高校でもよかった。というわけで、ぼくの進路は三分で決まった。教師はその後しばらく受験の心得などを話していたが、ふと皮肉っぽく笑いながら「お前みたいなもんでも高校へ行けるんやから、ええ時代や」と言った。彼は年は五十近いしょぼくれた男だった。度の強い眼鏡を掛け、いつもぼそぼそと小さな声でしか喋らないくせに、他の教師や生徒の親を前にした時だけは、驚くほど居丈高に物を言う男だった。ぼくが母の前で黙って神妙にしていると、彼はますます図に乗った。

「昔は勉強したくてもできない子が多かった。ところが今は勉強なんかしたくない奴でも高校へ行ける。お前は、十分に両親と時代に感謝するんやな」

　彼はそう言って笑いながら、ぼくの頭を掌で軽く叩いた。

「やめんかい！」とぼくはいきなりその手を払った。「黙って聞いてたら調子に乗りやがって、何が親に感謝せいじゃ。お前こそ、中学の教師ぐらいしかなれん器のくせに大学まで行かせてもらいやがって。親に感謝すんのはどっちやねん」

言い過ぎた、と思った時はもう後の祭りだった。ぼくは母の怒鳴り声を尻目に職員室を飛び出すと、その日は家へも帰らず、友人のところに泊まった。

4

ぼくの人生も知らぬうちに様々な仕分けの第一段階に入っていた。熟しきらぬうちにもぎとられ、大きさを揃えられ、箱に詰められ、荷札を貼られ、卸値を付けられ、次々と送り出されていく――そして区分けはさらに細かく念の入ったものになっていくのだ。多くの少年たちが、この時期こうしたものに対する苛立ちと怒りを感じていたに違いない。おそらく卸値の安い箱に詰められた者ほどその気持ちは強かったことだろう。しかしぼくときたら、そんなものには一向に気付かなかった。

中学を卒業して高校入学までの春休みに入ると、それまでのむしゃくしゃした気分も忘れ、すっかり御機嫌な気分になっていた。府立南方商業高校には最低点で合格していた――これは担任教師がからかい半分で教えてくれたのだ。滑り止めの私立高校に落ちていたので、もしここに合格していなかったら、ぼくの人生はどうなっていたかわからない。しかしぼくにはやりすごした不幸を振り返ってみるような趣味もなければ、起こり得なかった出来事の仮定などに頭を使うようなこともない。季節は春だったし、嫌だった中学は卒業していたし、おそらくはぼくと同程度の頭の連中ばかりののんびりした高校生活が待っていたし、というわけで、人生を暗く見るような理由など何一つなかった。

同じ頃、家から数キロと離れていない千里《せんり》丘陵で万国博覧会が開かれていたことも、ぼくを浮かれ気分にさせていた理由の一つだった――暗示的と言おうか、開会式は中学の卒業式と同じ日だった。「国民の目を安保から遠ざけようとしてるんや」と飯田勝行は憎々し気に評したが、確かに彼の言うように、様々な政治的思惑があったイベントだったようだ。経済大国としての高らかな復活宣言のつもりか、はたまた強い国家意識によるものか、本来開催都市の名を付けるべき万国博覧会に「日本」の国名を冠したのもその一つの例であるかもしれない。

ともあれ、ぼくにとって万博はやはり巨大なお祭りとして大いに歓迎すべきものだった。開催期間中は何度も行った。子供の頃は竹藪《たけやぶ》しかなかった千里山が巨大な万博会場に生まれ変わっているのに驚いた。万博は巨大な未来都市を思わせた。そこで初めてモノレールに乗り、動く歩道に乗った。各国のパビリオンには多くの外人がいた。これまでの人生で見た外人の数を越える外人に一日で出会ったし、生まれて初めて実際に黒人を見た。万博には二十回以上行ったが、結局、アメリカ館の月の石は一度も見なかった——たかが小さな石ころを見るために八時間も並んでいられなかった。ぼくにとって万博は会場そのものが巨大な見世物だったのだ。いや、当時の日本人にとっての最大の祭りだった——でなければ、わずか半年で六千万人が集まるはずがない。あれほどのビッグイベントはおそらくもう二度とできないだろう。

万博を嫌悪していた勝行にしても、開催された途端、喜んで何度も足を運んでいた。彼の予言通り、その年の六月に行なわれた日米安保条約の自動延長の声明に対しての反対運動は、十年前とは比べものにならないくらい盛り上がりに欠けるものだった。一年前あれほど全国で猛威をふるった全共闘も、この時はほとんど力を誇示することはなかった。勝行はそのことを随分悔しがっていたが、そう言う彼自身、その頃はもう学生運動からはすっかり足を洗い、長かった髪は切り、髭は落とし、スーツを着込んで就職活動に走り廻っていた。というわけで、世間のお祭り騒ぎがぼくにあっさり感染してしまったのも無理からぬことだった。だから同じ頃に起こった赤軍派による日航機「よど号」乗っ取り事件も、そうしたお祭り気分に水を差すどころか、むしろ祭りにつきものの喧嘩騒ぎでも見物するような気分で眺めていた。この事件に関しては、勝行もはっきりしたコメントはしなかった。おそらく彼自身どういう評価を下していいものかわからなかったのだろう。

しかしぼくの浮かれ気分は長くは続かなかった。高校の入学式に勢揃いした新入生の顔ぶれを見た途端、しばらく眠っていた不愉快な感情が一度に目覚めてしまったのだ。というのも、よくもまあこれだけの阿呆共を集めてきたものだと感心せずにはいられない見事な連中がずらりと揃っていたからだ。チャップリンスタイルのズボン、中国服と間違うほどの裾を伸ばした学生服、ムチ打ち症患者のような襟首、鉄腕アトムばりの額の剃り込み等々、当時はこんなところが不良の代表的スタイルだったが、こうした連中がずらりと勢揃いしている図は、まさにカリカチュアの世界だった。もちろん彼らを迎える在校生の方は、より一段と磨きのかかったものであるのは言うまでもない。そこには不良の個性というものなど微塵《みじん》もなく、メジャーなファッションとして成り立っていた。つまり、かつての少数派がここでは主流派となり、彼らのスタイルは、ハチが互いに似せ合うように、また時にはアブがハチに似せるように、属そうとするものへの忠誠を誓っていたのだ。

退屈な入学式の最中、さっそく方々で小さな喧嘩が起こった。ぼくの列の少し前でも、足を踏んだ踏まないで、殴り合いがあった。しかし原因など本当は問題ではなかったのだ。つまり、それらの喧嘩はすべて自分の顔を売るための手段にほかならなかったからだ。そんな光景はぼくを心底うんざりさせた。しかし彼らとは関わらないでおきたいという願いはその日のうちに破られた。

式が終わり、発表されたそれぞれのクラスへ向かおうとした時、一人の男子生徒から、肘が当たったと因縁をつけられた。ぼくは無視したが、彼はいきなりぼくの襟首を摑むと、そのまま壁に押し付けた。彼と同じ中学から来たと思われる連中が、大声で彼に声援を送った。ぼくはいきなり男の股間を膝で蹴り上げ、さらに、うずくまった彼の腹を三日前に買ったばかりの革靴で蹴り込んだ。そしてすぐさま振り返ると、先程囃《はや》したてた連中の中の一番大きな男に右ストレートを叩き込んだ。ちょうど彼が後ろへ跳び退いて逃げようとするところにまともに決まったので、彼は二メートルも派手にふっ飛んだ。教室にいた全員が静まり返った。

情けないことに、この一件でクラスの中におけるぼくの位置が決められたようだった。その日以来、いかにも間の抜けた頭の悪そうな連中が——女も含めてだ！——何かとぼくのまわりに集まってくるのには閉口した。

何日かすると、各クラスにも何人かボス格のような者が生まれていた。入学式以後にたて続けに起こった小さな喧嘩の数々は、この頃にはほとんど無くなっていた。つまりは不良たちの顔見世による「まねき」の序列が決まると必要がなくなったということだ。だから、廊下などでボス格とみなされている者同士が出会ったりしても、雌雄を決しようとはせず、互いにその力量を認め合っている実力者同士という態度を示した。それはまるで、二流の芸人同士が、田舎のドサ廻りで顔を合わせた体だった。そんな連中を見るのは虫唾《むしず》が走る思いだった。ところが、ぼくのどこにも属さずひたすら孤高を守っているような態度は、彼らをして、こいつこそ仲間にすべしという気にさせていたようだった。しかし彼らがどのような形で親しみを見せてこようと、ぼくは連中が大嫌いだった。ぼくの嫌悪は彼らだけに向けられているのではなかった。いつのまにか、学校そのものが急速に嫌になりつつあったのだ。

南方商業高校は、東京オリンピックの年にできた、創立わずか六年という新しい学校だった。戦後のベビーブーム世代が高校入学となった時に慌てて創られた学校で、一応は府立だったが、その時に国から多額の助成金でも与えられたのか、創立時から文部省のモデル校に指定されていた。モデル校といえば聞こえはいいが、実際のところは都合のいい実験校だった。だから色々と変わった学科が作られては消えていた。ぼくが入学した年には、三年生の女子には最後の家政科の一クラスがあったし、その二年前からは、体育科という新しいクラスも作られていた。そんなふうに何の方針も計画もなく出鱈目に学科を作ったり廃止したりして、いい学校になるはずもない。事実、南方商業の偏差値は、ぼくらの中学の学区では最低ランクだった。

ところで、この体育科というクラスはどうにも始末に負えないものだった。クラス全員が運動部員であり、週に何時間かは体育理論や運動理論などの授業があったりはしたが、だからといって体育教師になれるわけでもなければ、国公立大学の教育学部体育科に優先的に推薦されるわけでもなく、いったい何のための学科かわからなかった。もちろん高校教育というものは、卒業後の就職や進学のためだけにあるものではないが、こんなところで無味乾燥な理想論を振り廻しても意味ないだろう。つまりこの体育科も、現行はきわめて学力の足りない生徒たちの救済手段としての役目しか持っていないというのが実状だった。これに関しては校内の教師の中にも批判的な意見を持つ者が少なくなかったが、一般の生徒たちはまた違った意味でこのクラスの廃止を願っていた。というのも、この知能よりも身体の方がずっと発達した男たち——体育科は圧倒的に男子生徒が多かった——は、学校を我が物顔にのし歩いていたからだ。彼らを快く思っていない不良たちも大勢いたが、圧倒的な団結力の差で、戦力は比べるべくもなかった。しかも体育科の連中は生徒会の委員のほとんどを占めていた。だから文化祭や体育祭、それに修学旅行といった校内行事はすべて、彼らの主導のもとに行なわれていた。一学年七クラスの中のたった一クラスの連中に学内をいいように牛耳られているというのは、何とも悔しいものだった。

商業科の生徒たちが何より恐れていたのは、生徒会の下部組織ともいうべき応援団の存在だった。応援団は、団長の諸口達夫《もろぐちたつお》と副団長の木元隆《きもとたかし》を除いては、幹部の全員が生徒会のメンバーとして名を連ねていたので、実質的には生徒会の裏の顔とも言える存在だった。実際、彼らは生徒会の決定に不服を唱える者やグループに対しては、半ば公然と――しばしば暴力をちらつかせながら――圧力をかけた。だから彼らに対する商業科の生徒たちの恨みはかなりのものだった。

ぼくも連中に対しては、一般生徒と同様、いやそれ以上に憎悪を持っていた。というのも、入学して二週間ほどしたある日、応援団の練習中に団旗の下を横切ったのを理由に、いきなり団の一人に殴り倒されたことがあったからだ。ぼくはすぐさまはね起き、殴り返そうとしたが、相手が悪かった。「なんや、なんや」とばかり、ごつい体をしたオッサンのような奴らがすごみながら近付いてくるのを見れば――しかも何人かは手に木刀や竹刀を持っていた――暴発しそうになる怒りを懸命にこらえて引きさがらざるを得なかった。

応援団との関わりはそれだけでは済まなかった。十日ほどたったある日、今度は生徒会と応援団の主催する全校生徒挙げての野球部の春季大会への壮行会を途中で脱けたのがばれ、団室に呼び出されて数人から鉄拳制裁を受けるはめになったのだ。この時はさすがにこらえきれず、三番目に殴ってきた男を反対に殴り返したものだから、団室にいた全員から袋叩きにされた。必死で抵抗したのがなお悪く、結局滅茶苦茶に殴られ、奥歯を一本叩き折られ、顔はバスケットボールみたいにされた。

　この一連の事件は、応援団および体育科の連中に対するぼくの憎しみを決定的にした。しかし多勢に無勢とあっては、報復は容易にいかない状態だったので、煮えたぎる怒りを抱えながらも指をくわえているしかなかった。恨みに関しては比較的あっさりしているぼくにしては、珍しく怒りの感情を長く持ち続けていた。もっとも時折思い出したようにやってくる折れた歯の痛みに加えて、毎日のように肩で風切って歩く連中の姿を見せつけられていれば、いかなぼくでも忘れられるはずがなかった。

　ところで、厄介なことにぼくの怒りの矛先《ほこさき》は体育科や応援団だけに向けられていたのではなかった。実は商業科の一般の生徒たちに対しても、また別な苛立ちを持っていたのだ。南方商業の生徒たちはいわばそのほとんどが欠陥製品といえるものだったが、いい意味での個性豊かな「出来損ない」は数えるほどしかなく、欠陥パターンはたったの三通りしかなかった。その一つは勉強嫌いの不良生徒、もう一つは覇気のない無気力生徒、そして最後の一つは明らかに物覚えの悪い生徒だった。

　こうした連中が集まっての授業風景は一種喜劇的なものだった。教師はまるでサル山でものを教えているも同じだった。勉強の嫌いな不良たちは授業なんかそっちのけで、いつも勝手に私語を交していた――中には雑誌や漫画を読んでいる者や、ひどいのになると、トランプや双六《すごろく》で遊んでいる者、女生徒の中にはコンパクト片手に化粧をしている者までいた。一方、無気力な連中はというと、たいていが口を半開きにして死んだ魚みたいな目で黒板を眺めているか、それに飽きると、窓の外をぼんやり見つめているかのどちらかだ。教師の言うことにまがりなりにも耳を傾け、黒板に書かれた文字を黙々とノートに写しているのは、一部の生徒だけだった。が、悲しいことに彼らのほとんどは物覚えの悪い連中だったから、その努力はほとんど無意味なのだ。結局、彼らの多くは三年間の高校の授業で、商業簿記の初歩を除いては、何の新しい知識も仕入れることはなかったと断言できる。卒業する頃になっても、基本的な漢字が読めない者はいくらでもいたし、ひどいのになると、アルファベットの順番さえ満足に言えない者がいたくらいだ。要するに、高校進学率が九〇パーセントも超えると、こんな連中までが高校に行くことになるということだ。もっとも偉そうに言っているが、ほかならぬぼくもその一人だったのだ。しかし当時のぼくときたら、自分のことは棚に上げ、クラスや学校の連中に対する軽蔑感と苛立ちでいつもぶすぶすとくすぶっているような状態だった。

　ぼくの怒りは教師たちにも向けられていた。一番の理由は彼らが生徒たちを軽蔑していたからだ。よく考えれば自分もその一人なのだが、ぼくは自己の矛盾に頓着するような性格ではない。とにかく我慢ならなかったのは、教師たちがそうした言葉を生徒たちに投げかける時だった。でもこれも無理からぬことかもしれない。教師たちにとって、南方商業の生徒くらい、教えがいもなく、また可愛気のないものもなかったろうからだ。そうした気持ちは一流の進学高校から転勤してきた教師ほど強かった。ただふだんは抑えつけているはずの彼らのそうした感情も、授業を滅茶苦茶にされたり、生徒たちの憎まれ口に出会ったりした時に噴き出すことがあった。そんな時、教師たちの生徒たちに投げつける言葉は、直接の罵倒や悪口といったものではなく、数年後あるいは十数年後に待ち受けるぼくらの哀れな将来や生活ぶりの暗示といった極めて遠廻しで陰湿なものだった。一人の教師がこう言ったのを覚えている。

「君たちがそんなふうに気儘《きまま》にやっていけるのも、この三年くらいのことや。あとはずっと大卒の連中に使われて、三十年以上働き続けることになる。だから今のうち、せいぜい楽しんでおけ」

それを言った教師の表情にははっきりと復讐の喜びが浮かんでいた。しかし生徒たちは誰も怒らなかった。煙草や服装についての些細な注意で教師に喰ってかかる不良たちも黙っていた。彼らが怒らなかったのは、教師の婉曲《えんきょく》な言い廻しの意味がわからなかったからではない。いやむしろ十分にそれを理解していた。数年後の人生にどんなものが待ち受けているかを、もしかしたら教師たちよりも実感していたのかもしれない。卒業生のほとんどが市内の中小企業に勤めることになるのを知らない生徒はない。進学高校では、志望大学に向けて希望あふれる可能性を追い求めている少年たちがいる一方で、かたや高校入学と同時にその人生のほとんどを決められてしまっている少年たちがいたのだ。ほんの数年前まではビー玉やベッタンに遊び呆けていた子供たちが、もうすでに大きく分けられている——そしてさらに細かく分けられていくのだ。

しかし、ぼくは怒った。なぜなら、ぼくは自分の人生が半ば決まったようなものだとは微塵も思っていなかったし、まして他人にそんなことを言われるのは、しかも悪意を持って言われるのは断固許せなかった。

少年期におけるこうした激しい怒りのエネルギーは、時としてプラスに転化することがある。すなわち道徳の教科書などに出てくる立志伝中の人物たち——多くは政治家や実業家——にはお定まりの劇的なターニングポイントといったものを迎える可能性があるということだ。もちろんその反対に、犯罪者への転落といったこともあるだろう。しかしぼくに関して言えば、そのどちらの道へ進む可能性も大いに乏しかったと言わざるを得ない。拡散して放射する怒りのエネルギーを一点に収束させるというようなことが極めて不得手だったこともあるが、それ以前に「怒り」を他のものに変換させるなどという高度な構造には、頭と精神が作られていなかったからだ。それで結局、ギアも入れずにアクセルばかりを踏み込んでいる車のように、ただ怒りの空廻りでむやみに熱くなっているだけだった。

こうした精神の荒々しい発作というものには、もしかしたら肉体的なものが大いに影響を及ぼしていたのかもしれない。その頃のぼくはちょうど成長期の真っ只中にいる者にありがちの、極めて不恰好でバランスのとれていない体つきをしていた。両腕は猿のように異常に長く、脚はガニ股で、体全体はインドの修行僧並みに痩せていた。それでいて、広い肩はハンガーのように突き出て、手や足も体にはまったく不釣合なぐらい大きいものだった。それらは高校入学時の身体測定表に書かれた、身長百七十二センチ、体重四十八キロ、胸囲八十五センチ、座高九十センチといった数字だけでは表わせないものだった。人の三倍はあろうかと思えるほどの旺盛な食欲で胃に流し込む食物も、一向に肉や脂肪とはならず、時折思い出したように体の一部分を極端に発達させるものでしかなかった。

体の発達は外見ばかりにあらわれるものではなかった。性の生理がぼくの中で目覚めたのもこの頃だ。ただしこれはいささかやっかいなものだった。というのも、性への本能は誕生するやいなや、たちまち巨大な暴風となってぼくの中を吹き荒れたからだ――あのモーツァルトでさえ言っているように、「おそらくばか力の大男が束になってかかってもかなわないほど猛々しく」だ。陰茎は時も場所も選ばずに勃起した。道を歩いていようが、電車に乗っていようが、授業中であろうが、親不孝な息子の奴はまったくお構いなしだった。当然のようにぼくはへんずり――オナニーのことだ――に励んだ。どうでもいいことだが、大阪ではせんずりのことをへんずりと言う。これまたまったくどうでもいいことだが、「せんずり」は日葡《にっぽ》辞書にも載っている古い言葉なのだ。

　ぼくは若さと体力にものをいわせ、文字通りかきまくった。多い時には一日十回を超えることさえあった。たいていは弟たちのいない時の部屋や夜の布団の中でだったが、駅のトイレやビルの屋上、それに工場の裏手などでも平気でした。やり過ぎは良くない、とはたいがいの本に書かれていた。中には年齢による週の平均回数まで具体的に挙げてある週刊誌もあったが、そんなことに気を遣ってはいられなかった。それでも祖母に見つかった時は、恥ずかしくて穴にでも入りたいくらいだったが――彼女がまた大きな声で笑ったのだ！――癖は一向に治まらなかった。サルにオナニーを教えると死ぬまでやる、という話を同級生に聞いた時は、自分もサル並みかもしれないと思って大いに情けない気分になったが、そんなこともすぐ気にならなくなった。

　この頃のぼくの性衝動というものは、性欲と呼ばれる以前の、何か原始的な生理的反射の欲求のようでもあった。なぜなら、想像の上でも刺激の上でも、具体的な性的対象というものを求めるのは極めて稀であり、ただ純粋に物理的運動に終始することがほとんどだったからだ。だから、現実にセックスをしたいとか、ガールフレンドが欲しいとかいったことはほとんど考えなかった。

　ぼくらの高校の男女交際は、他の高校に比べてかなり進んだものだった。男も女も相当大胆に人目もはばからずに付き合っていたし、生徒たちの中でもそうしたものはごく自然に受けとめられていた。彼らの交際が、現実にどのような形で行なわれていたものかはわからなかったが、少なくとも互いに恋人と認め合い、かつ他の連中にもそう認められていた関係である仲がほとんどだった。彼らは皆、こと男女交際に関しては、いっぱしの大人気取りだった。その証拠に「あいつとは別れた」とか「もう完全に終わってしまったのね」などという、映画か芝居に出てくるような台詞が彼らの口から出てくることは珍しくなかったし、時には「浮気」や「遊び」といった言葉まで飛び出してくるくらいだ。実際に、最後の線まで進んでいた連中も少なくはなかった。そんな噂や話は幾らでも耳にしたたし、話だけでなくとも、放課後の教室や校舎裏などで、抱き合ったりキスしたりしているカップルはたまに目にしたし、手を握り合ったり、教室や廊下で男が女の肩や髪などを撫でている光景などは、全然珍しいものではなかった。応援団もそのあたりにはまったく寛容だった。

　こんなふうに書けば、学校中がまるでサカリのついた動物の檻みたいな印象を与えかねないが、実際にはすべての男女がこんな感じだったわけではない。好きな女に声一つ掛けられない気弱な男たちはいくらでもいたし、下品な冗談で顔を真っ赤にする純情な女生徒も大勢いた。むしろ数の上ではこうした男女の方が多かった。しかし派手で目立つ少数派というものは、しばしば全体を捉える客観的な目を曇らせるものであり、また時には、それこそが代表的スタイルとして誤解されるものだ。それはちょうど、サソリの仲間はすべて毒を持ち、あるいはヤクザは皆小指が無く、またユダヤ人はたいてい金持ちであるというふうに見られるのと同じようなものだ。そういう意味ではぼくが一部の生徒たちだけを捉えて、校風全体をいささかエキセントリックなまでに語ったことも、あながち真実を歪曲したとは言えないだろう。

そんな中にあってぼくはなぜか女によくもてた。ぼくに近寄ってくる女たちのほとんどは、ぼくの喧嘩の強いことに魅力を感じている、いわば西部劇の酒場のシーンなどに登場するあばずれ風の女だったが、中にはおとなしい無口な女の子もいた。後者の女たちは、気安く声を掛けてくる女たちとは違い、手紙や突然の贈り物といった形で気持ちを打ち明けてきた。しかし、ぼくはどれもこれもひとまとめにして蹴り返した。すなわち、なれなれしく近寄る女には口汚く悪口を浴びせかけ、手紙には一度も返事を出さず、手編みのベストなどはそのままくず籠《かご》に放りこんだ。こうした行為がいかに心ない恥ずべきものかということは当時のぼくにはまったくわかっていなかった。

ぼくは周囲にいる女性には何の魅力も感じなかった。とはいえ女性というものに対して憧れと理想を持っていないことでは決してない。かつて小学校時代に同級生の池田明子に強い想いを抱いたことがあったように、この頃のぼくにも、恋というものに対する熱い憧れが存在していたことはたしかだ。そうでなければ、テレビの洋画劇場で観た「ローマの休日」や「荒野の決闘」にどうしてあれほど入れ込むことができただろう。

けれども現実生活においては、恋ぐらいぼくにとって無縁なものもなかった——ぼくの周囲にいる下品で生意気な女や、鈍い表情をした女たちにどうして恋などできようか！　だから色気付くといったことも、ぼくにはまったく当てはまらない言葉の一つだった。クラスの男たちのほとんどが、毎日髪にクシを入れ、ヘアリキッドで手入れをし、鏡を睨みながら何とか自分の顔の中に素敵な所を見つけようと懸命になっている中にあって、ぼくはいつもボサボサの髪をふり乱し、顎や鼻の下にはネズミのような髭を無様に伸ばしていた——鏡に近寄って見ると鼻毛までとび出していた。ズボンはいつもよれよれだったし、革靴は傷と埃だらけだった。こうしただらしない一面も、自分で気付いたわけではなく、クラスのおしゃれ野郎やおせっかい女たちからの有難くもないアドバイスで教えてもらったものだ。しかしそれで改めたり気を遣ったりすることは一切ない。むしろ、そんなものに対する軽蔑感を一層増しただけだった。

いつのまにか自分を取り巻くすべてのものに対するぼくの嫌悪感と怒りはピークに達していた。日常生活においても些細なことですぐに感情を爆発させ、しばしばひどい言葉で人をやっつけた——もちろん殴り合いになることも珍しくない。そんなぼくをいつのまにかクラスの連中もまるで腫れ物にでも触るように扱った。その態度の裏には、ぼくに対する強い憎しみが潜んでいるのはわかっていた。それで学校には友人はおろか、気安く喋る相手さえできなかった。おまけに応援団と体育科の連中からは依然として睨まれていたし、教師たちからも根強く嫌われていた。

というわけで、入学して三ヵ月もたたないうちに、南方商業のすべてが我慢のならないものになってしまった——結局、ここもまたぼくの心安まるところではなかったというわけだ。

そんなふうに不満と不愉快と不機嫌で自家中毒を起こしかねない状態ながらも、何とか最初の学期を終え、夏休みを迎えることができた。久々の解放的な気分に乗って、休みに入ると同時に茨木《いばらき》のゴルフ場へキャディーのアルバイトに通った。ところが、この仕事は学校以上にぼくの気分を悪くさせるものだった。

もともと働くことや人に使われることは大嫌いな性格で、小さい時から家での用事や使いはもちろん、小学校、中学校の時も掃除や何かの当番など真面目にやったことがなかったのだから、アルバイトとはいえ労働に喜びを感じるはずもなかったが、十五歳の夏に始めたこの仕事は、ぼくに他人に使われることの嫌さを徹底的に味わわせた。

そのカントリークラブは茨木駅からバスで約一時間のところにあった。経営者は府下ではかなり大きなパチンコ・チェーン店のオーナーということだった。クラブのキャディーは専属のおばさんが半分と、あとは学生のアルバイトが半分だった。ただどうしたわけか、このクラブではアルバイトのキャディーには、バッグ運搬用のキャリーが与えられないことになっていた。おかげで専属のおばさんキャディーたちが、キャスター付きのキャリーを押して楽々とコースを廻るその横で、アルバイトたちはふうふう言いながら肩に重いバッグを担いで歩かなくてはならなかった。聞くところによると、専属のキャディーのほとんどが、ゴルフ場経営のために買い取った元の土地所有者たちの血縁ということだった。カントリークラブとしては、アフターケアの意味も込めて、いろいろと彼女たちにサービスしようとする姿勢を示しているのだろうが、この無理矢理にこしらえたようなアルバイト学生たちとの格差は、いかにもわざとらしかった。

夏の炎天下を重いバッグを担いで歩き廻らされるのは大変な労働だった。クラブを振り廻す連中は、どいつもこいつもろくでもない顔をしていた。彼らのほとんどは中年過ぎのいかにも金持ち然、あるいは会社の重役然とした男たちで――当時は若いサラリーマンなどはいなかった――およそ精悍さからは程遠いしまりのない体つきをしていた。

「たっぷり汗かきまんな」

「ほんまに、ええスポーツですわ」

といった会話を腹の突き出た中年男同士が交すのを聞くと、むかっ腹が立った。あほんだら、ええ汗かくのは俺の方じゃ！　とその度に心の中で怒鳴った。

遊び道具一式を他人に持たせて、自分は手ぶらでプレーするなどというものをスポーツとして認める気などまったくなかった。何より我慢ならなかったのは、彼らのキャディーに対する偉そうな態度だ。人を平気で顎で使ったし、居丈高に指図はしたし、時には怒鳴りつけることさえあった。彼らがゴルフ場に支払った高い金の中にはぼくらの使用料も入っていたのだから、連中にしてみればそんな態度も当然という気持ちだったのだろう。だからひどいのはいくらでもいた。林や茂みの奥深く打ち込んだボールを出てくるまで捜させるなどというのは少しも珍しくなかったし、中には崖の下に落としたボールまで取って来いと言う奴もいた。目の前には「危険ですのでキャディーにボールを拾いに行かせないで下さい」と書かれた立札があるにもかかわらずだ。ぼくはいつも「看板が見えへんのか」と言ってやったが、その度に帰り際にクラブのマネージャーから大目玉を喰らった。

夏休みということもあってか、客の中には時折ぼくと同い年くらいの若い男の子が父親らしいのに連れられてやって来ることもあった。最初は向こうも、自分と同年代のキャディーに対して幾分遠慮気味に「五番をお願いします」などと丁寧な言葉を使ってはいるが、しばらくプレーを続けるうちにいつのまにか周りの大人たちに倣《なら》って「おい、スプーンや」などとぞんざいな命令口調になるのだ。こういう時はぶん殴ってやろうかという気を抑えるのに苦労した。

接待ゴルフや上役の付添いゴルフと思えるようなメンバーに当たることはよくあった。誰かの一打ごとに、みすぼらしいまでのお世辞を連発する二流の幇間《ほうかん》みたいなオッサンがいるからすぐにわかった。上役や得意先の男の面白くもない冗談に大笑いする様や、道化並みにわざと空振りしてみせたりする姿などは、見ていて吐き気がしそうだった。しかしそんな男たちが、いざキャディーに向かうと、信じられないくらい尊大になるのだ。十五分も前に通り過ぎた自動販売機のところまで缶ジュースを買って来いなどと言うのはたいていこんな輩《やから》だった。

仕事は嫌でたまらなかったが、いざラウンドに出ると人の倍は頑張った。といっても誠心誠意仕事に打ち込むといった意味では当然なく、ただ金を稼ぐために仕事量を倍にしていたということだ。キャディーのバイト料は歩合制になっており、ラウンドを多く廻ればそれだけ稼げる仕組みになっていた。それにゴルフバッグも一人分より二人分運ぶ方が割がいい。それでぼくはいつも二人分のバッグを両肩に引っかけて廻ったし、時には三人分を担ぐこともあった。二つ以上のバッグを持つアルバイト学生はぼくのほかにもたまにいたが、彼らはたいていゴリラみたいな体をした大学の運動部員だった。だからぼくが痩せた体に二つも三つもバッグを下げる姿は、バイト連中の笑いの種だった。実際、炎天下を丸一日も歩き続けると、疲労で目が廻りそうになった。手足の関節は油が切れたみたいにギシギシ痛み、両肩は棍棒《こんぼう》でも噛ませられたみたいに疼《うず》いた。

もっともキャディーのアルバイトは中国の苦力《クーリー》のようなものでは決してない。アルバイト学生の中には、途中で客からクラブハウスサンドイッチをおごってもらったり、ジュースやコーヒーを飲ませてもらったりする者はよくいた。それどころか、帰りに車で送ってもらったり、中にはすっかり気に入られて、晩飯をご馳走になったり、不用になったクラブなどをもらう者もいた。しかしぼくは一度だってそんなおこぼれにあずかったことはない。両肩にバッグを担ぎ、額から汗をボタボタ流し、ようやく途中の小さな休憩所にたどり着いても、ゴルファーたちは狭い椅子を占領し、うまそうにジュースやらビールを飲んでいて、まともに日を浴びているぼくに対して、少しでも日陰に入るように言ってくれることさえなかった。もっともゴルフ場の規則で、専属のキャディーは別にして、アルバイト学生はプレー中休憩所の椅子に腰掛けてはいけないことになっていた。しかし実際にはそんな規則が守られるはずもなく、学生たちはいつも平気で座っていたし、専属のキャディーたちもそれを認めていた。ところが彼女たちは、ぼくに限ってはその規則を思い出すらしかった。どうやらぼくはここでも嫌われ者だった。理由はわかっていた。生意気な態度と不機嫌な顔付きがそれだ。

「あんた、もっとお客に愛想ようでけへんのか」

「なんでそんなふてくされたような顔してるんや」

とは、このバイトをやり始めて以来、キャディーのおばさんたちからずっと言われ続けている言葉だった。別にふてくされているわけではなかったが、嬉しくもないのに愛想よくにこにこするなどということは真っ平御免だ。それで彼女たちに注意されても、ふん、と言って横を向くものだから、よけいに彼女たちを怒らせた。

とにかくすべてがそんな具合だったから、仕事の嫌さ加減は募るばかりだった。しかし正直に言って、もしこれが他の仕事、たとえば物を作ったり、売ったり、書いたり、計算したり、といった類のものなら、同じだけの汗と苦痛を与えられようとも、これほどまで嫌悪感を覚えることはなかったかもしれない。誤解しないでもらいたいのだが、ぼくは何も非生産的で社会の益にならない仕事だから、と言っているわけではない。ぼく自身そうしたものに価値を見出すタイプではないからだ。問題は、大袈裟に言えば、キャディーという仕事の存在の意味に及ぶものだ。あまたある仕事の中で、自分にできることを他人にやらせるということくらい、不遜で贅沢なものはないというのがぼくの考えだ。女中しかり、自家用車の運転手しかり、銭湯の客の背中を流す三助しかり、というわけで、ゴルフのキャディーもその中に放り込んでも、おそらく「異議あり！」の声で騒然となることはないだろう。

もっとも、ぼくはそれで金をもらっていた。何度も言うように、ゴルファーがゴルフ場に支払った高い金の中には、その分がちゃんと含まれているのだ。しかし、金をもらっているという理由で、仕事に対しては一切の不満を心の底に押し込めるといった誇り高い考えはぼくにはない。ぼくはバッグを担ぎながら、またはグリーンで旗を抜いて立ちながら、心の中では百回もこの仕事の悪口を言い続けていたのだ。

それでもぼくがキャディーを続けていた理由は、金が欲しかったからにほかならない。高校入学と同時に家から一切の小遣いをもらえなくなっていたので、働かざるを得なかったのだ。この頃両親は一戸建ての家を買うという大胆な目標を持ち始め、母も再び働きに出ていたくらいだったから、支出の切り詰めはちょっと厳しいものになっていた。ぼくに至っては、下着を除く服や靴類、さらには文房具、時には風呂代や散髪代にいたるまで自分で何とかするように要求されていたから、どうしても金は必要だったのだ。いまいましいことに、キャディーのアルバイトは金になった。入学と同時に、毎日曜日には梅田の喫茶店でアルバイトをしていたのだが、一日たっぷり働いて千五百円しか稼げなかったのに、キャディーなら常時二千五百円以上、多い時には四千円を超える額を手にすることができたのだから、その魅力は大きかった。それに、一日の稼ぎをその日のうちに受け取れるというのも、「明日の百より今日の五十」というぼくの性格にしっくりくるものだった。

しかしそうした性格はえてして金を長く持っていられない。実際、稼いだ金を簡単に使った。仕事を終えた後、映画を観たり、食事をしたり、ビールを飲んだり、パチンコをしたりと、油断すると一日の労働の大半が家へ帰り着くまでに失くなっているということもあった。一度稼いだ全額をその日のうちに飲み食いに使ってしまい、一体何のために働いているのかと自分で呆れたことがある。あるいはきつい労働がよけいに散財を要求していたのかもしれない。そのせいか、何をしていてもあまり楽しいという気分は味わえなかった。

そもそも、初めは単車を買うための資金と、秋の小遣いの分を貯めておこうと始めた仕事だったが、こんなわけで一向に貯まらなかった。結局、そのこともぼくにずるずると仕事を続けさせる理由の一つになっていた。それにしても自分がこれほど金遣いの荒い人間とは知らなかった。手元に金があるとすぐに使ってしまった。それでいてポケットにいつも何枚も千円札を突っ込んでいるのに慣れてしまうと、空っぽの時は、まるでパンツでも穿き忘れたみたいに、何か落ち着かない気分になってくるのだ。

ぼくはまた弟たちにも気前よく奢《おご》った。二人とも食堂や喫茶店に連れて行くと喜んだ。ぼくにしてもこの時期、彼らと一緒にいる時が唯一不機嫌な気分を忘れられる時だった。

竜之介は大阪教育大学の附属中学二年になっていた。剣之介もこの年、彼の後を追うように同じ中学に入学していた。おかげで母の鼻の高いことといったらなかった。小学生の子供を持つ近所のおばさんたちからはしょっちゅう教育についての質問を受けていたし、町の婦人会からは次期役員に推されていたくらいだった。彼女の教育熱はさらに高じ、末弟の正樹などは、その波をまともにかぶり、まだ幼稚園というのに書取りや九九を教える塾に行かされていた。

正樹は素直なおとなしい子供で、両親や兄たちの言うことをよくきいた。反面、我儘なところも多分に持っていた。ただその反抗は、ぐずぐずとすねたり、泣きわめいたり、といったいささか女々しいものだった。しかし家族は腹立たしさよりもいじらしさの方が先に立ち、少々のことなら彼の意に沿うようにした。後年の彼のいじけた性格は、こうした甘やかしが一因だったことは否めない。

ところで、もし喫茶店のテーブルに座っているぼくと二人の弟の姿を注意して見つめる者があったなら、おそらくかなり奇妙な姿として目に映ったに違いない。色付きのカッターシャツをだらしなくジーパンの外に出し、裸足につっかけをひっかけた不良っぽい男と、こざっぱりした普段着の賢そうな少年二人という組み合わせは、とても兄弟には見えなかっただろうからだ。それに年長の男はたいていスポーツ新聞か漫画週刊誌を読んでいたのに対して、少年二人は、大学の学部のことや出題傾向について語り合っていたのだ。

竜之介は、秀才ばかりが集まる進学校の中にあっても、依然としてトップクラスを保ち続けていた。剣之介の学力もかなりのものだったが、竜之介には及ばないようだった。彼はそのことでいつもすごい闘志を内に秘めていたし、同時に強い劣等感も持っていた。特に竜之介が小学校卒業の時にやった総代に自分がなれなかったことに対しては相当の屈辱感を味わっていたようだ。それで、彼の竜之介に対する感情は、尊敬と敵意が入り混じった一種複雑なものになっていた。それでいて竜之介の影響力に完全に支配されていて、何でも彼の後を追っているような状態だった。だから、竜之介がバレーボール部に入ると同じように入部し、鉄道雑誌に夢中になると同じようにＳＬに凝り、さらに京大理学部物理学科を受けると言い出すと同じところを志望するといった有様だった。

たかだか中学二年生と一年生の子供が、大学の学科別の入試難易度やその後の進路などの話を熱っぽく語っているのを見たりしたなら、これほど気色悪いものもないだろうが、それが我が弟となると少しも気分が悪くならないどころか、頼もしい気にさえさせられるのだから勝手なものだった。ぼく自身は大学へ行くことなどまったく考えていなかった。別に自分の将来に対して何らかの割り切りがあったわけではない。その証拠に、就職のイメージもまったく頭になかったからだ。

竜之介は家でもすっかり大人みたいな感じで喋った。社会のことや政治のことなども、いっぱしの評論家気取りで語った。いまや彼が家の中で一番しっかりしているとさえ思えるほどだった。彼の話の大方は、剣之介を除いて家の者は誰も真剣に聞いてはいなかったが、それでも皆嬉しそうに彼の喋る姿を見ていた。しかし竜之介は本を読むことの少ない子供だった。彼の言葉のほとんどは学校の友人たちから仕入れたものや、隣の勝行から聞いたことだった。

勝行は、もうすっかり学生運動から足を洗い、大手自動車メーカーに就職の内定をもらっていた。当時の大学生の就職は青田買いもいいところで、早いのになると、三年生の終わりに内定が出て決まってしまうということだった――そのこともぼくは勝行から聞いて知ったのだ。この頃の彼の口癖は「俺の青春は全共闘の敗北によって終わった」というものだった。全共闘はその年、東大生の山本義隆《やまもとよしたか》や日大生の秋田明大《あきたあけひろ》らによって正式に全国組織結成へと向かっていたのだが、もうかつてのノンセクト・ラジカルの意味も失われ、全盛時の勢いも力も遠いものとなっていた。だから、勝行がいち早く全共闘の敗北を定義していたとしても間違ってはいない。彼はまた自分の言葉に酔ったかのように暗い敗残兵を演じてもいた。すなわち青春の燃えさかる戦いにすべてを投じ、夢儚《はかな》く敗れ去り、心に深い傷をひきずりながら生きる、翳《かげ》りを帯びた元戦士といったスタイルだ。しかし実際の彼はそんな感じからは程遠かった。就職のために刈り上げた短い髪に、さっぱり落としたヒゲ、それにアイビーファッションで包んだ肉付きのいい体、という具合に、どう見ても坊ちゃんタイプの若者だった。ただ唯一、佐世保で機動隊の鉄楯の角で付けられたという額の傷だけが、かつての闘士の面影を留めるものだったが、それさえもぽっちゃりした顔には、まったく似つかわしくないものだった。もっとも彼自身はその傷を少なからず気に入っているようだった。なぜなら全共闘闘争のことを語る時には、必ず傷のある右側を相手に向けていたからだ。

ぼくはもう勝行とは滅多に付き合わなくなっていた。喫茶店に入るくらいの金はいつも持っていたし、彼の方もぼくの日増しに強くなる生意気な態度にあまりいい気持ちを持たなくなってきたらしく、積極的にぼくを誘うことはなくなっていた。というわけで夏休みの間はほとんど毎日のように、面白くない気分で朝早くから阪急電車に揺られ、茨木の駅近くから出ている送迎バスに——客とバイト学生のいわば呉越同舟というわけだ——乗り込むのだった。

しかし、意に染まぬことを根気良く続けたり、自分を押し殺して辛抱に徹したりといったことは、やはりぼくには極めて困難な仕事だったようだ。というのは、夏休みをあと十日ばかり残したところで、とうとう短気を起こしてアルバイトを馘になってしまったからだ。積もり積もった不満と怒りが飽和点を超えていたということもあったのだろうが、その時の怒りの爆発は、むしろ気まぐれなぼくの気性から起こったことだ。そしてそのタイミングたるや、これまたいかにもぼくらしい最悪の時を選んだものだった。

その日のぼくの客は若いチンピラ風の四人のヤクザたちだった。数ある嫌な客の中でもヤクザくらい嫌な客はない。たいていが大声で喚きながらプレーし、カップインごとに卑猥《ひわい》な冗談を連発する奴等ばかりだった。一度、プレー中に、後方のグループが自分たちのホールへボールを打ち込んだというので、グリーンの上で金を脅し取ったことがあった――それもぼくや他のキャディーたちの見ている前でだ！

その日のヤクザも、下品で柄の悪い男たちだった。そんな連中に何時間も付き合わされ、始終口汚くののしられていれば、いい加減頭に血が昇ってくるのも無理はない。それに、その日はまた人の気分を訳もなく苛立たせるほどの猛烈な暑さだったことも、ぼくにとってはついてなかった一つだ。

事件は八番ホールの途中で起こった。林のそばを歩いている時、突然後頭部に棍棒か何かで殴られたような鋭い衝撃を覚えた。一瞬ふらっとなり、よろけて地面に両手をついた。振り向くと、数メートルしか離れていない林の中に若いヤクザがニヤニヤ笑いながら立っていた。彼がそこからぼく目がけてボールを打ったのは瞬間的にわかった。

「ぼけっ！　うろうろ前を歩くな。頭吹っとばされても知らんぞ」

打った男は笑いながらもそう怒鳴った。ぼくはバッグを地面に叩きつけると、彼めがけて突進した。彼がクラブを振りおろすよりも早く、ぼくが体当たりで頭から突っ込んだ。彼の腹にぼくの頭がめり込んだ。ウグッという声が聞こえた。ぶっ倒れた男に、そのまま馬乗りになって滅茶苦茶に顔面を殴りつけた。

その時、背中に電気が走ったような痛みが走り、ぼくは唸りながら林の中を転げ廻った。彼の仲間にクラブで背骨を直撃されたのだ。倒れ込んだぼくに、四方から足蹴りがとんでくるのがわかった。結局ぼくはそのままのびてしまったらしく、後続のグループの人たちに助け起こされて初めて意識を取り戻した。鼻も口も血だらけで、体中が腫れ上がったような感じだった。ぼくは体をひきずるように事務所へ戻った。ぼくのことはすでに連絡がいっていたらしく、半分のコースしか廻っていないのに、事務員から渡された封筒には全額分が入っていた。ただしマネージャーには、今日限りだと冷たく言われた。

ゴルフ場を出ると、駐車場にあった「大阪33」ナンバーの趣味の悪い白いフォードを見つけた。その車がヤクザたちの車かどうかはわからなかったが、ぼくは駐車場の端に置いてあったブロックを両手で摑んで力一杯フォードの屋根に叩きつけた。屋根は大きな音を立ててへこんだ。それからフロントガラスにぶつけると、ぐしゃっとひび割れた。ちょうど帰ろうとしていた何人かの客が驚いたように見ていたが、ぼくは彼らを尻目に一目散に走って帰った。

一週間ばかりは、思い出す度にはらわたが煮えくり返りそうな口惜しさを味わっていたが、二学期が始まると、いつのまにか怒りもさめた。体の方は何ともなかった。袋叩きにあったはずなのに、大きな怪我をしなかったのは、相手がヤクザだったからかもしれない。おそらく加減を知って暴力をふるったのだろう。あの手の連中といざこざを起こして、あの程度で済んだのはラッキーだったのかもしれない。そうでなくとも、車のことでは結局その後何もなかったのは本当に幸運だった。

5

学校ではほとんど友人ができなかったが、それでも二学期に入ってからは、少数ながらも気の合う仲間ができた。宮本公雄《みやもときみお》は中でも最も気の許せる男だった。父親が市会議員をしていたが、彼自身はおよそ坊ちゃん的な雰囲気からはほど遠い、野性的な匂いを持っていた。勉強はからきしできなかったが、頭の回転の速い男だった。なぜ私立の高校――大学へエスカレーター式に上がれる附属の学校という意味だ――に行かなかったのかと訊くと、彼は幾分誇らし気に「俺はそういうのは嫌なんや。作田、お前ならわかるやろう」と言った。彼は三人兄弟の末っ子で、二人の兄の一人は国立大学の医学部、もう一人は慶應大学に行っていたが、「俺は兄貴たちみたいな親父やお袋のロボットやない。自分の人生は自分のやりたいようにやる」というのが口癖だった。彼の家では彼と両親との口論が絶えなかった。一度宮本の家に遊びに行った時、彼はぼくのいる前で平気で母親を怒鳴りつけた。そんなわけで、彼の誘いにもかかわらず、家に遊びに行くのは気がひけた。彼の怒りの嵐は、ある意味ではぼく以上だった。それはきわめてヒステリックなもので、年中何かにピリピリしていた。それでひとたび凶暴な感情の発作が起こるや狂ったように暴れ出すものだから、彼の喧嘩はしばしば歯止めの利かないものになった。完全に戦意を失っている相手や地面に倒れ込んでいる相手にまでなおも容赦なく蹴りやパンチを浴びせ続ける様は明らかに行き過ぎだった。

井上修《いのうえおさむ》は宮本とは反対に貧しい母子家庭の息子だった。しかし無鉄砲で喧嘩早い性格は宮本にそっくりだった。チンピラの兄貴を持ち、彼自身も中学の時に喧嘩と窃盗で家裁送りになったという経験があるだけに、不良としての貫禄は一枚上だった。けれどもどちらかと言えば、宮本が暗い性格でどこかに繊細な感じがあるのに対し、井上は明るく豪放な性格だった。

二人ともぼくと同じく、人とうまくやっていくのが苦手なタイプだった。そんなぼくらを近付けたのは、応援団に対する共通の敵意だった。宮本も井上も――その性格からすれば当然のことだったが――応援団から何度か殴られていた。それで初めはアンチ巨人ファンの集まりのような意識で親しくなっていたに過ぎなかったが、十月の初めに三人で応援団の団室に火をつけたことで結びつきが一気に強まった。

そもそものことの起こりは、体育祭のための合同練習だった。

新学期が始まると間もなく、生徒会と応援団は文化祭や体育祭などの秋の一連の行事に向けて活動を開始した。一般生徒にとっては、この半ば強制されたような祭りなどうんざりするものこの上もなかったが、何よりも迷惑だったのは、体育祭のために週に二度も放課後の一時間を潰して行進練習をさせられることだった。名目上は体育教師の監督の下でということだったが、実際には生徒会役員と応援団員たちがすべての指導を行なった。ところで、この体育教師という存在も一般生徒にとってはかなりしゃくにさわるものだったのだ。というのも、優に他校の三倍はいると思われる南方商業の体育教師たちは、校内を体育科のボスのような顔でのし歩いていたからだ。彼らは職員室とは別の体育教官室にたむろし、他の教師たちとは明らかに別なグループを形成していた。もっとも彼らのほとんどが偏差値の高くない体育大学出身では、どだい一般教師たちと話題が合うはずもない。実際、彼らの教養は低く、体育の教科書に出てくる漢字さえ読み違えるなんてこともしょっちゅうだった。しかしそうしたことがかえってコンプレックスの裏返しとして出ていたのか、学校の行事や生徒指導に関してはやたらと積極的にしゃしゃり出てきた。それで、この行進練習も彼らが取りしきっていたというわけだ。

事件は、体育祭を三日後に控えた練習直後に起こった。この日、いつものように一時間の練習が終わった後も、生徒会は、行進がだらけていたという理由で解散を許さず、さらに一時間の練習を続けることを一方的に宣言した。これにはさすがに一般生徒たちも怒り、校庭はにわかに騒然となった。しかし生徒会と応援団の対応は早かった。彼らは血相を変えて生徒たちを取り囲んだ——何人かは手に竹刀を持っていた。

生徒たちはたちまち狼に睨まれた羊のようにすくんでしまい、おとなしく生徒会の要求を受け容れてしまった。けれども狼の方はすぐには怒りが鎮まらなかった。今後のためにも今一度恐怖を叩き込んでおく必要もあったのか、連中が見せしめのために白羽の矢を立てたのが、たまたま最前列にいたぼくと宮本だった。二人は何人もの体育科の連中によって列から引き出され、激しい罵声とビンタを喰らった。周囲には何人かの体育教師がいたが、誰も何も言わなかった。

この時の怒りと口惜しさはちょっとやそっとで口に表わせそうにもない。なまじ感情の爆発を抑え込んだものだから余計だった。あまりにムカムカして行進中吐きそうになったくらいだ。もちろん練習が終わった後も容易におさまらなかった。それは宮本も同じだった。それで学校帰りにお好み焼き屋に寄り、互いに怒りをぶちまけあった。このウサ晴らしには井上も加わった。

「畜生、応援団の野郎め、図に乗りやがって！　大勢集まらな、何もでけへん奴等のくせしやがって――」

「ほんまや、あいつらいっぺんいてまわなあかんで」

ぼくらは口々に応援団および体育科の連中に対する怨みごとを吐き散らしていたが、そうしたことを口にすればするほど、これまでの恨みの数々が思い出されてきて、さらに怒りがこみ上げてきた。それで話は一挙にエスカレートし、応援団の連中に目にもの見せてやろうということになった。

今までも、応援団や体育科の連中の横暴な態度を見せつけられたりした後は、よく三人で、仕返しや一泡吹かせてやろうといった与太話をすることはあったが、いつも話だけで気を晴らしていたのが、この日は生々しい怒りの記憶にビールの酔いも手伝って、三人ともすっかりその気になった。それで仕返しは応援団の団室を焼き払うことに決まった。

その日の夜、三人の酔っ払いは体育館の裏の塀を乗り越えて学校へ忍び込み、校庭の隅に設けられているゴミ焼却用の灯油缶を盗み出し、体育教官室の横に建っているプレハブの応援団団室に火を点けた。火はすぐに広がった。ぼくらは燃える団室を見ておおはしゃぎしながらも、長居は無用と早々にその場を立ち去った。その直後、ランニングから戻った柔道部員が火事を見つけ、校内に残っていた一部の生徒や教師たちが懸命に消火にあたったらしかったが、そのかいもなく団室は全焼した。翌朝、そのことを知ってぼくらは大喜びした。おまけに団旗が燃えたことで、応援団の全員が頭を剃るという付録までついたとあっては、大爆笑だった。

しかしこの不審火はぼくらの予想以上に大きな事件になった。新聞に載った上、消防署や警察署からも調べに来たのだ。ぼくたち三人はそれまでの痛快な気分もどこへやら、一転して恐怖に囚われることになった。しかし調べは事務的なものに過ぎなかったらしく、結局原因不明の失火ということで落ち着いた。もしかしたら学校側から穏便に済ましてくれという何らかの働きかけがあったのかもしれない。ともあれぼくらは窮地をすり抜けた。あれほど杜撰《ずさん》な行き当たりばったりの計画がうまくいったのは僥倖《ぎようこう》以外の何物でもない。灯油を盗み出す時にしろ、団室に火を点ける時にしろ、目撃者が一人でもいたなら一巻の終わりだった。あるいは決定的な場所に指紋を残していたとしても同じことだ——いったい酔っ払っていたぼくらの誰が指紋のことなどに注意を払っていただろう。

いずれにしても、この事件はぼくら三人の結びつきを非常に強いものにした。宮本と井上は早速「南方三銃士結成」と狼煙《のろし》を上げたが、ぼくとしては、たとえ気の合う者同士であろうと、そんなグループを結成するということはあまり気が進まなかった。おかげで、血判状を作ろうとまで言った二人の気分を少し腐らせた。

しかし彼らとはうまくいっていた。学校の中ではもちろん、それ以外でもしょっちゅう連れ立って遊んだ。ゲームセンター、パチンコ屋、スナック、時にはピンク映画やストリップ劇場にも足を運んだ。井上が田中真理の大ファンだったおかげで、ぼくと宮本も日活のロマンポルノにはかなり詳しくなった。ぼくらがよく通ったストリップ劇場は、天神橋にある東洋ショー劇場で――学割が利いて六百円だった――当時はまだ白黒ショーも生板《なまいた》実演もなく、せいぜい花電車の芸がある程度のおとなしいものだったが、十五のガキには相当に強烈なものだった。正直言って初めて見た女性器のなまなましさにはちょっとついていけないところもあった。もっともそう感じていたのは、ぼくがまだ童貞だったからかもしれない。井上は中学時代にすでに経験を終えていて、いつもぼくと宮本にセックスの素晴らしさを声を大にして言うものだから、二人ともやりたくてたまらなくなっていた。

西成の飛田の遊郭へ行けば安くやれるということは聞いていたが、どんな女が出て来るかと思うと、もう一つ決断する気になれなかった。というのもぼくらのようなガキの間では、女郎屋にまつわる気味の悪い話がまことしやかに伝えられていたからだ。それで皺だらけのババアや、頭を金髪に染めた醜い中年女、性病持ちの狂女みたいなのがいると半ば本気で信じていたのだ。実際、ストリップ劇場などでは、びっくりするような年の女が凄い化粧で登場するのに何度もお目にかかっていただけに、昔ながらの遊郭ならそれ以上の化け物が潜んでいるかもしれないと思っていたのも無理はない。それでぼくも宮本もいつもジリジリした気分でせっせとへんずりに励んでいたというわけだ。ただ井上にしても、中学卒業と同時に恋人だった女にふられていたので、セックスに対する渇望はぼくらと同じだった——いや、なまじ経験があるだけにぼくら以上のものがあったかもしれない。だから彼の部屋などで、ワイ談が盛り上がった果てには、三人揃ってへんずりをかくというあほ丸出しのこともよくやった。

ところで応援団の団室焼き払いの事件は完全に落着していたわけではなかった。

体育祭などの秋の一連の行事が終わると、おそまきながら応援団が自ら犯人調査に乗り出したのだ。そしてそれに歩調を合わせるかのように、生徒会と応援団の校内支配体制が一層強化された。彼らが規律を強めた背景には、ちょうど同じ頃に起こった三島由紀夫の割腹事件の影響があったのかもしれない。この事件に対する彼らの反応は早く、翌日の昼休みには校内放送を通じて全校生徒に一分間の黙禱《もくとう》を強制したくらいだった。しかし連中が三島由紀夫の著作に通暁《つうぎょう》しているはずはなく、要するに彼の派手な行為とそのスタイルが心情右翼の少年たちの心を痺れさせていたに過ぎない。もっとも三島由紀夫の存在など大多数の一般生徒にとってもまったく縁のないもので――ぼくも同様だ――おそらく学校の中で彼の死を本当に残念がっていたのは国語教師くらいのものだったろう。

それはともかくとして、ぼくや宮本たちにとっては応援団による放火事件の調査は実に厄介なものだった。彼らのやり方はまことに露骨で、日頃から生徒会や応援団に対して反抗的な男子生徒たちを個々に呼び出しては直接訊問するといった強引な方法だった。三年生や二年生の不良の何人かが団の連中に殴られたという物騒なニュースも聞こえた。学校中がすっかりピリピリした重苦しい空気に覆われてしまった。それで一般生徒の中には、この事件は団の自作自演ではないのかと陰で言い出す者まで出るくらいだった。おそらく学校側は応援団がしていることを知っていたが、なぜか彼らの行為を黙認していた。

ぼくらは彼らの追及の手が自分たちにまで伸びないようにと願いながら、びくついた毎日を送っていたが、十一月の終わりごろ、ついに彼らはぼくらに追いついた。

呼び出しは最初ぼく一人だけだった。校内の掲示板に、応援団よりぼく宛で「質問したいことあり。今週中に、放課後生徒会室に来られたし」と書かれた紙が貼り出されたのだ。こんなふうにやたら形式ばったやり方を取るのが彼らのスタイルだったが、ぼくは開き直って無視した。すると翌週の月曜日、一時間目の授業が終わった直後、副団長の木元隆に率いられた数人の応援団員がぼくの教室に押しかけてきた。

　木元という男は気性が激しく残忍な性格で、ある意味で団長の諸口よりも恐れられていた。貼り紙を無視した時からこうした場面は半ば覚悟していたが、いざその場に出喰わすと、さすがに少々怖気づいた。クラスの連中も一様に押し黙って、ぼくらの様子を見つめていた。

　木元がどすをきかせた声で言った。

「なんで先週来んかったんや」

「なんで行かんならんねや」

「ちょっと訊きたいことがあるんや」

「お前らに言いたいことなんか何もないわ」

　そう言った瞬間、木元の横にいた男から竹刀の先で顔を突かれた。木元に気をとられていた上、竹刀が下から飛んできたのでよけきれず、まともに人中《じんちゅう》に喰らった。ぼくの鼻からはみるみる鼻血が吹き出し、まるでゆるんだ水道の蛇口みたいにぼたぼたと床にこぼれ落ちた。

　ぼくの全身は怒りでぶるぶると震えた。応援団員たちは木元を除いて全員が竹刀を取って身構えた。が、ぼくの異様な形相に、彼らもやばいと感じたのか、この場の追及はそこで打ち切りになった。

「そのうち、日を改めて、ゆっくり話を聞かせてもらうで」

木元はそう言って芝居気たっぷりににやりと笑うと、恰好をつけて教室を出て行った。鼻血は授業中も一向におさまらなかった。隣の席の女の子にチリ紙をもらって鼻につっこみ、授業中は頭を後ろの机にもたせかけたまま、机の上に足を投げ出していたが、教師は何も言わなかった。

その日の昼休み、再び掲示板にぼくへの呼び出し状が貼り出された。ただし、そこにはぼくのほかに宮本公雄と井上修の名前も一緒に書かれていた。三人が揃って無視すると、翌日、今度ははっきりと警告調の貼り紙が出された。

今や、ぼくらが応援団から完全に目を付けられているのは明らかだった。彼らは何としてでもぼくらを生徒会室へ連れ込んで徹底した訊問を行ないたがっていたが、ぼくらとしてもそれだけは絶対に御免蒙《ごめんこうむ》りたい思いだった。もしそんなふうに密室に連れこまれでもしたなら、下手すれば拷問にでもあいかねなく、そうなればぼくらとしてもゲロしてしまう可能性があったからだ。だから連中に幾ら脅されようと、生徒会室にだけは間違っても行かなかった。彼らにしても、大の男を白昼堂々と攫《さら》うような真似はできなかった——もし彼らが数に頼ってそんなことをやろうものなら、ぼくらもなりふり構わず大声で喚き立てたろう。そんなわけで、応援団の連中はその代わりとして、廊下や校庭でぼくらを見つけると、難くせをつけて殴ってきた。井上などは一度便所で数人に取り囲まれてさんざんに殴られた。おかげで情けないことに、以後ぼくらは便所へ行くのに女の子みたいに連れ立って行くはめになった。多勢に無勢とあってぼくらがほとんど抵抗しないのをいいことに、彼らの挑発や嫌がらせは日を追ってエスカレートし、その週の終わりには、状況はぼくらにとってもはや非常事態となっていた。

このままでは学校にいられない、何とかしなければいけないと、三人は日曜日に宮本の家で一日潰して相談したが、少しもいい案が浮かばなかった。それで結局、ぼくらのとった方法は学校をサボることだった。

毎朝、阪急の十三の駅で宮本らと落ち合い、パチンコ屋やゲームセンターで遊び歩いた。しかし三人とも、こそこそ逃げているという意識があったので、何をしていても心から楽しいという気分にはなれなかった。それで一日の終わりには、応援団に対する憎しみを一層募らせているという具合だった。

同じ頃、団長の諸口達夫らの就職のニュースがぼくらの耳に入った。聞けば、諸口は大阪市役所、木元は大阪ガス、その他の幹部連中も軒並み、南方商業としては最高の就職先に決まっていたが、これほどムカつく話もない。高校生活三年間ずっと一般生徒たちの上に君臨し、さんざん威張りくさった上に、誰よりもいいところに就職するのだ。しかもぼくらは連中のおかげで進級まで危うくされているのにだ——もし諸口らが卒業するまで学校をサボり続けたならば単位不足で落第は決定的だった。にもかかわらず、ぼくらときたらこのどんづまりの状態を打ち砕くいい解決法などまったく見出せないまま、相変わらずずるずるとだらしないずる休みを続けていた。

　ぼくのサボタージュは、学校からの連絡で両親の知るところとなった。親父はかんかんに怒り、さんざんにぼくを殴ったすえ階段から突き飛ばした。転がり落ちたぼくに向かってなおも殴りかかるので、その手を摑んで押し返すと、親父はあっけなくひっくり返り、壁で頭を打った。親父は完全に逆上し、文化住宅の下の共有スペースに置いてあったスコップを摑んでぼくを追いかけた。この時、クリーニング屋の林田さんが止めに入ってくれなかったら、どうなっていたかわからない。林田さんのとりなしで、ぼくは親父に謝り、次の日から真面目に出席するということを約束して、ようやくその場は収まった。もっともぼくにそんな気はまったくなかった。親父も怖いが、応援団はもっと厄介だったからだ。

　翌朝、学校へ行くふりをして家を出ると、文化住宅の前で林田さんに会った。

「どうや、親父《おや》っさんに堪忍してもろたか」

　林田さんは笑いながら言った。

「あのクソ親父、怒ったら見境がなくなるんや。ぼくがその気にさえなったら、一発で吹っ飛ばされるということに気ぃついてへんのや」

林田さんはにっこりと微笑んでぼくの肩を叩いた。

この日の林田さんの様子は後々までずっと記憶に残った。といってもこの時の会話に深い意味があったわけではない。ぼくの心に深く刻みこまれていたのは、彼がこの日もいつもと変わらぬ明るさを持っていたことだ。林田さんはこの日の午後、妻と脳性麻痺の娘を殺して自殺したのだ。

夕方、家へ帰ると、文化住宅の周りにすごい人だかりができていた。ぼくは人混みの中に竜之介の蒼い顔を見つけた。

「何かあったんか」

「林田さんが——一家心中したんや」

ぼくは一瞬、声を失った。その時、人混みの間から担架に乗せられて運ばれる人の姿が見えた。ちらっとだったが、その顔の上に白い布がかぶせられているのをはっきりと認めた。ぼくは人混みを押しのけると、林田さんの家の前に飛び出した。遺体は車の中に運びこまれていった。言いようのない哀しみが胸にこみあげた。と同時に、自分でも説明のつかない激しい怒りのようなものが全身を捉えた。ぼくは再び乱暴に人を押しのけてその場を離れた。

その時、遠巻きに見ていた飯田勝行と目が合った。

「見たか」

と彼は言った。

「よく見ておけよ。これが福祉の現実や。豊かに見える社会の実態がこれなんや」

「やかましい、あほんだら。黙ってろ！」

とぼくは怒鳴った。勝行は顔を強ばらせた。

「しょうもないことごちゃごちゃぬかしやがったら、しばきまわすぞ！」

ぼくの大声に周囲の人達が振り返った。勝行は顔を真っ赤にしてぼくを睨みつけたが、何も言わなかった。これは賢明だった。もしこの時彼が何か言い返しでもしていたなら、まず間違いなくぼくの拳を喰らっていただろう。それほどぼくは激しく憤っていたのだ。しかしこれが何を原因とし、また何に向けられていたのかは、ぼく自身でさえわからなかった。「不幸」というものを、社会的に捉えたり、不条理性といった角度から見すえたりといったことは、当時のぼくにできるはずもなかった。とはいえ、この事件がぼくの幼稚な人生観に何の示唆《しさ》も与えなかったということは決してない。林田さんの死は、ぼくの中の何かを激しく揺さぶった。彼の死は、ぼくに人間というものの中に潜む謎を教えたのだ。この日の朝の林田さんのいつもと変わらぬ自然な態度がぼくの心に強い衝撃として残ったのもそれだった。つまり人間というやつは、いかに明るく振る舞っていようと、その心の奥にどれほどの苦悩と狂気が潜んでいるか、しょせん他人には計り知ることなどできないものだということを教えられたのだ。しかしこれは、あるいは彼自身でさえ最後の一瞬まで気付かなかったものかもしれない。ぼくが文化住宅の野次馬たちの輪から脱け出して、一人で神崎川のコンクリートの堤防の上に横たわって考えていたのは、そういうようなことだった。

結局ぼくは三時間以上もそこでじっと横になっていた。すでに陽は落ち、川面には冷たい師走《しわす》の風が吹いていた。

ぼくを見つけたのは宮本と井上だった。彼らは橋の上から声を掛けると、堤防にやって来た。

「どうしたんや、こんなところで？　さんざん捜したで」と宮本が言った。

二人はぼくを訪ねて文化住宅に寄った帰りだった。二人ともぼくと同じく学校からの通報でサボタージュが家に知れ、そのため緊急の相談にやって来たところらしかった。二人は堤防の上にしゃがむと、それぞれの家庭での厄介な状況を口にした。ぼくはぼんやりとそれを聞いていた。

「なあ作田、どうする」と井上が言った。

「応援団に詫びを入れるか」と宮本が言った。

ぼくはゆっくりと体を起こすと、二人に言った。

「これから、諸口の奴をしばきに行く」

二人は驚いた。「本気か」と井上が言った。

「ああ本気や」

「そらあかんで、作田」

「いくら何でも無茶や」

二人は必死でぼくを思い留まらせようとした。

「何も一緒にやろうとは言うてへん。俺一人でやる」

ぼくはそう言うと、立ち上がって一人で歩き出した。今のぼくを止めることは誰にもできなかった。先程から全身に渦巻いていた激しい怒りの嵐が、吹き出し口を求めて荒れ狂い、もはや自分でも制御できなくなっていたのだ。だから極端な話、怒りをぶつける相手は誰でも良かったのだ。二人はしかしぼくのいつにない異様な迫力に触発されたのか、あるいはまた自分たちの切羽詰まった状況に開き直ったのか、一緒にやろうということになった。

諸口の家は中津《なかつ》にあった。ぼくらが彼の家に着いた時、時刻は八時を大きく過ぎていた。

「諸口文房具店」と書かれたシャッターを叩くと、母親が出てきた。小柄な人の好さそうな顔付きをした小母《おば》さんだった。ぼくが、応援団の者ですが、諸口さんにちょっと相談があるんです、と言うと、彼女は愛想良くうなずいて息子を呼んだ。少しして諸口本人が顔を出した。彼はぼくらを見て一瞬顔色を変えたが、すぐに平静を装い、母親に、すぐ戻ると声をかけ、表に出てきた。

ぼくは諸口についてこいというように目で合図すると、黙って歩いた。そのすぐ後を宮本と井上が従い、少し遅れて諸口がついてきた。誰も口をきかなかった。宮本の口笛と井上の時折唾を吐く音しか聞こえなかった。ぼくは五分ほど歩いたところに、小さな児童公園を見つけ、そこに入った。後の三人もついて入った。

「話いうのは何やねん」

そういう諸口の声が少し硬い感じなのがわかった。

井上がかん高い声で怒鳴った。

「お前に口で話なんかしても通じるわけないやろが。今からお前でもわかるような話のつけ方をしたるわ」

「三対一とは卑怯やないか」

諸口の言葉に今度は宮本が嚙みついた。

「じゃかあしいわいっ！　卑怯はどっちや。大勢揃わな偉そうにできんくせに——ええ恰好ぬかすな」

宮本はヒステリックにそう言うと、地面に落ちているこぶし大の石を摑み、それでブランコの鉄柱を力一杯殴りつけた。金属性の大きな音が夜の公園に響いた。諸口は何も言い返さなかった。

「心配すな。お前みたいな奴に三対一でかかるようなことするか。俺が相手や」

ぼくはそう言ってコートを脱いだ。それから軽く柔軟体操をして体を暖めた。諸口は黙って見ていた。

「ほな、やるか」

ぼくは諸口に向き合って構えた。しかし諸口にはほとんど戦意が感じられなかった。

ワンツーを叩き込むと、彼はあっけなく片膝をついた。井上が呆れたような声を上げた。

諸口はすぐに立ち上がったが、ほとんど攻めることはせず、ぼくのパンチを両手でカバーしながら、ただ亀のように上体を縮めるばかりだった。それで空いている右の脇腹を叩いた。うっという声と同時に彼の両手が下がったところを、顎にアッパーを突き上げた。彼はそのまま腰を落とし、尻もちをつくような恰好で倒れた。そしてもう立とうとしなかった。

「立てや」

とぼくが言うと、諸口は四つん這いになったまま、いかにもパンチが効いているとでもいったように、ゆるゆると首を振った。

ぼくは左手で彼の襟首を摑むと、渾身の右パンチを顔面に叩き込んだ。鈍い音がして、彼の体が地面に崩れ落ちた。ぼくは地べたに伸びている彼の頭を最後に一発だけ蹴り上げると、踵を返した。それを見て、井上が慌てて声をかけた。

「おいおい、このままで終わったらあかんで。仕返しする気も起こらんぐらい、メチャメチャにやっとかな――」

ぼくが後ろを振り返って、倒れている諸口に向かい、仕返しする気があるのかと尋ねると、彼は力なく首を振った。水銀灯に照らされた彼の顔は大きく腫れ上がり、血でべっとりと染まっていた。それを見ると、これ以上殴る気にはなれなかった。この時、脳裏に、先程見た人の好さそうな彼の母親の顔が浮かんだ――彼女は息子を「タッちゃん」と呼んでいた。それで、これまでの貸しの返済にはほど遠い額ながら、残りは棒引きにしてやることにした。

しかし二人の共同債権者はそんなことではおさまらなかった。ぼくにしても彼らを止めることはできなかった。それで二人が諸口を痛めつけている間、彼らに背を向けてブランコに乗っていた。もっとも二人とも無抵抗で倒れている相手にはやはり闘志は湧かなかったようで、殴打はあっさりと終わった。

最後に、宮本は諸口に、二度とぼくらに手を出さないという誓約書を書かせた――署名の上に血判まで押させるという念の入ったものだった。呆れたことに便箋は宮本が先ほど諸口の店から隙を見てくすねたものだった。ぼくにはそんな誓約書が大した保証になるとも思えなかったが、宮本に言わせると、この手の男には極めて効果があるということだった。

さて団長が済むと、次は副団長の木元だった。彼の家は東淀川の淡路にあった。電車を乗り継いで着いた時は十一時になっていた。彼も諸口と同様、ぼくらの突然の夜の訪問に驚いたようだったが、家の者に、用事があるとだけ言って外に出て来た。

決闘場所は近くの小学校の校庭だった。今度は我が方の代表は宮本だった。木元は諸口とは違い、初めから弱気になるということはなかった。たちまち宮本との間に激しい打ち合いが展開された。木元の思わぬ気迫に、最初宮本もかなり面喰らっていたようだったが、彼は空手の心得もあり、一対一の喧嘩となれば木元より上だった。宮本の膝蹴りが木元の下腹に決まったあたりで、木元の動きはにわかに衰えた。喧嘩において一度戦力の均衡が破れた時、勝敗はあっけないくらいに早くつく。それまでの戦いが互角に近いものであれば尚更だ。宮本が木元を倒すにはさして時間を要しなかった。しかし彼は倒れた相手になおも執拗に蹴りを入れ続けた。

木元は一方的に蹴られながらも両手で腹と顔を懸命に覆っていたが、宮本の何度めかの蹴りがまともに胃袋にでも入ったのか、突然嘔吐した。しかしすっかり頭に血が昇っていた宮本は、相変わらず殺してやると叫びながら、蹴るのをやめようとしなかった。ぼくと井上が止めなければ、本当に殺していたかもしれなかった。

宮本と井上は木元からも誓約書を取った。二人はこの夜の襲撃のあっけないくらいの成功に戸惑いながらも、すっかり有頂天になっていた。しかしぼくの気持ちは複雑だった。結局これは林田さんの死に対する悲しみを紛らわせるためにやったことではないのかという自責の念にも似た思いが胸から去らなかったからだ。そして悲しみは少しも晴れなかった。

翌日から再び学校へ顔を出したが、これはかなりの勇気がいった。諸口と木元が報復を企てる可能性は大いにあったからだ。たとえ学校の中だろうと寄ってたかって袋叩きにされるかもしれなかったし、あるいはまたぼくらがやったように、夜中の突然の訪問に遭うかもしれなかった。しかし三人とも、その時はその時だという気分だった。殺されない限りは、ぼくらにもリターンマッチのチャンスがあるのだ。けれどもそうした考えは要らぬものだった。諸口らからの復讐はついになかった。二人の心にあの夜以来すっかり恐怖が根付いてしまったせいか、それとも例の誓約書が有効だったのか、理由はわからない——宮本は誓約書のおかげだと言った。しかし実際のところは、ここで大きな事件を起こしてせっかくの就職をふいにしたくないという現実的な問題が彼らの前にあったのかもしれない。ともあれ以後、応援団や生徒会からもぼくらに対する手出しはぴたりとなくなった。

諸口と木元は数日は学校を休んでいたが、やがて傷だらけの顔で登校した。二人とは校内でも何度か顔を合わせたが、彼らは何もなかったような顔をしてぼくらを無視した。ぼくらもまた彼らを挑発するようなことはしなかった。そんなことをすればヤブ蛇だったからだ。

ところが冬休みが終わり三学期が始まると、ぼくら三人が彼らを半殺しにしたという噂が学校中に広まった。噂の出所は宮本と井上だった。ぼくは二人に怒った。諸口たちにしても最低限のプライドと名誉までずたずたにされたとなれば、何もかもかなぐり捨てて向かってくるかもしれなかったからだ。しかし事態はぼくが危惧したようにはならなかった。諸口らは少しも動かなかったばかりか、他の応援団部員や体育科クラスの連中までがぼくらを敬遠し始めたのだ。あいつらに下手に手を出すとやばい、という評判が広まっていたのかもしれない。

同じ時期、体育科の連中に大きなショックを与えるニュースがもう一つあった。それは南方商業高校の体育科を廃止し、新年度の受験生は募集しないということが、府の教育委員会の方で決定したというものだった。商業科の連中が快哉を叫ぶ一方で、体育科の連中の落ちこみぶりは大きかった。それで宮本と井上はすっかり図に乗り、学校を肩で風切って歩いた。二月の終わりに、井上が次期団長と目されていた二年生の片岡《かたおか》を廊下でタイマンをはって叩きのめすと、もはやぼくたちに歯向かう者は体育科には一人もいなくなった。またそれを機会に学校における彼らの勢力は急速に衰えていった。

今や学校中でぼくたちを知らない者はなかった。毎日のように不良連中が周りにやってきてチヤホヤするようになった。おかげで学校嫌いでサボりの常習だった宮本と井上にとっては、皮肉なことに学校が最も快適な場所となった。二人はすっかりロベスピエールやクロムウェルのような独裁者の快感に酔っていた。

二年生になると、宮本と井上はぼくらの元に集まってくる不良たちを子分にして校内を三頭政治で治めようと言い出したが、ぼくにしてみれば不良グループの長になるなどということは嫌悪を感じる以外の何物でもなかった。それに正直なところ、二人の学校でのにわかに威張り散らした態度にも少々嫌気がさしていた。それで自然に彼らから離れ、一緒に遊びまわるということも少なくなった。とはいえぼくらの間の友情が薄れるということはなかった。

宮本らから遠ざかったもう一つの理由として、二年生になって手に入れたオートバイがあるかもしれなかった。単車は中古の四〇〇ccで、井上が紹介してくれた興國《こうこく》高校の男から格安で譲ってもらったものだった——それでも春休みにデパートの荷物配達の助手のアルバイトで稼いだ金を全部注ぎこまねばならなかった。免許はそのひと月前に取っていた。それまでさんざん無免許で乗り廻していたから、実地試験は一発で受かった。当時は自動二輪の免許など実にあっさりしたもので、大型、中型、小型の区別もなく、二輪の免許一つで、ナナハンであろうがハーレーダビッドソンであろうが、単車なら何でも乗れた。

単車はぼくをたちまち夢中にした。手に入れた日からほとんど毎日のように乗り廻した。

ただし走る時はいつも一人だ。たとえ宮本や井上が相棒でも、他人と連れ立って走るのは好きではなかった。スピードにしろ、走る方角にしろ、止まる時にしろ、すべてが自分勝手で気分まかせというふうにはいかないからだ。

高速で単車をすっ飛ばす時の爽快感といったらなかった。まるで自分自身が風になったような感じで、体全体が興奮でぞくぞくした。髪がたなびく感触が好きで、風防眼鏡のほかはヘルメットの類は一切付けなかった——当時はヘルメット着用の義務はあっても、罰則はなかった。一度、阪奈道路のカーブで曲がりそこねて横転し、体ごと放り出されて後頭部をアスファルトにしたたかに打ちつけてそのまま伸びてしまったことがあったが、それ以後もヘルメットは一度もかぶらなかった。ぼくはまるで何かに憑かれたように単車を乗り廻した。一晩中あてもなく走っていることさえあった。もっともそんな夜の翌日は、どこかの山か草むらの中で昼近くまで眠りこみ、学校は大幅に遅刻となるのが普通だった。

来る日も来る日も単車に明け暮れているぼくを見ても、両親は別に何とも言わなかった。中学生のうちから、学校をサボったり喧嘩をしたりといったろくでもない行為を見せつけられていれば、今さら単車ぐらいでといったところだったのだろう。他人に迷惑さえかけなければいいというのが彼らの気持ちだったようで、夜中にぼくが単車に乗りに家を出ようとする時も、「近所の人を起こすなよ」と注意するだけで、後は何も言わなかった。両親の言葉には、ぼくももっともだと思ったから、いつも面倒ながらも単車を神崎川の堤防近くまで押して行ってからエンジンをかけた。

しかし単車に乗っていると愉快なことばかりではない。一番厄介なのは、暴走族の連中にからまれる時だった。理由のない悪意をもって、ぴたりと横につかれたり、あるいは前後を挟まれたりということはしょっちゅうだった。相手が二人か三人だと単車を止めて殴り合うこともあったが——いきなりの先制攻撃に相手はたじろぎ、ほとんど負けなかった——それ以上の人数だとぼくもおとなしくしているしかない。それでも走りながら唾やガムを飛ばされたり、頭をはたかれたり、単車を蹴られたりするのをこらえるのにはかなりの忍耐が必要だった。

暴走族と同じくらい気に喰わないのが警察官だった。普通に走っていても、パトカーや白バイには何度も止められた。彼らは居丈高に停車を命じ、命令口調で免許証提示を求めると、何の用事で単車に乗っているのか、どこへ行くつもりなのかなどと根掘り葉掘り訊いた。単車のナンバーから所有者の照会をするなんてこともしょっちゅうだった。ひどいのになると、ポケットの中やカバンの中まで見せろという者もいた。深夜ならともかく、昼間の公道でも平気で職務質問まがいのことをされるのはいい加減頭に来るものだった。そんな具合だったから、スピード違反や信号無視でもしたところを見つかろうものなら、まるで犯罪者並みの扱いを受けることも珍しくなかった。警官に逆らってロクなことがないのは十分にわかっていたので、たいがいの時は、じっとおとなしくしていたが、ある時馬鹿なことに、ついに下らない怒りを爆発させてしまった。

　七月の初め、新御堂筋から江坂に降りるところで、進路変更違反で運悪くパトカーに捕まったのだ。道路脇に単車を寄せて停止させると、パトカーの助手席から若い警官が怒鳴りながら降りてくるや、いきなりぼくの襟首を摑んで単車からひきずり降ろした。続いて運転席からもう一人が降りてくると、二人して罵声を浴びせながら、さんざんぼくの頭を小突いたり、肩や胸を押したりした。それでもそのくらいなら何とか耐えることができたはずだった、一人の警官がぼくの単車を蹴っ飛ばしたりしなければ、だ。坂道に不安定な形で停めていたせいもあったのだろうが、単車は蹴られた途端、大きな音をたてて横転した。

「何してけつかる、このあほんだら！」とぼくは思わず怒鳴りつけた。

「態度がでかいんじゃ、こいつ」

　もう一人の警官がぼくの肩を摑んで揺さぶった。

「触るな！」

　ぼくは彼の腕を振り払うと、帽子をはたき落とした。次の瞬間、二人の警官がぼくの体を押さえつけた。振りほどこうとして暴れると、二人はぼくを道路に押し倒し、そのまま腕を後ろに取って手錠を掛けた。ぼくは怒り狂った大声で喚き散らしたが、彼らはまったく手を緩めなかった。ぼくの怒りは、この小さな捕り物を物珍しそうに眺める通行人やドライバーに対してもぶつけられ、彼らに向かっても罵声を浴びせかけた。警官たちはぼくをパトカーに押し込んだ——ぼくはその時も両足をばたつかせて思いきり暴れたものだから、彼らもかなりてこずった。もっともそのお返しに車の中で腹に強烈なパンチをもらった。

警察署でもぼくはさんざんにいびられ、小突きまわされた。その後、家と学校に連絡され、両親に身元引受人となってもらって、警察署を出たのは夜の八時を過ぎていた。警官たちは最初、公務執行妨害罪や傷害罪などの罪状を挙げてがなりたてていたが、最終的には単なる進路変更違反の罰金だけでケリがついた。警察署を出る時、返された単車を見ると、サイドミラーが両方とも割れていた。

この事件でぼくは両親にほとんど見放されたような恰好になった。同時に、辛うじて残っていた二人の弟たちに対する長男の権威も完全に失墜した。竜之介と剣之介はすっかりぼくへの敬意を失ってしまった。特に剣之介が著しかった。五歳になったばかりの末弟の正樹だけが以前と変わらずぼくに甘えてくるのが唯一の慰めだった。

事件の三日後、学校から三日間の停学処分を受けた時、竜之介が、話があると言って、ぼくを近くの喫茶店に誘った。

「兄ちゃん、自分一人が好きなことやるのは勝手やけど、親を悲しませることだけはするなや」

この言い方は気に喰わなかった。

「お前いつから俺の兄貴になったんや」

「こんなこと、どっちが上か下かっていう問題と違うやろ」

ぼくはいきなり竜之介の頬をひっぱたいた。彼は一瞬驚いたような顔でぼくを見つめたが、たちまちその目から涙をぽろぽろ流しながらすすり泣きを始めた。物心ついてから弟に手を上げたのは初めてのことだったが、彼のめそめそした態度を見た途端――しかも直前の態度がやけに偉そうだっただけに――怒りがさらに増し、もう一発平手打ちを喰らわせた。

このことはまもなく両親にも知れ、おかげで家でのぼくの肩身は一層狭いものになった。唯一の味方といえるのは祖母だけだった。もっとも例の警察沙汰とそれに続く停学の件を両親に説明されて、「なんちゅう、ろくでなしや」と言いながら腹を抱えて大笑いしたくらいだから、果たしてどこまでぼくの理解者かどうかはわからない。それでも彼女だけは、ぼくに対する態度が少しも変わらなかった。大きな戦争と暗い時代を何度も挟んで八十年も生きてきた人間にとっては、たかだかこんな事件くらい、取るに足らないものだったのだろう。困ったことは、わずか十六年しか生きていないぼくも、まったく同じような考え方を持っていたという点だ。

停学中は自宅謹慎を無視して暇さえあれば単車を乗り廻していた。両親は警察署から帰った夜に、ぼくからキーを取り上げてしてやったりの気分でいたが、スペアキーはちゃんと用意してあった。しかしつまらない浅知恵で親を出し抜いても、結局はろくなことにはならないものだ。まもなくそれをたっぷりと思い知らされた。

停学の最終日、吹田《すいた》の中央環状線を走っていると、どこからかやって来た二台の単車がぼくの後ろにぴったりと付いた。二人とも十代の少年だったが、見覚えのない男たちだった。山田の交差点の赤信号で停まると、二台の単車はぼくを両側から挟むような形で停まった。二人ともリーゼントヘアをして、薄汚れた白のつなぎを着ていた。右側のサングラスをかけた男が言った。

「お宅、作田っていうんやろ」

ぼくが無視するのに構わず、彼は続けた。

「あんたのことは尾崎《おざき》から聞いたんや。評判は悪うないで」

尾崎というのは、ぼくと同じクラスの男だったが、親しく付き合ったことはない。噂では暴走族に入っているということだった。

「俺ら、あの時——あんたがポリの奴らとやり合《お》うてる時、たまたま近くで見てたんや」と左側の男が口を挟んだ。「その後で、あれがあんたやったいうのを、尾崎から聞いたちゅうわけや」

　ぼくはそれにも答えず、エンジンを二度三度と空ぶかしした。

　信号が青になったので単車を走らせた。二台の単車も慌ててぼくの後についてきた。ぼくがスピードを上げると彼らも上げ、落とすと彼らも落とした。二キロほど走ったところで、ぼくは単車を止めて言った。

「俺に何の用や。そばをウロウロ走るな」

「いや、悪かった」とサングラスの男が言った。「別にあんたを怒らすつもりはないんや。俺らはあんたと友だちになりたいんや」

　続いてもう一人が言った。「良かったら、俺らと来てくれへんか。あんたに会いたがってる仲間がようけおるんや」

「俺らもポリの奴らにはしょっちゅうやられてる。せやからあんたの気持ちはわかるつもりや。けど、あんたはすごい。ポリとあそこまでまともにやり合うなんちゅうのは、なかなかできることやないで。ほんまに男や」

　サングラスの男は明らかにおもねる口調で言った。彼の言葉はぼくの愚かな自尊心をくすぐった。

「たいしたことあるかい」

ぶっきらぼうに言ったつもりだったが、顔がにやけてしまった。

二人は「そんなことはない」と言ってしきりにぼくを持ち上げた。二人がおだてているのはわかっていたが、ぼくとしては悪い気はしなかった。それに彼らが警察の悪口をまくしてながら、あの時のぼくの怒りを代弁してくれるのを聞くのは痛快だった。それで数分後には、すっかりいい気分になり、二人の後について、単車を走らせていた。

着いたところは、箕面《みのお》の国道一七一号線を少しはずれたスナック風の喫茶店だった。三方を田圃に囲まれた比較的広い駐車場には、大型の単車が何台も並んでいて、いかにも暴走族のたまり場という感じだった。時刻は六時過ぎだったが、その頃がグループの集合時刻らしく、何台かの単車が前後して到着し、互いに挨拶を交していた。店内に入ると、見るからに頭の悪そうなワル共がごろごろとたむろしていた。それを見た途端、ぼくのそれまでの浮かれ気分もどこかへ消え失せ、うんざりした気分になった。

ぼくを連れてきた二人の挨拶で、店にいた全員がこちらを見た。ある者はにやにやし、またある者は凄みをきかせ、またある者は好奇心を剝き出しにして上から下まで舐めまわすようにぼくを見た。

「あんたが作田か」

　ボス格らしい男が口を開いた。これまたツッパリ特有の恰好をつけた芝居がかった喋り方だった。ちょび髭を生やしたり、剃り込みを入れたりして老けて見せてはいたが、ふっくらした頰と顔一杯のニキビから判断すると、せいぜい二十歳になったかならないかだったろう。他の連中も似たり寄ったりだった。

「俺に何の用やねん」

　ぼくの言葉遣いが気に入らなかったのか、何人かが露骨に舌打ちした――中には威嚇するように椅子から立ち上がりかける者もいた。

　ニキビ面のボスは、彼らを静めるように手を振りながら――その仕草もまたこれ以上はないくらい芝居がかったものだった――「ええ根性してるやないか」と言った。

　ぼくは返事をしなかった。すでにぼくの心はここにはなかった。それどころか下らないおだてに乗せられてここまでやってきた自分に対して思いきり罵声を浴びせたい思いで一杯だった。しかしこうなっては簡単には帰れそうになかった。

「どうや、俺らのグループに入らへんか」とボスは言った。「お前は若いのに度胸がある。一年もしたら幹部になれる器や」

　返事するのも馬鹿馬鹿しい限りだったが、黙って聞いているほかはなかった。誰かが椅子を持ってきてくれたので、それに座った。少し遅れてコーヒーが運ばれてきたが、コーヒーは嫌いだったので、口をつけなかった。

ぼくが黙って話を聞いているのを、承諾の意味で受け取っていたのか、それとも最初から自分の言うことに異論のあるはずはないと思い込んでいたのか、ボスは一人いい気になって喋っていた。彼の話によると、グループは結成されてまだ半年足らずで、大阪一円ではほとんど名も知られていないというものだった。彼は、グループを大きくしたいと言った。そしてそのためには何よりメンバーの数を増やすことだが、それ以上に重要なのは、筋金の入った闘士の存在だと言った。警察との立ち廻りや、他の暴走族との乱闘の際にも、絶対欠かせないからというのが理由だった。ぼくに言わせれば、大人数同士の乱闘の中に少々腕の立つ者がいたところで、どれほど効果があるかは大いに疑問だったが、連中はまるで、『三国志』や『水滸伝』の世界に出てくるような子供じみた英雄主義にかぶれている様子だった――そうなればさしずめ単車は馬ということにでもなるのだろう。もっともそんな美学はぼくの性分には少しもピンとこないものだった。それで「どうなんや?」とボスに訊かれた時も答えようがなかった。彼はもう一度訊いた。

ぼくは「興味ある話やけど――」と慎重に切り出した。

「でも俺はどっちか言うと、一人で走るのが好きなんや」

「一匹狼もええが、もっと大きく生きてみんか」

その言い方に、ぼくは心の中で吹き出した。

「はっきり言うて、お前は大物になれると思うんや」

「別に大物になんかなりとうもない。第一、何の大物や、よう意味がわからん」

「暴走族が好きやなさそうやな」

「ああ、正直言うたらな。だいたい俺には、なんで人と一緒に走るんかわからへん」

ボスはぼくの言葉に笑った。それでぼくもつい調子に乗って口を滑らせた。

「仲のええ二、三人で走るんはまだわかる。せやけど十人二十人とツルんで走るのはどうかしてるで。金魚のフンやあるまいし――」

しまったと思った時には遅かった。ぼくのよくやる一言多いという奴が、よりによってまずい時に出てしまった。ボスが顔色を変えるよりも早く、その横に座っていた副官クラスが三人ほど立ち上がった。続いてボスを除いた全員が椅子を蹴った。しかしボスは皆を制した。だが彼もまた怒っているのは明らかだった。

「若いの――。今の言葉の意味をはっきり説明してもらおうか。話によったら、俺らも考えななならん」

ぼくはその言葉に、袋叩きにされるまでにはわずかに余裕があると察するや、即座に謝った。「すまん」と言いかけ、慌てて「ごめん」と言い直した。全員が殺気立っていた。

「ヤキ入れたれ！」「しばきまわしたろか！」という怒声が飛びかう中を、ぼくはひたすら「ごめんなさい」と低姿勢に謝り倒した。謝ることで殴られないで済むのなら、幾らでも謝るつもりだった。だから「土下座しろ！」の声が出た時には、内心「儲かった」と思ったほどだった。土下座で堪忍してもらえるならいくらでもやってやる。

ぼくはコメツキバッタのように床に這いつくばって、頭をこすりつけた。掌を返したようなぼくの卑屈な態度に、彼らも毒気を抜かれたようだった。

「もうええ、とっとと消えさらせ」

ボスの言葉に、ぼくはしおらしく立ち上がり、肩を落として店を出た。駐車場で単車にまたがりエンジンをかけると、ありったけの大声で叫んだ。

「あほんだらっ！　お前ら、みんな金魚のフン野郎じゃ。事故起こして死んでまえ！」

途端に店のドアが開き、何人かが血相変えて飛び出してきた。ぼくはもう一度「あほんだら！」と怒鳴ると、単車を走らせた。連中が次々に追いかけて来るのがサイドミラーに映っていたが、心配はしていなかった。最初の交差点を曲がって細かく入り組んだ道路に入ってしまえば、逃げおおせる自信は十分にあった。しかし不運というやつは、いつも思いがけなくやって来る。突然の鋭いタイヤチューブの破裂音と同時に、ぼくの単車は大きくスリップし、ガードレールに車体をぶつけると、そのままこすりつけるような状態で二十メートルも滑り、挙句にガードレールの切れ目で歩道を突き抜け、空地の中に派手に横転した。傷一つ負わなかったのはまさに奇蹟的だった。しかしそのことを喜んでいる余裕はなかった。立ち上がった時には、すっかり暴走族に囲まれていたからだ。

もうどんなに謝っても無駄なのはわかっていた――土下座して鼻の穴に泥が詰まるほど顔を地面にこすりつけたとしても、一片の酌量もないだろう。だとすれば、やるしかなかった。

彼らは一斉にかかってきた。ぼくのパンチが一人の顔面にめり込むと同時に、ぼくの体にも少なくとも二つのパンチが当たった。あとはもう何が何だかわからなかった。揉みくちゃにされながら滅茶苦茶にパンチを振りまわすだけだった。かなりの手応えがあったが、こちらはその数倍以上殴られていた。そしてついには地面に引き倒され、一方的に殴る蹴るの目にあった。その時、近くのガソリンスタンドの店員たちが騒ぎを聞きつけて大声を出してくれたので、リンチはそこで中断された。

連中が去った後、ぼくは痛む体で単車を起こした。ガソリンスタンドの店員たちが心配して声をかけてくれたが、介抱してもらう気はなかった。警察が来る前に何とか立ち去りたかったからだ。

やっとの思いで家に辿り着いたぼくを見て、さすがの両親もしばらく声が出なかった。なにしろ服はボロボロ――というよりも上半身はほとんど裸みたいなものだった――全身は血だらけだったのだから。もっともそれ以上にひどいのが怪我の中身で、病院へ行くと、肋骨が三本折れ、両腕と頬骨にはヒビが入っていた。おまけに前歯は上下ともぐらぐらになっていたし、両目とも玉子みたいに腫れあがって完全にふさがっていた。

6

風まかせの行き当たりばったりのような生活のなかでも、ぼくは半歩ずつであろうと確実に人生に足を踏み出していた。人生というものが学校を出たところから始まるものでない限り、誰だってそれは当然のことで、自活している者および社会的立場を持った者、それに法律で認められた成人においてのみこうした言い方が妥当であるとは決めつけられないだろう。ぼくの場合も、すでに人生の黎明期とは呼べなかった。

ところで、人生という荒野には、その最初から無数の罠《わな》や落とし穴が仕掛けられている。ぼくたちは皆、その間をヨチヨチ歩く生まれたばかりの野生動物のようなものだ。もっとも、身近にはたいてい多くのコーチや助言者がついていたし、有能なコーチの導くままに従えば、すんなりと初期の関門をくぐり抜けることはさほど難しいことではない。ぼくにしたところで、優秀かどうかは別として、人生のコーチなら豊富に数えることができた。両親、祖母、親戚、町の住人、学校の教師、友人、それに映画、テレビ、新聞、雑誌、小説——もしそうしたいと願うなら、世の中のすべてのものを自らの人生のコーチとして見出すことが可能だった。

しかし今、左目に眼帯をし、前歯にはブリッジをはめ、両手をギプスで固定し、胸をサラシでぐるぐる巻きにしたぼくの姿は、まさしく大きな落とし穴に落ち込んで命からがら這い上がった獣そのものだった。自分自身をそんなところに踏み込ませたものは何か。不運？必然？それとも環境？——もちろんそれらもあるだろう。仮にそうだとしても、それらを呼び込んだものが別にあるはずだ。これこそ「性格」という奴にほかならない。この、どんな優秀な人生教師の言葉よりも強い厄介な代物は、人生の真の支配者だった。いかに抑えつけ、押し曲げ、頑丈な箱に閉じ込めようとも、絶対に服従することなく、最後に運命を決する「野性の本能」とも言うべきものが、まさにこの「性格」という奴だ。その意味では、今度の災難の原因も、すべて自分自身に帰せられるものだった。

今回のぼくの場合は文字通り単なる怪我で済んだ。人生における本当に恐るべき罠とは、音もなく忍びより、気付いた時は万事休してからだ——いや、もしかしたら最後まで気付かないままに終わるということもあるかもしれない。もっともそうした罠とはどういうものなのか、十六歳のぼくにわかるはずもなかったし、したがってそのために注意深くあたりを窺うというようなことはまったくしなかった。

袋叩きにされてから二週間ぐらいは、寝てもさめても復讐のことばかりを考えていたが、体が元の状態に戻るにつれ、気分の方もそうした不健康で陰惨なものからいつのまにか遠ざかっていた。ただ、両手のギプスのおかげで単車に対する禁断症状はひどかった。両手の利かない不自由さは、生活のすべてに大きな支障となっていたが、中でもへんずりと単車に一番苦労した。もっともへんずりの方は、一週間目に両手を使わずに畳に陰茎をこすりつけるという方法を開発していたが、単車はそういうわけにはいかなかった。不思議なことにこの禁断症状という奴は、それが解放される日が決まると、以前より一層ひどくなるものらしかった。二週間以上も耐えたのに、明日でギプスがとれるという日、どうにも我慢ができなくなって、ついにはギプスを単車のハンドルにくくりつけてまで乗ろうとしたのは、まさに愚かさの骨頂だった。ペストによる一年の長きにわたる封鎖の末、最後の一日が待てずにオランの町の城壁を上った人々の気持ちも、本質的には同じものだったろう。ぼくの場合苦労して単車にまたがったはいいが、クラッチとブレーキの操作がまったく思うにまかせず、走り出した途端たちまち猛スピードで突進し、ロデオさながら地面に叩きつけられたのだから様はなかった。幸いなことに両手のギプスは無事だったが、後頭部をまともに地面に打ちつけたので、半日頭がぼうっとなっていた。

　さて、そんなわけだったから、傷がすっかり癒えるや、猛烈に体を動かしたくてたまらない衝動が湧き起こって来るのを抑えることができなかった。長い拘禁状態は――ぼくにとっては明らかに一種の拘禁だった――単車で広い世界を思いきり駆け巡りたいという思いを一層強くしていた。それでギプスがとれてちょうど一週間後、夏休みに入ると同時に、単車に飛び乗って旅に出た。金は全財産の二万五千円と、両親からの借金二万円の計四万五千円。両親が素直に借金申し込みを受け入れてくれたのは、四万円も払って竜之介を夏期予備校へ通わせてやった手前だった。旅の間はほとんどを野宿と自炊ですます予定でいたから――寝袋および飯盒《はんごう》や自炊用コンロなどはクラスの男たちから借りていた――四万五千円もあれば、三十日以上旅は可能だった。

　はっきりしたあてもない旅だったが、とりあえずは信州の方を目指して出発した。別にこれといった目的地があるわけではなく、前年から始まった国鉄の「ディスカバー・ジャパン」のポスターで見た軽井沢や日本アルプスなどの写真に刺激されただけのことだった。夕方家を出て、国道一七一号線を東に向かって走った。京都を抜け、大津までは二時間ほどだった。大津市内の大衆食堂で夕飯を食べ終わった頃にはすっかり陽が落ちていた。パン屋で夜食用の菓子パンを仕入れると再び単車にまたがり、琵琶湖の西側のコースを取ることにした。市街地を抜けると、あたりは急に暗くなり、道路の照明以外はほとんど何も見えなくなった。右手には琵琶湖が墨を塗ったように黒く拡がっていた。左手にはおそらく水田が、これも夜の風景を黒く塗りつぶしたように横たわっていた。ぼくは闇夜の道路をひたすらに走った。周囲は静かで、単車のエンジンの音とカエルの鳴き声しか聞こえなかった。車はあまり走っていなかった。

一時間ほど走った時、突如闇の中に燦然《さんぜん》と七色に光る街が現われた。それはまるで幻想の街かと思えるほどの美しさだった。雄琴《おごと》のトルコ街のことは前から噂に聞いてはいたが、実際に見るのは初めてだった。十三《じゅうそう》や桜ノ宮のホテル街も、美しさにかけてはなかなかのものだったが、夜の雄琴の眩いばかりの美しさは格別だった。闇夜の中、湖のほとりに七色の光を放ってそびえ立つきらびやかな夢の城の群れ――ぼくにはそれらの光景が性の不健康な妖しい煌《きら》めきとはどうしても結びつかなかった。実際ぼくは走りながら純粋にその幻想的な美しさに見とれていたのだ。こうした光景に、夏の虫を惹き寄せる妖しい光と匂いを感じるにはぼくは幼すぎたし、経験も乏しかった。夢の街をあっけなく通りすぎると、再び周囲は何もない暗い道路に戻った。そして車もほとんどなくなった。

夜の道路をさらに一時間ほど走った頃、数台の単車が後ろからやって来るのが見えた。それらはまもなくぼくに追いついた。好意を持った連中でないのは明らかだった。ぼくは彼らを挑発しないようにマイペースで走り続けた。しかし彼らはぼくを取り囲み、大声でわめいたり笑ったりしながら、肩を押したり、頭を撫でたり、目の前でふいに単車を交差させたりした。煮えくりかえりそうな怒りを懸命にこらえて、ぼくは黙って走った。こんなところで怒りを爆発させたところで、多勢に無勢でどうなるものでもなかったし、逃げをかまそうにもこのあたりは相手のホームグラウンドだ。ぼくは表情も変えず、一人言で罵ることさえしなかった——暴走族やチンピラという人種は、普段はまったく脳みそも考えも足りないくせに、相手の顔色から敵意を探りだしたり、口の動きからどんな悪口を喋っているかを読みとったりすることにかけては、妙に達者なところを持っているのだ。連中は三十分ばかりぼくをたっぷりからかうとやがて飽きたのか、それとも家へ帰って寝る時間が来たのか、急にぼくから離れ、道路を曲がって行ってしまった。

怒りと緊張から解放された途端、少し疲れを覚えたので、単車を止めて草の上に寝転んだ。パンを食べると眠くなり、そのまま寝袋も出さずに眠ってしまった。

目が覚めるとすでに陽は昇っていた。腕時計を見ると、時刻は五時を少し過ぎたところだった。ぼくは少し小高い丘の上の草の上に座っていた。少し離れたところに林があった。近くに小鳥の鳴く声がした。目の前には琵琶湖が海のように横たわっていた。沖の方にはうっすらと霧がかかっていた。目を閉じると、浜辺に寄せる波の音が聞こえた。普段生活している大阪のごちゃごちゃした町並みとは別世界だった。距離的にはまだたいして走っていないはずだが、自分が今、旅をしているという気分を少し味わった。

ぼくは立ち上がると単車にまたがった。

朝の風は爽快だった。しかし陽が昇りきると、夏のきつい陽差しが肌を刺した。やがて道路は琵琶湖を離れた。さらに二時間ほど走ると滋賀を抜けて岐阜に入った。その後も山間《やまあい》の道路を昼過ぎまで走り続けたが、午後に入ると暑さと長時間の運転のため、少しへばったので、林の中で休憩をとった。長野の方へ出たかったのだが、どうやら道を間違えたらしかった。おまけに道はすっかり山の中で、売店さえも見つからなかった。こんなことなら素直に関ケ原に出て高速道路に乗れば良かったと少し悔んだ。

しばらく休んでから、谷川で水を汲んで米を炊いた。ところが水の量を間違えたらしく、できた御飯は半分米のままだった。もう一度やり直したが、今度はうっかり眠ってしまい気が付いた時は黒焦げだった。さすがにもう一度やる気は起こらなかった。仕方がないのでイワシの缶詰だけで昼飯を済ました。腹ごしらえが済めばすぐ出発するつもりでいたのだが、こんなわけで何となく気が乗らず、結局夕方涼しくなるまでたっぷり休憩した。

しかし暗くなってから走ったのは失敗だった。せっかく小さな村や集落に着いても、食堂などはとっくに閉まっていて、おかげでずっと空腹をかかえていなければならなかったからだ。それに、夜の山道で道標をいい加減にしか見ていなかったから、気が付けば岐阜を抜けて福井に出ていた。

夜遅く、大野という城下町に着いた。小さな町で、十時を少し過ぎた時刻なのに、もうとっくに町は眠りに就いているといった感じだった。人間という奴はおかしなもので、町の中にいる時には野宿なんか御免蒙りたいと思うものらしかった。国鉄の駅があったので、そこで旅館を尋ねた。旅館は古い造りの小さな民宿風で、玄関には子供の通学用の自転車が置いてあった。宿泊代は素泊まりで千五百円だった。この時刻で何か喰わせるような店はないかと言うと、近くの一杯飲み屋を教えてくれた。そこでお茶漬けとおかずを何皿か食べた。

翌日は昼近くに目覚め、近くの食堂で軽くメシを食べた後、一路長野の方へ向けて単車を走らせた。相変わらず山道ばかりだったが、途中何度か見晴らしの良い走り易い道路もあり、ツーリングはおおむね快適だった。標高千メートルは軽く越える山沿いの道や林道を猛スピードで突っ走るのは爽快だった。幾つかの峠を越え、昼過ぎに高山に着いたが、疲れはまったくなかった。食堂で昼メシを取ると、すぐに出発した。丹生川《にゅうかわ》という所を過ぎると正面に壁のように聳《そび》え立つ山脈を見つめながら走った。日本アルプスと呼ばれるだけのことはあると思った。透きとおったような青い山脈のいたるところに槍の穂先のような峰が鋭く聳えていた。六甲《ろっこう》や生駒《いこま》のような関西の山とはだいぶ様子が違っていた。

しかし、実のところぼくはこうした自然の景観には比較的鈍感な方だった。もちろん、それなりの感動や驚きはあったのだが、うっとりとして見つめるといったことや、唖然として息を呑むというようなことはほとんどなかったように思う。だから、安房《あぼう》峠を通った時も、途中単車を止めたのは自動販売機でジュースを買って飲んだ時だけだった。峠には多くの登山客がいた。どこの観光地かと思えるくらいの人出には少し驚いた。おかげで、少しの間単車を押して行かなくてはならないくらいだった。その後上高地を抜け、野麦街道といわれる道を走り、松本に着いた時は夕方になっていた。

松本は意外なほど都会で少し驚いた。駅前には大きなビルが立ち並び、広い道路には車が何台も走っていた。そうした光景は、なにかしらぼくを安心させるものがあった。もともとぼくという人間は、野や山といった自然よりも、都会の雑踏といった感じの方がずっとやすらぐタイプの人間だった。それで、まだ陽は高く十分に走れる体力も残っていたが、この日はこの街でゆっくり落ち着くことにした。駅前の食堂で晩飯を喰った後、二日分ほどの汗を流すためサウナへ入った。湯上がりにビールをひっかけて、いい気分でビルから出ると、駅前に置いていた単車が消えていた。

置き場所を間違えたかと周囲を見渡したが、愛車の姿はなかった――盗られたと気付くまでに大して時間はかからなかった。とりあえず派出所に駆け込んだ。この危急に対処する方法としてあまり有効な行為とは思わなかったが——今まで物を失くしたり盗られたりして警察に届けて戻ってきたためしはなかったし、第一この場合、一週間や二週間して出てきても何の意味もないのだ——それでもほかにすることもないので、とりあえずは交番にでも行くしかなかったのだ。

しかしすぐにたっぷりと後悔させられることになった。派出所には若い警官が一人と中年の警官がいたが、彼らはいかにも面倒くさそうな態度を見せたばかりか、駐車禁止区域で盗難に遭って文句を言う方が悪いとまで言った。警察なんかに来るんじゃなかったと思いながら、届けを済ましてすぐに引き上げようとすると、二人の警官は今度は急にあれこれと質問を浴びせかけてきた。その質問はどうみても被害者に対する質問というものではなく、明らかに、深夜の街でよくやる職務質問的な居丈高なものだったので、ぼくはすっかり腹を立ててしまった。「どこへ行くつもりだったのか?」という問いに、「あてなんかない」と答えたことで、彼らとぼくとの険悪な空気は最高潮に達した。

「あてはないなどという馬鹿なことがあるか」

若い警官は怒ったように言った。

「夏になるとお前みたいな訳のわからん奴がよくやって来るんだ」

中年の警官が不機嫌を隠そうともせずに言った。ぼくはもう何を言われても大人しくしていようと思った。しかし盗まれた単車が本当にぼくのものだったのか、と訊かれた時は、再び頭に血が昇ってしまった。

「ええかげんにせいよ。俺は被害者なんやで。ここは被害者を加害者にするとこか」

「うるさい。お前みたいなチンピラの言うことが信用できるか。だいたい何しに大阪から長野くんだりまで来たんだ。女を林に連れ込んで強姦でもしようと思って来たんじゃないのか」

警官は早口にまくしたてると、ぼくにもう一度免許証を見せろと言った。それから、免許証を持って奥に引っ込み、しばらく戻ってこなかった。もしかしたら前科でも照会していたのかもしれない。

結局、やっとのことで交番を出た時は九時を過ぎていた。交番には一時間以上いたことになる。さんざん不愉快な目に遭わされた挙句、単車も何も戻って来ない。ぼくは早速単車を求めて街をさまよった。盗まれたやつを捜しているのではない。ぼくがちょっと借りるやつを捜しているのだ。交番を出る少し前から、もうそのことを考えていた。

交番を出る前、若い警官はぼくにこう言った。

「いいか。自分の単車を盗まれたからって、他人のを盗んでみろ。ただじゃすまないからな」

「そんなあほなことするわけないやろが――」とぼくは言った。

「嘘つけ、本当はすぐにでもやろうと思ってるくせに。お前らの考えてることは皆わかってるんだ」

ぼくは精一杯悔しそうな顔を見せつつも、内心では彼の慧眼《けいがん》におそれ入っていた。しかしその一方では「ようし、こうなったら絶対にパクったるからな」と心の中ではっきりと決意していたのだ。「機会が泥棒を作る」と言ったのは古いピカレスクロマンの主人公ラサリーリョ・デ・トルメスだが、ぼくの場合は「泥棒が泥棒を作る」というものだった。

パン屋で菓子パンを買い、軽く腹ごしらえをすると、暴走族のたまり場となっているような喫茶店を捜して歩いた。かなり歩いた末、市街を少しはずれた国道沿いに沢山の単車や数台の改造四輪車が停めてある店を見つけた。暴走族はたいていこういう店にたむろするのだ。その店は常連で持っているところらしく、ぼくが中へ入ると、見慣れない顔が珍しいのか、品のない若い客たちが一斉にこちらを見た。ぼくは構わずにカウンターに腰を降ろすとホットミルクを注文した。

しばらくおとなしくミルクを飲みながら、客たちの視線がなくなったのを確かめて、ゆっくり店の中を観察した。ある者はカウンターの中の若いバーテン相手に警察の悪口を言い、ある者は街で女をひっかけた話を得意気にし、ある者はテーブルの上で花札をやり、またある者は漫画週刊誌を読んでいた。

なかで一番ぼくの注意を引いたのは、奥に置かれてある二台のピンボールで遊ぶ二人の男のうちの一人だった。彼は台のガラス蓋の上に、単車の鍵とおぼしきキーホルダーを無造作に置いていた。ぼくはミルクカップを片手にピンボール台に近付くと、彼のそばでゲームを覗きこんだ。男は見知らぬ男に見られて少し気になったか、さほど難しくないボールを弾きそこねてアウトにした。ぼくは鼻で小さく笑った。男は次の玉を打とうとはせず、ぼくに向かって「向こうへ行けよ」と言った。

「ええやないか、見てるだけやし」

「気が散るんだよ、向こうへ行けよ」

ぼくは無視してニヤニヤ笑った。

「向こうへ行けって言われたら、おとなしく向こうへ行けよ」

隣の台の男がゲームの手を休めて怒鳴った。その大声を聞きつけて、テーブルやカウンターに座っていた何人かの男が「なんだ、なんだ」と立ち上がってこちらへやって来た。ぼくはたちまちとり囲まれ、胸ぐらを摑まれたり、肩を突かれたりした。

「悪かった、悪かった。別に悪気はなかったんや」

ぼくはひたすら低姿勢で謝ると、ミルクの金を払って逃げるようにその場を離れた。店を出る時、「今度来たら叩きのめすぞ」という声が聞こえた。ぼくにしたって二度と来る気はなかった。

店を出るなり、駐車してある十数台の単車に、今し方まんまとかすめ盗ってきたばかりのキーを大急ぎで合わした。うまい具合に三台目で当たった。ハンドルロックだけを外すと、音を立てないように道路まで押してから、そこでエンジンをかけ、一目散に松本を後にした。

そうしておよそ一時間ほど東へ向けて走った後、林の中に単車を隠して野宿した。寝袋は単車と一緒に米や自炊道具もろとも盗られていたので、一日目と同じように草の上で寝た。

翌朝日の出とともに目覚めると、すぐに単車を走らせた。夜中にぐっと冷え込んだので、体に少しばかり疲れが残っていたが、このあたりであまりぐずぐずしてはいられなかった。最初の計画では軽井沢あたりで何日かふらふら過ごしてみようかと思っていたのだが、盗難車を抱えて、夏の治安強化中の町をうろつくのは、あまり利口とは言えなかった。それに、昨日の連中のことを考えても、一刻も早く長野を抜けるのが正解だった。それで検問にかからないように、なるべく間道ばかりを走ったのだが、道路地図もない身では、そのうち自分がどこを走っているかまったくわからなくなった。地図などなくとも有名な山の位置や主要道路の幾つかを覚えてさえいれば、だいたいの場所はわかるのだが、そんなものをきっちりと記憶しているはずもなく、とにかく走れる道を出鱈目に走っている感じだった。

人気のない細い林道や農道ばかりを選んで苦労して走っている図は、考えてみればまったく馬鹿らしいかぎりだった。これではいったい何のために旅をしているのかわからなかった。ここで旅を切り上げて国鉄で帰れる金は十分に残っていた。けれども、ジークフリートのラインへの旅さながらに勇躍家を出たにもかかわらず、三日後に単車を盗られて帰って来たとなれば、家族中の笑い者になるのは必定だったし、それ以上にそんなアホらしい顚末《てんまつ》にはしたくなかったから、何が何でも三十日以上は旅を続けてやると心に決めていた。しかし冷静に考えれば、そんな旅は本末転倒だった。

というわけで、半ば意地のように単車を走らせていたが、夕方近く小さな村に着いた。自分がどこにいるのかは、相変わらずはっきりとはわからなかったが、おそらく信州の北部あたりだった。比較的ひらけた盆地で、少し高いところから望むと、四方に幾つかの集落が点在しているのが見えた。盆地の端の方に小学校があった。暗くなるまで近くの林の中で休み、夜になってから小学校に入った。軽い風邪をひいていたので、一晩の宿をここで借りようと思ったのだ。思った通り、用務員もいない小さな学校だった。慎重に教室の窓ガラスを割って校舎の中に入り込み、保健室を捜し当てた。久しぶりのベッドは、たちまちぼくをうきうきとした眠りに誘い込んだ。

ところが夜中に自動車のエンジンの音で起こされた。慌てて跳ね起き、外の様子をうかがうと、どうやら誰かが車でやって来たようだった。エンジンの音が切れてまもなく、月光に照らされて二人の人影が校門横の小さな扉から入ってくるのが見えた。二つの影はまっすぐ校舎の方にやって来た。二人は校舎の入口に廻ると、錠を開けて入って来た。ぼくはベッドから飛び降り、窓ガラスの鍵を手探りで捜した。廊下を歩く足音が近付き、あろうことか保健室の前で止まった。ぼくは息を殺して身を低くした。戸が開いて二人が入ってきた。同時に部屋の明かりがつけられた。二人の姿がはっきりと見えた――男女だった。ぼくは床にしやがみ込んだまま観念して手を上げようとしたが、その時、「いやっ」という女の声と同時に部屋はまたまっ暗になった。

「こんな時間だ。誰にも見つかるもんか」

男の声が暗がりに響いた。ぼくはすっかり気が動顚していたので、しばらくの間は何がどうなっているのかまったくわからなかった。だから二人が何か人に隠れて特別な用事でここへ来たこと、そして二人ともなぜか先程の一瞬の照明でぼくに気付かなかったらしいことがわかるまでは少し時間がかかった。

二人は暗がりの中で互いに囁きながらもそもそ動いていたが、先程の明かりのせいでぼくは目が暗闇に対して鈍くなっていたので、何をしているかは見えなかった。やがて二人はいきなりベッドに倒れ込むと、まもなく荒い息をたて始めた。少しして闇に慣れたぼくの目に、二人がベッドの上で重なり合っているのがおぼろげながら映った。その時、雲に隠れていた月が不意に顔を出して、窓ガラスから差し込む光はベッドの上の情景を昼間のように照らした——二人とも全裸だった。

人間同士のセックスを目の当たりにするのは初めてだった。その時までにも心臓は早鐘のように打ち続けていたが、それが見えた一瞬にはまさに口からとび出すのではないかと思えるくらい驚いた。二人はぼくのしゃがんでいるすぐ側で激しく体を動かしていた。突然、女が声を上げて体を大きくのけぞらせると、ベッドからはみ出た頭がずるりと垂れ下がった。ほとんど鼻を突き合わさんばかりの距離で、目と目が合った——ぼくは思わず目を剝き、息を呑んだ。しかし女はまたも気付かなかったらしく、すぐ頭をベッドに戻した。ぼくは目を閉じて息をゆっくりと押し出すように吐いた。生まれてこの方、こんなにも緊張させられたことはない。とにかく少しでもベッドから遠ざかろうと、男の動きに合わせながら、じりっじりっと少しずつ体を移動させ、どうにかこうにか部屋の隅にある机の下にもぐり込むことに成功した。

ほっとした途端、今度は抑えつけていた興奮がいっぺんにやって来た。窮屈なジーパンの中であそこが痛いくらいに膨張していた。苦労してチャックをおろすと、棍棒のように堅くなったものがしなるように飛び出した。不自然な姿勢のまま、ベッド上の二人を見ながらそれをしごいた——緊張と相まってものすごい刺激だった。いきそうになった時、突然ベッドの上では大きなうめき声と共にぴったりと動きが止んだ。あたりは静まり、ぼくも慌てて手の動きを止めた。二人は満足そうに大きな息をしていたが、直前におあずけを喰わされたぼくとしては、冗談じゃないという気分で一杯だった。しかし物音ひとつしない部屋の中で、一物をしごくわけにはいかない。

まもなく二人は体を離し、何やらごそごそと下半身の後始末をつけると、寝転がったまま話を始めた。二人とも行為前の緊張感から幾分解放されたのか、声は先程とは比べものにならないくらい大きなもので、会話の内容も十分に聞きとれた。ぼくはまったくあほ丸出しもいいとこで、机の下で小さくしゃがみこみ、ズボンとパンツをおろしたままで、その聞きたくもない会話を聞くはめになった。

二人の話は断片的で、しばしば勝手な方へ飛び廻り、頭の中でまとめるのにはちょっとした苦労を要したが、どうやら二人はこの小学校の教師らしく、男の方は最近単身赴任でやってきた妻子持ちで、女の方は地元の町の独身女教諭らしかった。二人はロミオとジュリエットもかくやと思わせるような甘くロマンチックな会話をしていたかと思うと、一転して新聞の三面記事丸出しの低俗な痴情話をし、そうかと思うと近松の心中物の主人公になり、そして今度は急に仕事や世間話にうつつを抜かし、しばし同僚の悪口に花を咲かせて、不意にロミオとジュリエットに戻るといった感じで支離滅裂だった。

しかしぼくには彼ら自身が思っているほど命懸けの愛とは思えなかった。そんな崇高なものが夜の小学校の保健室でのセックスでできているとは考えられなかったからだが、それは軽率で誤った考えかもしれなかった。男女のこと、それにセックスのことに関しては、ぼくはあまりにも幼く無知だったからだ。いずれにしろ、二人ともまもなく自分の生活や家庭のことを思い出したらしく、ベッドから降りるとそそくさと服を着て、保健室を出て行った。おかげでぼくもようやく机の下から這い出すことができた。

誰もいなくなると、さっきまでのことが本当にあったことなのかどうか信じられない気分だった――もしかしたらいやらしい欲望が作り出した夢か妄想だったんじゃないだろうかという気さえした。しかしきれいにたたまれたシーツとベッドから漂う女の匂いは、そうでないことを教えていた。ぼくはベッドに横たわると、先程の二人のセックスを思い出して三回もへんずりをかいてしまった。さすがに三度もいくと、疲れがどっと襲い、目を瞑《つむ》るとたちまちにして深い眠りの中に落ち込んでいった。

翌朝は早く起きてすぐ小学校を出た。睡眠時間は短かったが、久しぶりに寝心地のいいベッドで寝たので、体力は十分に回復していた。小学校の近くにあった雑貨屋でパンやハム、それに野菜と果物を買い込むと、東の方に向けて単車を走らせた。

相も変わらずぼくの旅は、目的のない逃避行のようなものだった。にもかかわらず自分自身ではその馬鹿さ加減にまったく気付いていなかった。それどころか、心のどこかでは一種のスリルを楽しんでいるようなところさえあった。だから、その日も人気のない林道や山間の間道めいた道ばかりを選んで走り続けた。しかしそうした道の走り辛さといったらなかった。曲がりくねった細い道に、所どころ舗装が壊れたアスファルト、それに時にはまったく舗装もされていない山道に何度も入り込んだし、稀には行き止まりで仕方なく後戻りということもあった。

というわけで、疲労は一般道路の数倍はあった。それでいて数時間かけて依然として浅間山から離れられないでいるような状態だった――さんざん走った末、視界からようやく姿を消したかと思うと、しばらくしてひょっこり目の前に現われたりするのだから、世界の果てを目指して飛んだ斉天大聖《せいてんたいせい》のうんざりした気分もかくやと思われた。磁石もなく地図もなく、空と勘だけを頼りに行き当たりばったりに単車を山の中に走らせていたのだが、もともとが都会育ちで、空を見ての方向勘など無きに等しいものだから、もしかしたら、同じところをぐるぐる廻っているだけなのかもしれなかった。それで昼過ぎにたっぷりと二時間以上昼寝を取り、体力を十分回復させてから再び出発した。

途中、一度大きな道路に出た。検問を考えると危険な道だったが、久しぶりの快適なドライブの誘惑に勝てなかった。それで、二十分ばかり気分良く単車をすっ飛ばしたが、不意にエンジンが急速に力を失った——ガス欠だった。初歩的なミスだった。通り過ぎた道にガソリンスタンドは無かったから、そのまま押して歩くしかなかった。しばらく歩くと道路は林を抜け、山沿いから下を一望できた。素晴らしい景色だったが、そんなものに見とれている余裕はなかった。なぜなら道路は俄かに上りの急傾斜になっていたからだ。百メートル上るのにふらふらになった。車はめったに通らなかった。何とかヒッチハイクを頼みこみ、ガソリンスタンドまで送ってもらおうと思っていたが、車を止めることにはまったく成功しなかった。

一時間ばかり休み休み押して行ったが、ガソリンスタンドは影すらも見えなかった。しかし、坂を上りきったところに、一軒のドライブ・インが見えた。喉が渇いてふらふらだっただけに天の恵みだったが、それ以上にぼくを喜ばせたのは、駐車場に停めてある数台の車だった。中でもぼくの目を引いたのは、赤のスカイラインだった。それは数分前、必死で手を振るぼくの顔を見て笑いながら走り去ったアベックの車だった。ぼく自身の喉の渇きも大事だったが、今の場合は単車の渇きの方が優先されるべきだった。ドライブ・インに入って客の様子を確かめた。三組の客が食事中で、一組がコーヒーを飲んでいて、もう一組は注文の品が運ばれるのを待っているところだった。アベックはうまそうにメシを頬ばっていた。急いで駐車場に取って返し、建物の脇にある水道に付いていたゴムホースとバケツを拝借すると、石と板切れを使って赤いスカイラインのガソリン注入口の蓋をこじあけ、ホースを突っ込んでガソリンをバケツに吸い出した。ゴムホースに吸い出す時、少しばかりガソリンを飲んでむせてしまったが、仕事は素早くやってのけた。単車を満腹にしてエンジンをかけるのに五分も要しなかった。

再び颯爽と単車を走らせたが、十分も走らないうちに、はるか前方にパトカーが走っているのが見えたので、やむなく快適な道路はここらで諦め、間道に乗り入れた。

道はまもなくアスファルトが途切れ、でこぼこ道に変わった。先程までの快適さはどこへやら、尻から脳天に何度も突き上げるような衝撃で、まったくうんざりさせられた。それでひとまずツーリングは休憩し、単車を林の中に放り込んで草の上に寝転んだ。先程の単車を押しての坂道上りですっかり疲労が蓄積していたので、そのまま暗くなるまで眠り込んでしまった。夜、何度か目が覚めたが、体中がすっかり疲れてしまっていたのと、夜の山道なんかを走る気にもなれなかったので、そのままずっと眠り続けた。

一夜明けると体力は完全に元に戻っていた。それで昨日の続きの山道を再び走り出した。しかし依然としてどこをどう走っているのかわからなかった。長野を抜けたのか、それとも群馬か新潟あたりにでもいるのか、はたまた福島くらいまで来ているのか――松本を出てから二百キロ近く走っていたが、山道ばかり走っているので、県境の標識さえ目にしなかった。おまけに昨日、腕時計のネジを巻くのを忘れていたから、正確な時刻さえもわからなくなっていた。今までは山道ばかりを走ってはいても、途中には小さな村にも出会ったし、何度かは国道か県道と思える大きな道路にも出ていた。ところが、その日はどういう訳か、まったくそんなものに行き当たらなかった。どんどん山奥に入っていくような感じで、およそ人気が無い雰囲気だった。昼近くなっても人一人、車一台出会わなかった。ジュースの自動販売機さえ見つからず、喉の渇きは限界に近かった。それでも元の道を引き返す気にはなれず、行けるところまで行ってみようと思った。

しばらく行くと、突然小さな村に出た。こんなところに人が住んでいるということが最初信じられなかったが、まもなくその疑問は正しいことがわかった。その村は廃村だったからだ。廃村というものを見るのは生まれて初めてだったが、あまり気色のいいものではなかった。喉の渇きと空腹を癒せるかもしれない期待を見事裏切られた落胆と相まって、村の小さな通りに一人腰を降ろしていると気分までが落ち込んでいくような感じだった。家々の様子からすると、村は比較的最近になって見捨てられたようだった。村は無気味な沈黙を保ったまま死の眠りについていた。何百年も前から何代にもわたって生活を築いて来た人々が、現代になって忽然《こつぜん》と消え去った跡は、およそ詩人的な感傷からは程遠いぼくでさえ何かしら異様で哀しいものを感ぜずにはいられなかった。

　三つばかり草だらけになった井戸を見つけたが、いずれも苔と水垢が浮いていて、とても喉を潤せる代物ではなかった。

　しばらく休憩を取ると、死んだ村を後にした。道を逆戻りする気は依然としてなかったし、いやそれ以上にむしろ意地になって行けるところまで行ってやろうという気になっていた。さらに二時間ほど草だらけのでこぼこ道を走ったが、人家のあるところに出るどころか、ますます山の中に奥深く入っていく感じだった。しかも途中、二回も廃村に出喰わした。いずれも最初と同じように、おそらくこの数年の間に死に絶えた村だった。三つ目の廃村を見た時はさすがに何の感慨もなかった。むしろ、こんな山奥のど田舎に、つい最近まで人が何人も住んでいたことの方が不思議とさえ思った。しかしそれなら、その時に道を引き返すのが正しかった。そうしなかったのは、半ばヤケクソの気分で冷静さを欠いていたからだったが、このことではまもなく、たっぷりと後悔させられることになった。

　三つ目の廃村を過ぎると、人気を感じさせるものもぷっつりとなくなった。山と林に囲まれた道の奥には、およそ人が住んでいるとは思えなかった。しかしそれでもとにかく道が曲がりなりにもついているものだから、この先に何かがあるに違いないと期待を抱かせた。その道路というのが意外に広く、車でも十分に通れるくらいのゆとりがあると思えるものだから余計だった。もっとも舗装はされてなく、穴だらけ草だらけの道は、本当に単車泣かせだった。絶えざる振動で頭はずっと軽い頭痛を訴えていたし、背骨は芯まで痺れていたし、尻はすでに皮が破れているのではないかと思えるくらいヒリヒリした痛みがあった。今走っているところが日本アルプスと呼ばれる一帯であるのかどうかはわからなかったが、アルプスというよりもヒマラヤ、それもチベットの奥地か何かのような気がした。

陽はしだいに落ちていったが、人家のあるところに辿り着けるような感じは一向になかった。電柱や電線、それに看板、または車の轍《わだち》のようなものでも目にすれば、かなり心強いものになっただろうが、そんなものさえまったく見ることがなかった。喉の渇きと空腹もかなり切羽詰まった状態になってはいたが、このままこの山奥で野宿という考えは、気分をさらに憂鬱《ゆううつ》なものにした。

道はやがて緩い下りになり、いつのまにか両側を山に挟まれた小さな谷のようなところへ来た。右側には川が流れていた。ところがそのあたりから急に道が平らになっており、もしかしたら人が通っているところではないかと思わせた。その期待は外れていなかった。しばらくして視界が大きく開け、小さな盆地風の土地に出た時、両側の山裾に段々になった水田と畑を目にしたからだ。ぼくは小躍りしながら、単車のエンジンをふかせた。まもなく目の前に十数戸の家がかたまっているのが見えた。

村は廃村ではなかった。実はそのことがかえってぼくを驚かせたのだが、これはいわば嬉しい誤算というやつだ。しかし不思議なことに人の姿は見えなかった。村の中央の広い空地に立ってあたりを見廻したが、ひんやりした静寂があるだけだった。だが、人が住んでいる気配は確かにあった。何度か声を出して挨拶をしてみたが、何の返事もなかった。

単車を松の木の蔭に停めて、村を歩いていると、後ろに人の動く気配がした。振り返ると、みすぼらしいなりをした子供が四人、こちらを見ていた。全員が汚れた服を着ていた——小さな子供の二人は裸足だった。ぼくは挨拶をしたが、彼らは黙ってこちらを見つめるだけだった。ぼくは近くにジュースの自動販売機でもないかと思って捜したが、そんなものは見つからなかった。その間、子供たちはずっとぼくの後に付いて歩いていた。ぼくが足を止めて振り返ると、彼らも足を止め、ぼくが歩き出すと彼らも歩き出すという一種滑稽な光景だった。何度か声をかけたが、彼らは黙ったままで、近付くとその距離だけ遠ざかった。それで、「兄ちゃんは水飲みたいんや。水かジュース飲めるとこないか」と言ってみたが——無意識のうちに身振りまで示した——彼らは無表情に見つめるだけだった。子供たちのそんな態度に何となく気圧《けお》されたところがあったから、家の戸を叩いて水を求めるということにはもう一つ気乗りがしなかった。

もう一度、その小さな村の周囲を歩いたのだが、相変わらず子供たちは一定間隔を置いて、ぼくの後をぞろぞろと付いて歩いた。ぼくの手に笛でもあれば、童話の世界みたいな光景だったが、現実はもっと間の抜けた感じで、それでいてシュールなものだった。やがて村のはずれにポンプ式の井戸を見つけた。「これ飲めるんか？」と、一応は訊いてみたが、思った通り彼らは黙っているだけだった。もっともぼくにしても返事は期待していなかったし、井戸に不安も抱いていなかった。それで、水を汲み出して思う存分喉を潤した。全身に水分が浸み込むように行き渡り、生き返った心地がした。

空腹の分も満たすくらいたっぷりと水を飲むと、単車のところに戻って草の上に寝転んだ。ガキ共は相変わらずぼくを遠巻きにしていたが、喉の渇きがいえていたので、それほど気にならなくなっていた。

そのままうとうとと眠りに落ちたのだが、しばらくして不意に鈍い物音と振動に慌てて目を開けると、なんと単車が子供たちによって引き倒されていた。しかも倒れたところにちょうど大人の頭ぐらいの石があり、サイドミラーが割れていた。子供たちも慌てて単車から遠ざかり、こちらを警戒するような目で見つめた。おそらく単車の物珍しさからいろいろ触っているうちに、斜面に少し無理な形で立てていたものだから、はずみで倒れたのだろう。が、ぼくに怒るなというのは無理な注文だった。また子供たちの目つきにもむかついた。その目はまるでお前が悪いのではないかというような非難めいたものに見えた。

「このぼけっ！」

ぼくが大声で怒鳴ると、子供たちは物も言わずに逃げていった。サイドミラーは大損害だったが、どのみち盗んだ単車なので、子供の親に賠償請求する気もなかった。それでムシャクシャしたまま、再び横になった。するとその時、石が耳元に飛んできた。同時に、単車にも一つ当たった。跳ね起きると、さっきの子供たちがこちらに向かって石を投げているではないか。ぼくはかっとして走り出すと、何人かの頭を平手で叩いた。子供たちは全員、大声で泣きながら村へ帰っていった。親たちが怒って来るかもしれないと思い、それならそれでサイドミラーを弁償させてやろうと、しばらく緊張して待っていたが、一向にそんな気配もなく、せっかく張りつめていた思いもそのうちすっかり緩んで、やがてごろりと横になると、眠ってしまった。

目覚めは唐突で、かつ強烈なものだった。というのは、いきなり何者かに頭を蹴られたからだ。鈍い痛みに頭を抱え、訳のわからないまま上体を起こした。すると暗闇の中で何人かがぼくの周りを取り囲んでいた。誰かが懐中電灯でぼくの顔を照らした。と同時に、後ろから襟首を摑まれ猫を持つように引き起こされた。ぼくはほとんど反射的にその手を振りほどくと、懐中電灯を持った男に体当たりを喰らわせた。耳元で棒か何かが風を切る音がした。ぼくは正面にいた男に思い切りパンチをふるって叩きのめすと、そのまま暗闇の中を一目散に走って竹藪を抜け、山の茂みに逃げ込んだ。下の方ではしばらく騒がしい物音がしていたが、やがて諦めたのか静かになった。

その頃になると、半分寝ぼけていた頭の方もようやく目覚めてきた。どうやら連中は、夕方の子供の仕返しに来たようだった。おそらく他所者《よそもの》に対する根強い反感が底にあったのだろうが、たかだか子供の頭を二つ三つ張ったぐらいで、大の大人が何人もかかって仕返しに来るのは、いささか常軌を逸した行為に思えた。もっとも単車乗りの若者は、どこでもあまりいい目では見られない。それにしても「イージー・ライダー」みたいな目に遭ったのは今度が初めてだった。いずれにしても、サイドミラーの弁償をさせようなどと考えていたのは大甘もいいところだった。

幾分冷静さを取り戻すと、先程は少しばかり慌てて行動したことに気が付いた。なぜなら単車をおいて逃げてしまっていたからだ。しかしあの状態で単車にエンジンをかけて逃げる余裕はなかった。それに道も知らない山の中を単車で走るのは無理だった。だから単車のことは、明け方取り戻すことにして、ここはひとまず明日の体力を養うためにも寝ることにした。ところが怒りに加えて、斜面のでこぼこと大量のヤブ蚊のせいで、ほとんど眠ることができなかった。

結局、ほとんど一睡もできないまま夜を明かした。あたりが少し明るくなってきた頃、茂みを出て、用心しながら単車を置いてあったところへ戻った。そこで驚くものを見た。なんと、ぼくの単車が見るも無残に叩き壊されていたのだ。

少なくともここで事態が予想以上に悪くなっていることに気付くべきだった。しかし完全に頭に血が昇ってしまったその時のぼくに、そんな冷静さを望むのは無理な話だった。ぼくは全身を熱くさせ、近くにあった棒切れを片手に村へ降りて行った。明るくなってきたとはいっても、あたりは一面霧がたち込めて、数メートル先もはっきりしない視界だった。十分に用心しながら村に入ると代わりの単車を捜した。が、見つからず、やむなく自転車で間に合わせることにした。もっともそんな古びた自転車では到底割の合うはずもなく、腹の虫もおさまらなかったので、村の少し離れた広場に置いてあった一台の耕運機を段になった坂から道につき落とした。シャーシーでも折れたような鈍い音がした。別にこんなことをしたところで何の得にもならないが、それでも少しは気分の方もすっきりしたので、後は尻に帆かけて自転車にまたがって村を後にした。

村の出口にあたる橋に近付いた時、前方に人の気配を感じて自転車を止めた。何人かがこちらに向かってくるようで、嫌な予感がして自転車を引きずり道から川へ降り、様子をうかがった。勘は正しかった。まもなく二人の男が目の前を通り過ぎて行った。ぼくは自転車をそこに寝かせて置いたまま、土手伝いに橋に近付いた。村の出口は数人の男たちで固められていた。ぼくの背筋に冷たいものが走った。彼らは昨夜からずっとぼくを待ち伏せていたのだ。村の中をゆうゆうと歩いて見つけられなかったのは、信じられない僥倖というしかなかった。その時、村から何人かが大声で怒鳴りながら橋の方に走って来た。彼らは口々に、ぼくが耕運機を壊したことを語気荒く報告した。それを聞いた連中は血相を変えた。きついなまりで吐かれる怨みと怒りの言葉は、ぼくを縮み上がらせた。特に「殺す」という言葉は、単なる感情から迸《ほとばし》った以上の響きを持っていた。こんなことなら昨夜、殴り廻された方が良かった。しかし、こうなってしまったからには、何が何でも捕まる訳にはいかない。

男たちの口から犬を呼んで来いという言葉が聞こえた。ぼくは川に浸かりながら大急ぎで橋を離れた。犬が来るまでに、どこか安全なところへ避難しなければならない。それにぐずぐずしていたら霧が晴れてしまう心配もあった。再び村に入ると、田圃の用水路に腰まで入りながら、ひたすら山の方に向かった。村の方ではいよいよえらい騒ぎになってきた。物騒な怒声が何度も聞こえた。一度、すぐ目の前の畦道《あぜみち》を誰かが走り抜けた時は、心臓が止まるかと思った。

やっとのことで藪と灌木《かんぼく》がおい茂る林の中に入り込んだが、熊じゃあるまいし、こんな中を進めるものではない。しかしこの際贅沢なんか言っていられない。手足や顔のほうぼうに小さな傷をつくりながら、斜面を高さにして五十メートルほど進んだ。その頃になると、にわかに霧が晴れ始め、村の全景が一望できるようになった。眼下に小さく見える村を目にして少し安心し、とにかく一休みすることにした。胸ポケットの煙草を吸おうとしたが、水に濡れて駄目になっていた。次にやることを考えてみたが、何一ついい案が浮かばなかった。

　村は、今ぼくが座っている山と、正面に見える山とで挟まれた小さな谷にできた盆地に位置していた。出口は一本道の二ヵ所だけ——そこには見張りがいる。気付かれずに突破することはまず不可能だったし、万一強行突破できても、すぐ追いつかれるのは火を見るよりも明らかだった。かと言って、背後の山を越えるのは、獣でもない限り無理というものだった。腹が減っているのと、睡眠不足も手伝って、絶望的な気分になってきた。

　それでも出て謝ろうなどと考えなかったところは、最低限の理性が残っている証拠だった。あんなヒステリー状態の中を、いかに謝ったところで、どうにかなるものでもないのは十分にわかっていた。一度、集団がヒステリーにとりつかれた時は、制御装置が働かないからだ。中学や高校でさえ、運動部の連中や不良共によるヒステリックなリンチを何度も見てきたし、現に自分がそんな目に遭ったこともある。今度の場合は、たとえ裸になって土下座しても結果はまったく変わらないだろう。下手したら本当に殺されるかもしれない、と思った。もし例の耕運機が村の共有財産だったとしたら、ぼくの処分はほとんど決定的なものだった。

　村の周りでは、人々が蟻《あり》のように動いているのが見えた。村のどこにもぼくがいないということになれば、やがて山狩りが始まることも容易に想像が付いたが、かといって、じっとしている以外うまい手が浮かばなかった。村の中央に近いところに小さな櫓《やぐら》があり、その上にも人がいて、しきりに周囲を見廻していた。彼はやがて視線を下から上へ上げ、前後の山の斜面に目を向け出したのが、頭の動きでわかった。何度かはこちらの方にも目を向けた。灌木の茂みからわずかに頭を出しているだけのぼくが見つかるはずはないとわかっていても、視線を向けられるのはあまりいい気持ちではなかった。

ところが、櫓の男は何度目かにこちらを見た時、なかなか顔の向きを変えようとはしなかった。ぼくとしても急に頭を引っ込めたりすればかえって目立ってしまうため、動かす訳にはいかず、心の中で、早く顔をよそへ向けろ、とじりじりした気分で願うだけだった。まさに一秒が一時間にも感じた。不意に男の体が動いた、と同時に半鐘の音が響いた。「見つかった！」という思いの一方で、心のどこかには「まさか？」という気があった。しかし櫓の下に集まった人の群れが一斉にこちらの方に向かって来るのを見ると、もう疑う余地はなかった。こうなればぼくとしても躊躇《ちゆうちよ》はなかった——無理でも何でも山を越えるだけだった。村人たちが棒で藪を払いながら山を登ってきた。犬の鳴き声も聞こえたが、この藪と急斜面で犬が先行できないのはわかった。

ぼくは藪を両手でかき分けながら山の中を必死で逃げたが、村人たちの追跡も執拗だった。

ぼくがどれだけ逃げようとも、彼らは決して諦めなかった。こうして山の中での追いかけっこがおよそ一時間余り続けられた。その間ぼくは、斜面を上り、崖を越え、谷を渡り、さらに小さな尾根を二つ越えた。その頃にはもう、スタミナには自信のあったぼくでさえ、倒れんばかりの疲労の極《きわみ》に達していた。三度ばかり細い道に出たが、いずれもそのまま横切って藪の中に飛び込んだ——そんな道を逃げれば、あっという間に追いつかれるのは明らかだった。

彼らの執念にはすさまじいものがあった。それだけ怒りが大きいということだが、このほとんど体力の限界を越えていると思われる追跡を続ける執念は、まさに異常と思えた。しかしぼくにしても命がかかっているから必死だった。それでどうにかこうにか最初のリードはかろうじて保っていたのだが、朽木に足を滑らせて転倒した時、運悪く右の足首を捻挫してからは、がくんとペースが落ちた。差はみるみる詰まっていき、あっという間に互いの顔が見えるくらいのところまで追いつかれた。ぼくも死んだつもりで痛い右足を力一杯踏みしめながら走ったので、再び差を広げることができた。

しかしそれも長い時間ではなかった。じりじりと迫る落武者狩りのような連中に、再び距離を詰められた。その頃には、喉はカラカラに渇き、脇腹には何本ものキリで刺されたような痛みがあったし、両手は血だらけ、足はガクガクで、おまけに右足首は地面に降ろす度に涙がにじむほど痛かった。もうこれ以上は逃げられないと思った。まさか本当に殺されることもないだろうとも思った。

「止まれ」という声が、すぐ後ろから聞こえるぐらいになっていた。体中のガソリンがほとんど切れかかっているのがわかった。「止まらんと撃つぞ！」という声が朦朧とした頭に届いた。テレビドラマばりの台詞に苦笑しようとしたが、口元が満足に動かなかった。最後のガソリンの一滴がシリンダーの中に噴射されるのを感じた。この一歩で終わりだと思った。その時、轟音と同時に、空気を切り裂くような鋭い音が響き渡った。本当に撃ちやがった！

ぼくは気が狂ったみたいに手足を振り廻して、藪の中を猛烈な勢いで駆け上った。右足の痛みも何も、まったく感じなかった。どこにそんな気力とエネルギーが残っていたのかと感心する余裕もなかった。何度か鉄砲が轟いたが、その度にぼくのエンジンは回転を上げた。爆発しそうになる肺を懸命に抑えつけ、飛び出しそうになる心臓を何度も呑みこみながら、ただもう滅茶苦茶に山の中を駆け抜けた。

どれくらい走ったのかわからなかった。いつのまにか追手の気配は消えていた。

発砲したのは、彼らのスタミナも限界に近付いていたせいだろう。だからぼくが最後の猛スパートをかけた時に、彼らもついに追うのを諦めたのかもしれない。もっともそんなことを考えたのも、かなり後になってからで、その時のぼくの頭には、一歩でも遠くへ逃げること以外は何もなかった。だから走れなくなっても、決して足を止めようとはしなかった。脇腹や手足の痺れはまったく感じなくなっていた。おそらく麻痺していたのだろう。その代わり体中が汗だらけで気持ち悪かった。おまけに最初の発砲の時に、思わず小便を漏らしていたらしく、ズボンの中は濡れていて気持ち悪かった。

それからおよそ数時間ほど歩き続け、ようやくあたりが暗くなり始めた頃、突然ばったりと倒れた。もう一歩も動けないどころか、上体を起こすこともできなかった。近くでふくろうの鳴き声が聞こえた。熊が出るかもしれないと考えたが、それでも人間よりはましだと思った。ともあれ、どうやら追手を完全に振り切ったようだった。その途端、最後に残っていた気力もあっという間に緩んで、たちまち死んだように眠りに落ちた。

目が覚めるとあたりは明るかった。腕時計が止まったままだったので時刻はわからなかったが、陽はもうかなり高くなっていた。体中が焼けつくように痛み、ほとんど動かすことができなかった。目が覚めてから二時間くらいそのままの姿勢で寝そべっていたが、やがて喉の渇きと空腹が猛烈に襲ってきた。考えてみれば、もう二十四時間水一杯飲んでいなかったし、食べ物ときたらおよそ四十時間は喰っていなかった。

こんなところにいつまで寝そべっていても、誰かが水と食物を持ってきてくれるはずもないので、仕方なく上体を起こした。足の筋肉はまるでゴムが伸びきったみたいになっていて、曲げようとすると激痛に襲われた。おまけに体中の関節が油切れのベアリングのように、動かす度にぎしぎしときしむ感じだった。ほとんど這うようにしながら林の中をのろのろと進んだ。東も西もわからなかったが、山を出ることが第一だったので、とにかく谷の方へ向かった。三十分ほど行くと、小さな湧き水のような流れを見つけた。と言っても深さ一センチにも満たない水たまりのようなものだったが、贅沢は言っていられなかった。獣並みに、舐めるようにして喉を潤すと——かなり土も一緒に舐めた——心なしか体力も少し戻ってきたように思った。

精神の方の復活は肉体よりも早かった。もっともこれは怒りの感情によるものが大きかった。耕運機をぶっ壊す程度のケチな真似をするよりも、村に火でもつけてやれば良かったと思った。この考えは、すこぶる素晴らしいものに思え、ぼくを心から悔やませた。村中が総出で消火に当たっている中を、ゆうゆうと自転車に乗って逃げることができたのにと思うと、残念でならなかった。いつかもう一度あの村に戻って、必ず焼き払ってやる、と誓った。復讐のことを考えると力が湧いた。気力が萎えそうになると、復讐方法を考えながら歩いた。日暮れ直前、ようやく小さな川が流れている谷にたどり着いた。その夜はそこで野宿することにしたが、でこぼこの岩のベッドにもかかわらず、目を瞑ると疲労のためすぐに眠りに落ちた。

翌日もほとんど一日中谷に沿って山を降りた。川は次第に大きくなり、昼過ぎごろには急流に魚の姿も見えるようになった。ごつごつした岩場を進むのは相当な困難の上、体力の消耗も激しかった。その上再三にわたって足を滑らせ、あちこちに打ち身を作っていた。それでもほとんど休憩なしに進むことができたのは、若さと体力の賜物《たまもの》だった。しかしこれだけ苦労したにもかかわらず、とうとうその日は人家どころか小さな山道にさえも出ることができなかった。

三日目の朝になると、空腹で目が廻りそうだった。ジーパンの尻ポケットには三万円以上残っていたが、ここに至っては聖徳太子もニッキ紙の値打ち以下に下がっていた。何か喰わなければ駄目だと思い、魚を捕まえることにした。マスだかイワナだか知らないが、二十センチはありそうな魚が、水深五十センチくらいの急流にうじゃうじゃと姿を見せていた。最初造作もなく捕まえられそうに思っていたが、二時間以上も水の中を振り廻された挙句、とうとう一匹も取ることはできなかった。あまりの情けなさに思わず泣いてしまった。おまけにかろうじて残っていた最後の体力と気力もすっかり使い果たしてしまい、しばらくは服も何もびしょ濡れのまま、岩場で倒れ込んでしまった。どうやらぼくには『少年ケニヤ』のワタルのような自然の子として生きる才能はないようだった。もし人間というものがすべてそうした原始の才能ともいうべきものを潜在的に持って生まれているとするならば、ぼくに関して言うと、都会の生活ですっかり無くしてしまっていた。

とはいえこの場においてはあまりあっさり諦めることはできない。これはゲームなんかじゃない。命がかかっているのだ。魚が駄目ならと思い、カニを捜した。これはすぐに小さいのを一匹捕まえることができたが、どうして喰っていいものかわからなかった。結局、木の枝に突き通し、ライターで丸焼きにしてから口に放り込んだ。気味悪さで、ただもう顎と歯を無茶苦茶に動かして一挙に飲み込むように喉に流し込んだので、味の方は皆目わからなかった。それでも食道を通り抜けた途端、胃袋の方が次を要求した。さらに三十分ほどかけて十数匹を捕まえた。枯れ枝を集めて燃やし、その上で串焼きにし、最初のと同じようにして喰った。満腹とはいかなかったが、少しは生き返ったような気分になった。体力の方も若干戻ったような気がして、再び谷を降りた。

三日間の空腹に生焼きのカニを放り込んでも、ぼくの腹は快調そのものだった。小さい時から少々腐りかけのものを喰っても腹一つこわしたことのない丈夫な消化器官だったから、それほど心配はしていなかったが、改めて自分自身の胃腸の強さに自信を持った。夕方陽が落ちる前には、カニだけでなくバッタやコオロギも捕まえた。野菜も喰わなければ駄目だと思い、いくつか草をしがんでみたが、さすがに草は喰えなかった。

こうした状態はもはや遭難以外の何物でもなかったが、ぼく自身にはまったくそんな意識はなかった。食料無しの野宿で何日も持ったのは、頑健な肉体のおかげである以上に、生来のどこか抜けたような楽天主義も大いに幸いしていたのだろう。だからかなり絶望的な状況にあっても、それほど悲観的にはならなかったし、最悪の事態を想像するということもなかった。ただ、これは多分に、状況の認識不足および判断の甘さ、それに想像力の欠如、さらに自分勝手な御都合主義的性格から来ているものだったが、この場面においては、むしろそれが幸いしたと言わねばならない。というわけで、翌日になると、体の節々に残っていた痛みもとれた。

体力もかなり回復すると、もうすっかり御機嫌で、まるでハイキングでもしているかのような気安さで岩場を飛び跳ねながら麓《ふもと》を目指していた。その頃にはもう川の流れもかなり緩やかになっていた。それで昼前にとうとう三十センチはあろうかと思われる大物の魚を捕まえることに成功した。頭から尻尾に棒を刺し、枯れ枝を敷きつめて火を点けた。その時のぼくの喜びがどんなものだったか想像できるだろうか。魚は美味かった！　これまで食べた最高の料理をはるかに凌ぐものだった。

ぼくの胸にはもう一片の不安も残っていなかった。だから、その日の夕方近くに小さな山道を発見した時も、躍り上がって喜ぶというより、せいぜいほっとしたというのが本音だった。

山道を三時間ほど歩くと、夜になってアスファルトで舗装された広い道路に出た。助かったと思った。

やがて一台のトラックが走ってくるのが見えたので、道路に飛び出して手を振った。トラックが急ブレーキをかけて停まるのを見た時、緊張の糸が切れ全身から力が抜けてへたりこんでしまった。


トラックに乗っていた二人の若者は親切だった。

ぼくが山で遭難したと言うと、すごく同情してくれた。たしかに身なりを見るとぼくがどんな状況であったのか一目瞭然だろう。何も食べてないと告げると、パンと缶コーヒーをくれた。トラックは東京へ向かうところだった。それで、ぼくも東京に家があるから乗せてくれと頼んだ。

疲れていると言うと、運転席の後ろにあるスペースで寝てもいいと言われた。横になると、あっというまに眠りに落ちた。

東京に着いたのは未明だった。新宿の近くで降ろしてもらった。家まで帰れるかと訊かれたので、大丈夫だと答えた。お礼の気持ちに五千円札を出したが、二人は笑って受け取らなかった。それで、トラックを降りる時、座席の下にこっそりと札を置いておいた。

一人になって、二十四時間営業の喫茶店に入り、これからどうするかを考えた。夏休みが終わるまでまだ二十日以上あった。三万円ぽっちでどれくらい暮らせるかはわからなかったが、ここはひとつ東京に居られるだけ居てみようと思った。家出少年じゃあるまいし、何もしつこく旅を続けている理由など少しもなかったのだが、このまま帰ったのではあまりにもあほらしいという思いが、ぼくを旅に引き留めていた要因だった。この旅でぼくが受けた損害とツキの無さは相当なものだった。考えてみればこれもやむを得ないことで、行き当たりばったりの無計画で風まかせの性格が、全部の厄災を引っ張り込んだものとも言える。にもかかわらず、今またそれを続けようとしている矛盾には気が付いていなかった。

明け方近くになって、少し疲れたので、喫茶店を出てサウナへ行った。眠かったのと、一週間分の汚れを落とすためだった。たっぷり汗を流してすかっとした後、湯舟の中でこっそり下着を洗い、湯上がりにビールを買って飲んだ。それからうなぎの寝床のようなベッドに横になり、目が覚めたのは昼近くになってからだった。周りにはもう誰も居なかった。ベッドから出て服を入れてあったロッカーへ行くと、鍵穴に鍵がささったままになっていた。寝る前には、しっかり鍵を掛けた後、付いていたゴムを手首に巻いた記憶があった。慌ててロッカーを開け、ジーパンを取り出してポケットを調べると、果たして金がなくなっていた。ベッドに戻ると枕元には鍵のゴムの切れっ端が落ちていた。それを見た途端、ぼくはその場にへなへなと座り込んだ。

しかしいつまでもへたりこんでいるわけにはいかなかった。ぼくはカウント8で起き上がると、すぐ服を着てサウナを出た。昼の暑い日差しに真っ先に反応したのが空っぽの胃袋だった。刺すような空腹感は、今何をやらなければならないかを教えた。頭の方も四の五の言わなかった。腹が減っていてはロクな考えも浮かばないのは理屈だった。何日もの山の中での遭難生活からようやく助かったと思ったのも束の間、一夜明ければ、今度は大都会での遭難だ。しかし都会では、急流に魚を追うよりはメシにありつける率はずっと高いように思われた。

ぼくは繁華街に面した、ちょっと洒落《しやれ》たレストランに入った。汚れきった服が少しばかりボーイの注意を引いたようだったが、胡散臭《うさんくさ》そうに見つめたり、顔をしかめたりというようなことはなかった。当時の若者のファッションは、一時期ほどではないにしても、まだまだ一見汚れたように見えるラフなスタイルは珍しくなかったからだ。それにぼくの大人びた顔付きと、今からゆったりと食事に向かおうとする悠然とした雰囲気が、ボーイを怪しませなかった。実際そうした落ち着いた態度は演技ではなかった。どうせ無銭飲食で警察に突き出されるなら、路地裏の大衆食堂だろうが一流レストランだろうが同じことだと割り切っていたからだった。それに一旦決めたなら、おどおどしながら喰うよりも、ゆったりとしたいい気分で味わいたいと考えていたせいでもあった。注文したのは昼用のランチだったが、久しぶりに食べた本物のごちそうだった。食後にアイスクリームのデザートを頼み、その後に紅茶を追加し、さらにチーズケーキまで食べた。やがて席を立ち、レシートを持ってレジのところに歩いた。ボーイがレジを打つ用意をしたが、ぼくはそのままゆっくり通り過ぎ、通りに出た瞬間脱兎《だっと》のごとく駆け出した。後方で何やら怒鳴る声が聞こえたが、後ろも振り返らずに人混みの中をすり抜けて猛スピードで逃げ切った。

さて空腹を満たした次は服だった。今着ている服は一見したところはそれほどではなくても、実際の汚れは相当にひどいものだった。何よりもその強烈な臭いがたまらなかった。だからレストランでも、もしボーイに近くまで寄られていたなら、つまみ出されていたかもしれなかった。コインランドリーで洗っても良かったが、すっかり洗い終わるまで下着一つになっているわけにもいかなかったし、第一手元には小銭もほとんどなかったのだ。それでいくつかのデパートに調達に行くことにした。服売場を何度も往復しながら慎重にやったので、全部揃えるまで三時間近くかかった。なにしろ紙袋一つ持っていなかったので、一着盗むたびに近くのトイレで着換えてから出撃といったふうだったから、その手間と言ったらなかった。

こんな苦労の末に何とか身なりも整えることができたが、何より肝心の金だけはどうしようもなかった。寝る場所はどうにかなるとして、東京にいる間ずっと、毎食毎食ただ喰いするというわけにはいかなかった。こういうことが上手くいくかいかないかは確率の問題で、つまりは、回数を重ねればいつかは必ず御用になるというわけだ。ぼくにしても、捕まるのがわかっていてやるほど馬鹿じゃない。もちろん最初の一回で御用という可能性もあったが、それは賭けだった。賭けは一度は許される。けれどもこの先もこんなことを続けていればいつかはアウトだ。その意味では、ぼくもこそ泥なりにケチな哲学を持っていたというわけだ。

公園のベンチに腰を降ろして、今後のことについてぼんやりと考えを巡らせていたが、「衣食足りて礼節を知る」というのは本当らしく、先程まで脳裏にちらついていた犯罪的な考えはすっかり影をひそめていた。会社を早く退けたらしいサラリーマン風の人たちが通りを行き過ぎていくのを、ぼんやりと眺めていた。公園の四方は完全にビルに囲まれていた。広い道路は車がひっきりなしに走っていた。ここらが東京ではどのあたりに位置するものかは知らなかったが、いわゆるオフィス街の中心地ではないことだけは何となくわかった。それでもこの賑わいだ。まったく東京というところはため息が出るくらい巨大な街だった。朝からでもかなり歩いたのに、ビルとアスファルト以外の風景はまったく目にしていない。

それにしても東京の初日に全財産をかっぱらわれるなど油断もいいところだった。どこかに東京を舐めているところがあったのかもしれなかった。しかし過ぎたことをぐずぐず悔やんでも仕方がないので、ベンチにごろりと横になった。するとすぐ眠くなってきた。旅に出て以来、気が向けばどこででも寝るくせがついてしまっていたが、これは考えようによっては便利なものだった。それにぼくの場合、どんな面倒に巻き込まれていようと、目先にどんな厄介事が待っていようと、いざ眠ると決めたらどんなものにも邪魔されることはない。

眠りかけた頃、不意に体を揺さぶられて目が覚めた。目を開けると、二人の若いチンピラ風の男がぼくを覗きこむように見ていた。一瞬緊張して身構えたが、すぐ盗られるものはなにもないのに気付くと、今度は落ちついて相手の様子を窺った。二人は笑いながらいろいろと喋りかけてきたが、敵意を持っているふうでもなければ、後ろ手に悪意を隠し持っているといった感じでもなかった。

二人はどこから来たのかと尋ねた。大阪からだと答えると、あてはあるのかと訊いてきた。どうやらぼくを家出少年と間違えている様子だった。それでぼくの方も、彼らの質問にいい加減に相槌を打ちながら、出鱈目な話を思いつくままにした。つまり、大阪で工員をやっていたが、喧嘩と窃盗で工場を馘になり、東京まで流れてきたというのがぼくの履歴になった。二人は掘り出し物を見つけたとでもいうような顔をして急にぼくを持ち上げ始めた。

彼らはぼくに、これからどうするのか、金はあるのか、仕事はあるのかということを質問してきた。ぼくはいずれも曖昧な返事でごまかした後、急に、腹が減ったと言った。二人はすぐぼくを近くの食堂に連れて行った。

　彼らはメシを喰っている間、自分たちの仕事の仲間に入らないかとしきりに勧めた。愉快で、豪快で、男らしい仕事というのが彼らの口ぶりだった。ぼくは話半分以下に聞きながらも、内心ではひとつ乗ってみようかと考えていた。チンピラの真似事みたいなことをやらされるのはわかっていたが、しばらくは寝る所と喰う物には困らないだろうという計算が働いたからだ。もし危なくなれば逃げればいいと甘い事を考えていた。

　メシを喰い終わると、彼らに連れられるまま池袋の事務所へ行った。事務所は三階建ての雑居ビルふうの小さな灰色の建物で、各階の窓には、ナントカ金融と書かれていた。細い階段を上って三階の事務所に入ると、人相の悪い連中がごろごろしているのが目に入った。高校の不良や暴走族とはだいぶ凄みの違う顔付きをした連中を前にした時は、さすがにここへ来たのを少し後悔した。

　二人のチンピラは奥の椅子に座っているサングラスをかけた三十過ぎに見える男にぼくを紹介した。二人は、サングラスの男は組の若頭で金田《かねだ》さんだと言った。派手な背広とネクタイをした金田は表情も変えず、サングラスの奥からぼくを値踏みするように睨んだ。

　二人の大体の説明を聞いたあとで、金田はぼくに「前科は？」と訊いた。まさかそんな質問をされるとは思っていなかったが、ありますと答えた。

「少年院にいたのか？」

ぼくがはいと答えると、金田はやっぱりなというふうにうなずいた。

「何をやった」

とっさに罪名が思い浮かばず、「婦女暴行」と答えると、部屋にいた連中が一斉に馬鹿にしたように笑った。それでぼくも思わず笑ってしまった。金田はさも軽蔑したように舌を打つと、次に名前を訊いた。少し焦って、「岡村二郎《おかむらじろう》」と答えてから、先程二人のチンピラの前では岡田《おかだ》と名乗ったことを思い出して一瞬どきっとしたが、二人ともまったく気付いていないようだった。

結局何が何やらわからないままにぼくは社員にさせられた――驚いたことにこの「組」は株式会社だった。もっとも正式な社員になるには、戸籍抄本や住民票などの書類が必要らしく、それらが揃うまでは見習いということだった。抄本の類はすぐ大阪の区役所に郵送してもらうつもりだとぼくはいい加減に口約束したが、彼らの方もそのことに関しては急いでいるようでもなかった。それでもその夜から早速こき使われた。

仕事の前に、まず近くの散髪屋で、荒れ放題の髪をきれいに整えさせられた後、例の二人のチンピラのうちの一人に新宿のキャバレーに連れて行かれた。店に着くなり、きつくアイロンがあてられた黒いスラックスと白いカッターシャツ、それに黒い蝶ネクタイという恰好に着換えさせられた。ぼくを案内した男は、頑張れよと言ってどこかへ行ってしまった。

ぼくの仕事は、店の前に立っての客の呼び込みだった。呼び込みには、ほかにぼくと同じ恰好をした若い男が一人と、おそらくホステスであろうミニスカートをはいた下品な女が一緒だった——女の方は三十分おきぐらいに交代した。二人はぼくに、しばらく横でよく見て勉強しておけと言ったが、こんなもの勉強しないとできないものでもないだろうと思った。少しして、お前もやってみろと言われて、見様見真似で通行人相手に声を張り上げたが、結構難しいもので一人も呼び込むことはできなかった。二人はぼくに大阪弁はやめろと言った——彼らにしてみれば、いかにもふざけているように聞こえるらしかった。しかし標準語なんか喋ったことのないぼくはどうやっても無理だった。それでも何とかやろうと努力してみたが、そのうちどこの国の言葉かわからないくらいの奇妙ななまりになってしまった。最初はおかしがっていた二人もそのうちに怒り出し、もう黙っていろと言った。それでその後はずっと横で立っているだけだった。退屈とあほらしさで、何度もあくびをもらしたが、その度に怒鳴られた。

十二時近くに、ぼくをそこへ案内したチンピラが単車に乗って迎えに来てくれ、ようやく解放された。その夜は彼のアパートで寝た。彼は名前を加藤徹男《かとうてつお》といった。加藤はぼくを子分のように扱い、しごく満足な様子だった。眠くてたまらないぼくにビールやつまみをすすめ、下らないヤクザのしきたりや礼儀などを一所懸命に教えてくれた。彼によると、呼び込みの仕事は修業みたいなものらしかった。ぼくが何も言わないのに、すぐにもっといい仕事をやらせてもらえるから、と妙な慰め方をした。そして、アパートが見つかるまで当分ここに住んだらいいとまで言ってくれた。

翌日から、加藤の言う修業生活が始まった。昼過ぎに店へ出勤すると、掃除や開店前の準備にこき使われ、夕方から深夜遅くまで呼び込みをやらされた。ぼくの給料は当分の間日給で千円ということだった。たっぷり十二時間近くも働かされてこの値段は割が合わないと思ったが——当時でもウェイターのバイトで時給二百円はもらえたのだ——ほかに行くところもないし、とにかく今は寝る場所があったから不平はこらえることにした。

仕事は実に下らないものだった。歌舞伎町界隈《かいわい》は大阪梅田の東通《ひがしどおり》商店街あたりの雰囲気に似ていたが、規模と下品などぎつさはそれ以上だった。ぼくのいる店にしても町のイメージを裏切ることはなく、何度か覗いてみた店内は、まさに下品さの極にあった。酔った客たちが目と顔をとろんとさせてミニスカートのホステスの体を夢中になってまさぐっている様は獣そのものだった。

しかし店の方は客たちの上を行っていた。なぜなら客たちの束の間の喜びは、請求書を見て一度にしぼむことになるからだ。飲み放題千円ポッキリで入ったはずが、何とその数倍から十数倍の値段に膨れあがっているのだ。しかし哀れな被害者を引きずり込むことになる自分の仕事については、大して良心の呵責《かしゃく》といったものは感じなかった。「今時千円で飲み放題さわり放題なんてできるはずがないじゃない」というホステスの言葉にも納得するものがあったのも確かだが、それよりもぼくには、獣並みの自分をさらけ出したからにはそれぐらいの代価を払って頭を冷やしても構わないだろうという思いがあったからだ。こうした考えが平気でできたのは、ぼくが金の値打ちというものをほとんど知らなかったせいだ。だから、なけなしの三万円をふんだくられたと半泣きになって帰る中年男を見た時も、哀れさなどはまったく感じなかったし、時に若い客などがこんなこと何でもないというふうに強がって帰って行く姿などには滑稽ささえ覚えたほどだった。

それにしても、一人単車にまたがり勇ましく旅に出て、わずか二週間余りでどこをどう間違ったかピンクキャバレーの呼び込みボーイなどをやっている図は、我ながら呆れ果てる以外の何物でもない。さすがにこのあたりでそろそろ家へ引きあげることを考えていないわけでもなかった。しかし何か引き金になるものがなければ、行動を起こさないというぼくの性格は、決断をずるずると先延ばしにしていた。どうせ夏休みの終わるまでには、という思いがそれを助長していたのも事実だ。それに本音を言えば、東京での生活もそれなりに面白いものがあったのもたしかだった。それで相変わらず加藤のアパートに寝泊まりしながら、呼び込みの仕事を続けた。

加藤はぼくより四歳上の二十歳だった――もっともぼくは年齢を三つサバ読んで十九と言っていたから表向きは一つ上だった。彼はぼく相手によく自分のことを喋った。福島県の田舎町の出身で、地元の農業高校を中退して、しばらくぶらぶらしていた後、二年前に東京へ出て来たということだった。なぜ東京へ来たのかとぼくが訊くと、彼は一瞬驚いたような顔をしてぼくを見たが、鼻で「ふん」といったきり答えなかった。半年ほど都内のガソリンスタンドで働きながら、夜は新宿をうろつきまわるチンピラみたいなことをしていたが、やがてひょんなことがきっかけで、今の「会社」に雇われたということだった。「二十五までには幹部になる」というのが彼の口癖だった。「でも、それまでには何かでっかいことをやらなきゃな」とも付け加えるのを忘れなかった。それはどんなことだと訊いたが、彼は曖昧な口調ではっきりとは言わなかった――おそらく彼自身も具体的には何も考えていなかったのだろう。

加藤はどちらかといえば肥満体の体つきで、一見すると柔和そうな男に見えたが、目だけがやけに凶暴な光を宿していた。それだけにちょっと怖く見えないでもなかった。酒が好きで、酔うとそれが全身にしみ出してきた。酔いがきつくなると、いつも一人でぶつぶつと何やら口の中で呟いていた。じっと聞いているとそれらのほとんどは、かつての幼い頃や少年時代に馬鹿にされ軽蔑された記憶から引き出してきた怨みの言葉であることがわかった。それはかなり不気味な姿で、彼が酔い出すとぼくは刺激しないように早々と布団の中に入ることにしていた。

こうして一週間ほどたったある夕刻、いつものように店の前で客引きに立っていると、加藤が単車に乗ってやって来た。一枚のシャツを渡され、すぐそれに着換えて来いと言われた。シャツは悪趣味なアロハで——これは加藤のシャツだった——袖を通した途端、完全なチンピラになってしまった。加藤の単車に飛び乗ると、彼は、これをつけていろと言ってサングラスも貸してくれた。

二十分ほど走って、着いたのは下町風のアパートが立ち並ぶ住宅街だった。加藤は単車を降りると、一軒のアパートに近付き、いきなり大声で「こらあ、金返せ！」と怒鳴った。そしてドアを二度三度と蹴りつけたが、中からは一切反応がなかった。彼は「居るのはわかってんだぞ！」というようなことをわめきながら、何度もドアを叩いたり蹴ったりしていたが、やがてぼくに「バットを持ってきて叩き破れ」と言った。見ると、単車に金属バットが積んであった。言われた通りバットを持ってきたが、さすがにこれでドアを叩くような真似はできなかった。加藤はぼくからバットをひったくると激しくドアに叩きつけた。木製のドアは穴だらけになり、建物全体が震えた。それでも中からは何の反応も返って来なかった。その頃までに近所の人はもちろん、アパートの住人たちも皆顔を出してぼくたちを遠巻きに見つめていた。加藤はそれに気が付くとさらに頭に血が昇って興奮した。

「畜生、お前ら、見せもんじゃねえぞ！」

彼はわめきながらバットを振り廻した。ぼくは、彼が我を失って大勢の人達にバットを持って襲いかからないかと心配だった。

「お前ら、ここの家の奴に言っとけ。今度来る時までに金を返さなかったら、本当にドアをぶち破るからな。嘘じゃねえぞ。本当だぞ。やると言ったら本当にやるぞ」

くどいほどの念の押し方に、ぼくは苦笑した。

アパートを後にしても、加藤の怒りはおさまらなかった。彼は単車を運転しながら、後ろに座っているぼくに聞こえるように大きな声で喋った。

「あいつらはクズだ。金を借りる時は、涙を流さんばかりにへいこらしやがって。いざ返す段になると、今度は人を鬼みたいに言いやがる、畜生！」

彼は話すうちに感情を発散させる方ではなく、むしろ反対にますます怒りが昂じてくるといったタイプの人間だった。

「あいつらには信義ってものがねえのか。借りたもんはスパッと返すのが当たり前だぜ」

「利子が高過ぎるんやないんか」とぼくは言った。

「馬鹿か、てめえは」加藤は運転しながら後ろを振り返って怒鳴った。「利子なんか最初からわかってんだ。その利子で嫌なら借りなきゃいいだろうが――。わかっていて借りたんだから返すのが道理だろうが」

なるほどなと思った。納得して借りたんならその通りだ。それでも、自分の金でもないのにそこまでむきになることもないのにと思ったが、それは黙っていた。

まもなく次の家に着いた。そしてそこでも同じことが行なわれたが、ぼくはもうすっかり嫌になっていた。加藤の不良債務者に対する怒りは凄まじく、「会社」に対する忠誠心も見事だった。大声でわめき、ドアを蹴り、窓ガラスを叩き割っている彼の姿を見ながら、何となく、もし彼自身の金ならここまで必死にはなれないのではないだろうかと思った。

加藤はいきなり「お前もやれ」とぼくにバットを渡した。ぼくは仕方なくおざなりにドアを叩いた。

「馬鹿野郎。本気でやれ！」

「ようせんわ、こんなん」

「何を！」

加藤はたちまち形相を変えた。ぼくは一瞬、どうしようかと迷った。つまり、ここで逃げ出すか、加藤とやり合うかだ。

加藤はしばらくぼくを睨んでいたが、突然、無理にこしらえたような高笑いをすると、次の家へ向かうから単車に乗れと言った。ぼくは少しほっとして単車の後部座席にまたがった。

その夜は結局全部で七軒ほど廻った。うち二軒は家人が出て来て、二人とも加藤に殴られた。二人とも気の弱そうな中年男性だった。いい年をした男が息子みたいな年齢の男に殴られて泣いている様は見るに忍びなかった。ぼくは加藤に対して何度か怒りが爆発しそうになるのを何とかこらえた。

こんなことして警察に電話されないのかと訊くと、加藤は馬鹿にしたように笑った。

「お前、何も知らないんだな。こういうのは民事不介入と言って、警察は手出しができないんだよ」

ぼくは妙に感心してしまった。

一軒一軒廻るうちに、加藤の役割は脅迫専門であることに気付いた。それももっとも下等で野蛮な種類のものだった。脅したりすかしたりして、幾らかでも債務を遂行させるといった類のものではなく、いきなり大声で怒鳴りつけ、暴力的に威嚇するといったものだった。

おそらくこうした彼の役割は最初から言われているものだったろうし、その夜彼が受け持った家々も、債権者にとっては最も悪質な借り手たち——こうした手段を採らなければならないほどのだ——に違いなかった。そして彼は自分自身の職務に忠実だった。言うなれば、彼の神聖視する偉大な帝国の中でも、おそらくは最下等の兵士並みの仕事しか与えられていなかったにもかかわらず、彼はその任務を喜んで果たしていた。彼自身が割り切って納得していたものなのか、はたまた自分の位置に気付いていないものなのかはわからない。いずれにせよ、ぼくはこれ以上こんな仕事は御免蒙りたいと思った。

一日の仕事が終わって、夜、加藤の暑苦しい部屋で横になりながら、明日の朝、早くここを出ようとはっきり決意した。

ところがその計画は、昼近くまで寝過ごしたおかげでご破算になってしまった。というのは、十一時少し過ぎに一人のチンピラがぼくと加藤の二人にすぐ事務所に集まるように伝令としてやってきたからだ。ぼくは寝坊の癖を悔みながらも、加藤の単車の後ろにまたがって事務所へ行った。そこで一枚の地図を渡され、再び単車を走らせると、小さな工場の裏門に着いた。すでに「組」からは十名近くが集まっていた。連中はちょうど車のトランクから木刀を取り出しているところだった。加藤もぼくも一本ずつ渡された。異様な雰囲気、というよりも何かとんでもないことが起こりそうな気配が漂っていた。若いチンピラたちもどこか緊張した顔付きだった。裏門が開かれ、ぼくたちは建物の中に通されたが、依然何がどうなっているのかわからなかった。それは加藤も同じらしく、こっそりと彼に訊いてはみたが、その答えは要領を得ないものだった。

しかしまもなくわかった。応接室のような所に通された時、すでに中にいた「組」の幹部二人と工場の重役らしい男数人とが話しているのを聞いたからだ。それによると、ぼくらの仕事は「スト破り」であり、組合員の団交から工場重役たちを守るといったものだった。最初それを耳にした時は、すぐ乱闘を連想し、ぞっとさせられたが、話を追いかけているとどうやらそれは明日の朝かららしく、今日集まったのは念のためと明日のロックアウトの両方のためらしかった。しかし安心するのは早かった。組合に対する脅しとしては、当初三人くらいで十分だと思っていたところ、組合側が学生の支援者などを擁してストの前日から工場に結集したため、事態はにわかに緊張しているということだった。ぼくや加藤たちが急遽《きゅうきょ》集められたのも、そのための応援部隊としてだった。

まもなく誰かが呼びに来て、応接室にいたほとんどが倉庫脇の通路を通って正門の方に向かった。ここは玩具工場らしく、倉庫には、ミニ玩具や、キャラメルのおまけ人形などが山のように箱詰めされていた。ぼくはそれらを横目で見ながら、汗ばんだ手に木刀を握りつつ大声で怒鳴り合う声が聞こえる正門に向かって走った。駄菓子屋に並ぶ玩具にも、こんなに恐ろしい一面があったとは知らなかった。

正門はとっくに破られていた。十数人の労働者と、数人の学生風の男たちが、手に手に棍棒やツルハシの柄を持って、こちらを睨みつけるように立っていた。そして彼らと対峙するように、建物の周囲にはヤクザたちがずらりと立ち並んでいた——ぼくもその一人だった。労働者たちは大声で騒ぎ立てていた。それに対してヤクザたちは、ニヤニヤ笑って取り合おうとはしなかったが、時折凶暴な大声をあげて彼らを脅した。しかしそれはあまり効果がないようだった。こうした奇妙な睨み合いが二時間ばかり続いた。

最初は火薬庫の前にでも立っているかのような息詰まる緊張感に耐えられないほどだったが、一時間もすると緊張が徐々に去って行き、そのうちにすっかりリラックスしてしまった。そうなると今度は退屈さが頭をもたげ、立ち続けているのが少し辛くなってきた。

途中一度だけ警官がパトカーでやって来て水入りがあった。彼らは睨み合う双方から簡単に言い分を聞くと、建物内部に入り、工場幹部から直接説明を受けた。部屋には弁護士もいたらしく、そこでどういう説明があったのか、とにかく警官たちは、睨み合う双方に事務的な注意および警告を与えると、あっさりと去ってしまった。

このことは心理的に用心棒側を大きく有利にした。しかし労働者側にもまったく不利ばかりに作用したとはいえなかった。というのは、追い詰められた鼠《ねずみ》のような状態は、反対に彼らの怒りの感情に油を注ぐことになったからだ。警官が去った後あたりから彼らのシュプレヒコールは一層激しくなった。それは、ピークを迎えると再び大人しくなるといったものではなく、むしろ飽和点を越えると一挙に爆発するといった類のようなものに思われた。その証拠に、初めシュプレヒコールは工場側および工場幹部に対する怒りと罵倒の声だけで、用心棒たちに対しての挑発の言葉は意識的に避けられている感じだったのにもかかわらず、次第にぼくたちに対する軽蔑と怒りをも激しくぶつけてきたからだ。

「社会のクズ！」

「人間のカス！」

という言葉がヤクザたちにむかって飛んだ。

突然二人の若いヤクザが堪忍袋を破裂させて、労働者の群れに突っ込んだ。驚いた労働者たちは一瞬怯んだように数歩後ずさりした。そのわずかな隙を捉えて、二人の用心棒は先頭にいた明らかに学生らしい男を捕まえると、いきなり殴る蹴るの暴行を加えた。さっきまでの勢いはどこへやら、その学生は大声で泣きながら許しを請うた。大仰な悲鳴と泣き声は、労働者たちをびびらせるには十分だった。幹部の「行け！」と怒鳴る声と共に、ぼくたちは一斉に正門の入口まで労働者を追い詰めた。ところがこれは完全に逆効果だったようだ。突然労働者の群れから卵大の石が一つ飛んできて、用心棒たちの兄貴分の額に命中した。サングラスが吹っ飛び、真っ赤な血がボタボタと地面にこぼれた。彼は野獣のような叫びをあげると、持っていた木刀の鞘《さや》を抜き払って刀身を見せた。これにはぼくも驚いた。木刀だとばかり思っていたのが本物の長脇差だったのだ。慌ててぼくも抜いてみようとしたが、ぼくのはただの木刀だった。

しかし抜き身の刀身は、労働者を脅かすよりはかえって怒りに火をつけたようだった。先頭にいた学生風の男たちが尻込みするのと入れ代わるように、労働者たちが一気になだれ込んで来た。日本刀を持った兄貴分があっという間に棍棒で打ち倒された。チンピラたちもその光景に驚いたのか、猛牛のようにばく進する労働者の群れにたちまち呑み込まれた。

ぼくは一目散に逃げた。ちらっと振り返ると、加藤が三人の男から同時に棍棒の一撃を受けて打ち倒されるのが見えた。ぼくは建物に飛び込むとすぐドアを閉めて、取手に木刀を通してかんぬき代わりにした。しかし数人以上の体当たりで、木刀は二つにへし折れて、ドアが開いた。

怒りに燃えた一揆衆の集団は、津波のように建物になだれ込んだ。応接室から一人の「組」幹部がいち早く飛び出し、そのまま裏門めがけて逃げ出した。男は若頭の金田だった。ぼくもその後を追った。直後に応接室から工場幹部たちの悲鳴が聞こえた。ぼくと金田の二人は、労働者たちの追撃をきわどく振り切り、裏門脇に停めてあったベンツに飛び乗ることができた。それでも発車寸前に後部に棍棒の一撃をもらい、テールランプが割れた。

工場を逃れてかなり走った後、金田は車を道路脇に停め、ぼくに何がどうなったかを訊いた。見た通りに報告すると、彼はたちまち顔面を真っ赤にして怒り出し、いきなりぼくを殴りつけた。予期していなかっただけに、まともに左こめかみにパンチを喰らい、一瞬頭がくらくらとした。

「どいつもこいつも頼りにならねえ。ど素人相手にいいようにやられて――それでもヤクザか。全員、指をつめるぐらいじゃすまねえぞ！」

金田は怒鳴るうちにまたもや怒りの感情が昂《たか》ぶってきたらしく、再びぼくにパンチをふってきた。しかし今度は間一髪頭を下げてよけた。彼の勢い余った左フックは、フロントガラスを力一杯打つはめになった。

「この野郎ッ！」

金田は形相を変えて、力を込めて拳を振り上げた。その瞬間ぼくの右ストレートが彼の顔面に飛んだ。彼は顔面を鼻血で染め、一瞬信じられないといったような目でぼくを見た。そこに間髪を入れず、もう一発右ストレートをお見舞いした。彼は後頭部を激しく窓ガラスにぶつけて、白目をむいた。それでも怒りに燃えたぼくはさらにもう一発顔面に叩き込んだ。彼は完全に失神した。ぼくは行きがけの駄賃とばかり、彼の内ポケットをさぐって財布を抜き取ると、車を飛び出して逃げた。

幾つかの通りを無茶苦茶に走った後、流しのタクシーを拾って乗り込んだ。東京駅でタクシーを降りると、金田から盗んだ財布の金で大阪までの新幹線の切符を買い、ホームに走り込んだ。新幹線に乗るのはこの時が初めてだったが、いきなりグリーン車を奮発した。

列車に乗り込むとすぐにトイレの中で財布の中身を調べた。きっかり三十万円が入っていた。思わず笑いがこぼれた。いくらこらえようとしても抑え切れなかった。それでたっぷり笑ってからトイレを出ようとすると、順番待ちをしていた女性客が怪訝そうな顔でぼくを見つめた。

生まれて初めて食堂車に入り、カレーライスを食べた。この日最初の食事は美味かった。工場がどうなっていようと、加藤たちがどうなっていようと、ぼくに殴られた金田がどうなっていようと、知ったことではなかった。ほんの一時間前まで生きるか死ぬかの修羅場にいたとは信じられなかった。今はもうすっかり遠い世界の出来事だった。窓の外には富士山が見えた。一人鼻唄まじりに大阪までの旅をたっぷり楽しんだ。不運続きの旅も最後にきて、オーラスで役満をツモり上がったようなものだった。途中何度もポケットの中の三十万円を思い浮かべると、自然に笑いがこぼれてきた。おかげで食堂車のウェイトレスに少々気持ち悪がられた。

それでも新大阪駅に着いて、ホームに足を降ろした時は、さすがに少しばかり疲れを感じた。新幹線の中でカレーを食べたにもかかわらず、また少し空腹を覚えた。それで駅の中にある食堂に入ろうと思い、何気なくポケットの三十万円に手をやった――が、ポケットの中は空だった。慌てて服のすべてのポケットをさらった。それでも金は出てこなかった。掏《す》られたと気付くのにたいして時間はかからなかった。その途端、体中の力がいっぺんに抜けてしまい、その場にへなへなと座り込んでしまった。

第二章　出航

1

さて短いながらはなはだ波乱に富んだ旅を終え、再び学校に通い出すようになると、周囲の者および自分を取り巻く生活のすべてが、驚くほど子供じみたものに見えて仕方がなかった。自分がすごく大人に思え、もう幼稚な高校生活は続けていけないかもしれないと思った。

しかしこうした生意気な感想は長くは持たず、三日もすると以前の単調な生活にすっかり馴《な》じんでしまった。すなわち、毎朝のように遅刻を繰り返し、授業中には居眠りをしたり友人と馬鹿話を交したり、昼休みには体育館でバスケットや卓球をしたり、放課後にはパチンコ屋で時間を潰したりといった毎日だ。けれどもそれが本来の生活に戻った、というようには考えなかった。なぜならぼくにはまだ何が自分の人生であり生活であるのかが一向にわかっていなかったからだ。つまり刺激に満ちた旅の日々も、退屈な高校生活も、ぼく自身は本流と支流というふうには区別ができなかった。そもそも自分を見据えることは、至極苦手な方だったが、この見解に関しては、一概に幼すぎるとは言えないと思う。極端に言えば、ぼくはいまだ目の前に現われるすべてのことが驚きと新鮮さに満ちている年代にいたのだ。

旅の冒険の多くは、ぼくを恐れさせ、愉快にさせ、落胆させ、泣かせ、怒らせ、笑わせ、どきどきさせ、そして時には考えさせたりもしたが、ぼくという人間を変えるまでには至らなかった。たいていの人間が滅多なことで思想や考え方を変えることがないように、ぼくの精神や性分もそんなふうに柔軟にはできていなかった。

一夜にして人を変えてしまう事件というものがあるのはぼくも認める。しかしそれは大変なことだ。人はそんな事件に出会わないのを幸運と思わなければならない。なぜならたいていが不幸な出来事だからだ。ぼくにしたところで、旅の途中で目玉を失ったり、腕を落としたり、はたまた半身不随にでもなっていたら、人生というものの捉え方もがらりと変わっていたことだろう。しかし「不幸」という奴は、それに捕まえられたものと、危うく逃れたものとで、その違いは天と地ほどに大きいものだ。その二つを同じように見つめられる人間こそは、人生の偉大なる思索者であり、またおそらくは成功を約束されている者だ。そしてもちろん、ぼくはそんなふうにはできていなかった。

というわけで、旅の日々も、ぼくの中では極めて特殊な人生経験として位置づけられることもなく、それまでに体験した種々雑多な出来事の記憶のガラクタ箱の中に無造作に投げ込まれていた。だから例の横溝正史の小説に出てくるような村での一件も大袈裟に考えるようなことはなかった。

ところで、旅による経験の無形の影響は別にして、金銭的には大損害だった。損失金額のもっとも大きかったのは何といっても単車だが、それ以上にこたえたのは、友人たちに借りた寝袋やカメラの類だった。ぼくの物が失くなったところでどうということはなかったが、借りた物はそういうわけにはいかない。それで学校が始まってものんびり過ごすわけにはいかず、毎週、土日は借金返済のためにアルバイトに精を出さなくてはならなかった。

九月の終わりの日曜日、阪急百貨店でのアルバイトの帰り、梅田駅で電車を待っていると、突然後ろから肩を叩かれた。

「作田やないか。久しぶりやな」

男は中学時代の同級生だった島田《しまだ》洋一郎《よういちろう》だった。しかし中学時代は親しく話した記憶はほとんどない。

「元気にやってるんか？」

島田の馴れ馴れしい言い方に少々戸惑った。なぜなら中学時代の彼は不良のぼくを怖れていたところがあり、こんなふうにため口なんかで喋らなかったからだ。

「バイトの帰りなんや」

ぼくがそう言うと、島田は「俺はデモの帰りや」と言った。彼は九月なのに長袖のジャンパーを着て、首にはヘルメットをひっかけていた。髪の毛は女みたいに肩まで伸ばしていた。

「デモって何や？」

「三里塚《さんりづか》や」

三里塚の名前はぼくも知っていた。数年前から続いている千葉県三里塚での農民と学生らによる空港建設反対闘争は、この年から開始された土地の強制収用の代執行のために一段と激しくなり、連日テレビなどで報道されていた。特に前の週から始まった第二次強制代執行の際に起こった機動隊と反対グループの衝突は凄まじく――警官が三人も死んでいたのだ――事態は風雲急を告げているといった様相だった。それで全共闘闘争に敗れた学生運動家の生き残りは次なる闘争の拠点として三里塚を見出したというわけだ。

運動は大学生に限らず、府下の様々な高校でも行なわれていたらしく、各地で集会やデモがあるという話はよく耳にしていた。時折、過激な闘争などで休校になる学校もあった。しかしぼくの通う南方商業は、そんな運動からはまったく別世界にあった。ぼくを含め我が校の生徒たちにとっては、三里塚などは大学進学問題以上に関心のないものだったからだ。

一度他校の生徒がオルグに来たことがあった。彼らはガリ版で刷ったビラを配りながら、校門前でアジ演説をやった。南方商業の生徒たちは、最初物珍しさもあってか、しばらく下校の足を止めて取り巻いていたが、いずれも五分ともたず、次々と帰っていった。一番集まったのは、南方商業の教師たちがオルグに来た学生を追い返そうとして小さな衝突が起こった時だった――ぼくもこの時ばかりはキャッチボールをやめて見物に行った。激しいやりとりの末、彼らは半ば強引につまみ出されながら、ぼくたちに助けを求めた。しかし南方商業の生徒たちは、珍しい見世物でも見るようににたにたしているだけだった。

　島田はかなり興奮しているようだった。電車に乗っている間中、中学時代にもさほど親しくなかったぼく相手に、一所懸命に闘争意義のようなものを熱く喋り続けた。かつての彼からは考えられないくらいの雄弁さだった——その言葉が果たして彼の頭から出ているのか、それともただ彼の口を借りているだけなのかは別にしてもだ。中学時代の島田は、勉強は出来たが、おとなしく目立たない存在だった。勉強だけでなくスポーツも得意なたくましい秀才連中が多かった中で、背が低く貧弱な体の彼は典型的なひ弱なガリ勉と見られていたし、例の長髪運動の時も改革派の闘士ではなかった。ひたすら北野高校を目指していたが、三年の終わりごろからジリジリと成績を下げ、最後は一ランク下の豊中《とよなか》高校に入ったのだった——それでも、ぼくにすれば見上げるばかりの秀才校だったが。担任教師から豊中高校を受けるように説得されて、職員室で大声をあげて泣いたのを知らない者はなかった。

　ところが、今目の前にいる島田は身長だけは相変わらず低いものの、全身が自信に満ち溢れていた。喋り方もかつてのおどおどしたものではなく、どこか不良みたいな乱暴な口調だった。彼は幾分得意気に、周囲の乗客をも明らかに意識して、大声で喋り続けた。彼のあまりの変化に少々戸惑いながらも、何とか話に耳を傾けようとしたが、アルバイトで疲れていたのと、話の内容がよくわからなかったのとの両方で、ついアクビが出てしまった。それを見て島田は怒った。ぼくに対して怒るなど、中学時代の彼からはまったく考えられなかったことなので少し驚いた。ぼくが謝っても彼はしばらくの間は怒りの姿勢を崩さずにいたが——ぼくにすればどちらでも良かったのだが——電車を降りる段になって不意に気が変わったのか、今度はぼくを喫茶店に誘った。

疲れていた上にせっかくのアルバイト代を使うのが嫌であまり行きたくはなかったが、彼が奢るというので三国駅前のコーヒー店に入った。店に入るなり彼は電車内の話を再開した。しかし今度のは先程の自慢気な内容とは違い、真面目で、かつ相手に理解を求めようとするものだった。もっとも、ぼくにとっては同じことだったのだが。ホットミルクを飲み干すと急に空腹を感じた。「腹減ってきたわ」と言うと、島田は苦笑したが、食べろよと言った。ぼくは遠慮なくカレーライスを注文した。彼の話は三里塚を離れ、より普遍的な革命運動一般に移っていた。話そのものはかつて飯田勝行が喋っていた内容と大差ないものだったが、島田の方が若くて知識が乏しい分だけ、より純粋であり理想主義に燃えていた。それでもカレーを食べ終わると、少しは話を聞いてやらなければと思い「ほんで、俺をどうしたいんや？」と訊いた。

驚いたことに島田の目的はぼくを運動の仲間に引き入れることだった。彼がなぜそんな気になったのかはわからない。駅でばったり出会っただけの昔の同級生——しかも全然親しくもなかった男を仲間にしたい気持ちは理解できなかった。しかし自分でも呆れることに、ぼくはこの予期しない展開を内心で少し面白がっていたのだ。

それで二日後の火曜日に、島田たちが作っているという高校生ばかりの小さなサークルの勉強会に出席することを約束した。三里塚闘争なんかまるで興味はなかったが、ぼくたちの学校の生徒とはまるで違う高校生たちを一度見てみたいという好奇心が働いたからだった。しかし本当のところを言えば、島田と別れて家へ帰る頃にはもう面倒臭くなっていた。

それでも火曜日には約束通り、学校が終わると島田と梅田で落ち合い、会のリーダーである森山《もりやま》という男の家へ行った。四天王寺《してんのうじ》にある彼の家は大きな屋敷で、玄関から母屋まで庭を通っていく屋敷というのは初めて入った。十畳はたっぷりあるかと思える彼の広い部屋には、すでに男五人女三人のメンバーが揃っていた。全員が高津《こうづ》高校の二年生ということだった。高津高校は、北野・天王寺・大手前と並ぶ大阪の名門公立高校だったが、そのラジカルで進歩的な校風はよく知られていた。たしかその年と前年に学園紛争で生徒が学校を封鎖したというニュースを聞いていた。そんなことはうちの学校では考えられなかった。

島田が皆にぼくを紹介した。南方商業の生徒だと聞くと、全員が驚いた表情を隠さなかった。

「二日前、例の集会の帰りにばったり梅田で出会って、集会のことやなんかを話しているうちに、関心を持ったらしくって――それで連れて来たんです」

島田は一昨日とは別人のように丁寧な口調だった。特に森山に対する口調は、まるで目上に対するそれだった。ぼくは黙ったまま島田に勝手に説明させておいた。

彼の話が済むと誰かが、革命は一部のインテリによってではなく、大衆が真の意識に芽生えて立ち上がってこそ本物の姿であり、その意味ではぼくのような男が加わるのはいいことだ、というようなことを言った。大衆というのは、どうやら南方商業のような頭の良くない学校の生徒たちという意味らしかった。のっけから唖然とするような侮辱を聞かされ頭に来ないでもなかったが、他人の家でもあるので何とか怒りはこらえた。しかしこのグループに対するぼくの第一印象はかなり悪いものになった。それにそもそも女の子がいるのが気に喰わなかった。男が何か真剣に事を成そうとする時に女を加えるなどということは、それだけで真面目なものとは受け取れないといった子供時代の信条を、ぼくはこの時も根強く持ち続けていたのだ。もっとも三人とも賢そうな女だった。二人はブスだったが、それでもぼくの学校にいるようなブスとは顔付きが――特に目付きが――大分違っていた。残る一人はきれいな顔だった。といっても可愛いタイプではない。ショートヘアにやや長めの顔、尖った顎を持っていて、薄い眉の下に、輪郭のはっきりした少し吊り上がり気味の目をしていて、第一印象は鷹を思わせた。南方商業高校には、過去の卒業アルバムを全部ひっくり返してもいそうにないタイプだった。男物のシャツにジーパンというスタイルが決まっていた。

　実を言えば、ぼくは部屋に入って数分もしないうちにこの西村芙美《にしむらふみ》という女性に心を奪われていたのだ。こんな想いはかつての小学校時代の池田明子の時を別にすれば初めての経験だった。ぼくは内心で大いに戸惑いつつも、表面は平静さを保ちながらグループの会話に耳を傾けていた。

　会話の中心は森山だった。上品で、顔のあちこちに子供らしさを残していたが、長く垂らした髪の毛やしかめっ面でそれを隠していた。理論家のようで、言葉の端々に難解な言葉を盛んに織り込んだ。一つの台詞にぼくの知らない言葉が少なくとも三つはあった。彼は話の途中で、しばしば言葉を切り、一瞬瞑想でもするかのように目を閉じ、眉をぎゅっと寄せたかと思うと、突然かっと目を開き、強い語調で断定するということをよくやった。そしてメンバーの多くがその喋り方の癖を真似ていた。

　一時間ほどたった頃、お手伝いさんが紅茶とケーキを持って来て、勉強会は一時中断された。お手伝いさんというのを初めて見て驚いたが、皆が普通にしていたので、ぼくも何でもないような顔をした。話題は政治と革命から離れて少しくだけたものになった。多くは映画の話だった。映画と言えばヤクザ映画とポルノ映画くらいしか観ていなかったぼくには、彼らが口にするヌーベルバーグやシネマヴェリテなど何のことかさっぱりわからなかった。彼らはまた文学についても語った。実存主義や内向の世代とかいった訳のわからない言葉が飛び交うのを、ぼくはぼんやり聞いていた。ここでも会話は森山がリードした。ぼくは、こいつ本当にいろんなことを知ってるなと感心していた。森山の次に発言が多かったのは西村芙美だった。時には森山と西村芙美の二人だけが同じテーマで喋り、他の者は聞き役に回るということも多かった。

ぼくはいつのまにかずっと西村芙美の顔ばかり見ていた。森山と対等に会話している彼女はこの上なく素敵に見えた。知的な女性というのを初めて目の当たりにした気がした。ぼくも彼女とこんなふうに知的な会話をしてみたいと思ったが、それは絶対に無理だった。

いつしか三島由紀夫の話題になった。皆の話を聞きながら、そう言えば、ちょうど一年前に三島が割腹自殺を起こしたことを思い出した。

「作田くん——」

不意に西村芙美がぼくの方を向いて言った。正面きって見つめられて、思わずどきっとした。

「三島由紀夫は読んだことある？」

皆が一斉にぼくに注目したが、この時のぼくの悔しさといったらない。割腹事件の時、なぜ一冊でもいいから読んでおかなかったかと後悔の念に襲われた。あの時、せっかく飯田勝行が何冊か貸してやるとまで言ってくれていたのに、だ。

「『潮騒』は読んだけど——」

と小さな声で答えた。何人かが馬鹿にしたような笑いを浮かべた。

「どうだった？」

森山が訊いた。

「恋愛が素敵やった」

「あの作品は三島がダフニスとクロエを基にして書いたことは知ってるね」

「そうらしいね」

ぼくは言ったが、そんな名前は聞いたこともない。

「で、君はどこが一番印象的だった？」

「ええと——」ぼくは必死で中学時代の国語の教科書に載っていた抜粋シーンを思い出した。『潮騒』なんてそこしか読んでないのだ。「男が泳ぐところかなあ。で、女がそれを見てるとこ」

ぼくの答えに皆が大笑いした。西村芙美もおかしそうに笑った。ぼくはすっかりしょげてしまった。

この会話で皆はぼくを与《くみ》しやすしと思ったのだろう。誰かがぼくの学生服に目を留め、それは学校の制服なのかと訊いた。ぼくがそうだと答えると、一同は驚いたような顔をしたが、その表情はあまりにもわざとらしかった。高津高校は、大阪府下の公立高校では最も早い時期に制服の廃止を認めさせていた。

「君らは学校側のそんな圧力に黙っているのかい」誰かが言った。

「それは、どういう意味？」

「制服というのは、権力側の支配による形而下の一形態なんだよ」森山が例によって眉間に皺を寄せながら重々しく言った。「つまり、学校側が学生たちに被支配的存在であるということを意識せしめるもの以外の何物でもないということなんだよ」

面と向かってこうまで言われると、言い返す言葉が咄嗟《とっさ》には浮かばなかった。なぜならぼく自身は今まで制服を課せられているということには何の不満も疑問も抱いていなかったからだ。しかし着る服を決められているというのは、確かに彼らの言う通り、ある意味ではおかしなことと言えないこともなかった。

ぼくらの学校は服装のことでは特にうるさかった。制服の色、ボタンの数、襟の高さ、裾幅の太さ、ズボンのベルト位置、ポケットの角度等々。女子でも同じく、ベストの色、スカートの長さ、腰あたりの縮め具合、ストッキングの色に至るまで実に細かく校則が定められていて、月に一度は教師たちによる一斉検査があり、印刷物による注意書はしょっちゅう配られていた。

ただ学校側の徹底した指導にもかかわらず、その効果たるやほとんど無に等しいものだった。——生徒たちの異様な服装群については前に述べた通りだ。細かい規則はずたずたに引き裂かれ、たいていの者がその切れっ端をぶら下げているに過ぎないといった感じだった。もっともそれは規則に対する抵抗といったものではなく、すべてが奇形的に発生した種類のものだった。かつての享保の改革に粋な衣装で対抗した江戸の庶民の心意気とは根本的に違っていた。それはともかくとして、義務教育を終えた者に対してお仕着せを強制するというのは、見方を変えればやはり一つの圧力と規制と見なすこともできただろう。しかしぼくは、たかだか高校の制服程度のことで、そんな仰々《ぎょうぎょう》しい言葉を使いたくはなかったし、まして政治の問題にまで敷衍《ふえん》して述べるのは絶対に間違っていると思った。

ぼくが黙っていると、森山らはしばらく制服による「権力・支配」論を展開させていたが、そのうち話題が別のものに移った。ぼくはひたすら聞き役に徹しながら、目は西村芙美ばかり追いかけていた。森山の家を出る頃には、彼女に恋していた。

その日から、週に二度森山の家へ行くのが習慣になった。宮本公雄と井上修は、そのことを知ると、「どうかしてる!」と言った。島田から借りたマルクスの『資本論』を見せると、「頭がおかしくなったのか」と言った。もちろん本当のところは、ぼくにしてもマルクスやレーニンに関心などあるはずがなかった。ぼくを勉強会に呼び寄せるのは、西村芙美の存在以外には何もなかった。ぼくはほとんど口もきいていない相手に完全に恋していた。宮本たちに打ちあけると、あいた口がふさがらないといった顔をされ、大声で笑われた。

「いったいその女のどこがええんや?」

「頭のええところや」

「そら、高津高校やから賢いやろう。すごく知的なんや」

宮本らに西村芙美の魅力を説明することは無理だと思った。文学や映画を語る時の理知的な瞳、切れのいいセリフの魅力は、しょせん伝えられるものではない。

「相手を間違えとんで、作田。イカがタコに惚れるようなもんやで」

井上の喩えがおかしかったので、ぼくも笑った。

「お前やったら、幾らでも女なんかモノにできるのに——。南商《なんしょう》の女で、お前を見てパンツを濡らしてる奴は何ぼでもおるんやで」

宮本も夏休みにセックスを体験していて、この手の冗談はかなり具体的になっていた。相手は一年生の女子で、彼はすっかり自分の情婦扱いしていた。それでプラトニックな感情というものを子供扱いした。

「南商なんかにまともな女がおるか！」

「女はどれも一緒や」

「それやったら、俺があの娘に惚れても何もおかしないやないか」

二人はどうにもお手上げという顔をした。彼らは、ぼくと彼女では人種が違うのだと言った。ぼくには彼らの言っている意味がわからなかった。

「お前はそう思てへんかっても向こうがそう思てるいうこっちゃ」

と井上が言った。最後に宮本が言った。

「ほっといたれ、自分が何者かようわかってへんねや」

ぼくは腹を立てなかった。恋する身には、たとえからかいや嘲《あざけ》りの言葉であっても、それが恋に言及されている限りはどこかに甘い刺激を感じさせるものだからだ。彼らの言葉は、その意図するところを大きくはずれて、ぼくの眼前から西村芙美をさらに高い所へと舞い上がらせた――まさに天上の貴婦人のようにだ。

西村芙美に熱い想いを燃やす一方で、社会科学や共産主義関係の本を読み漁った。飯田勝行に借りたり古本屋で買ったりして短期間に相当読んだが、ぼくにはどうしても共産主義というものが好きになれなかった。それどころか読めば読むほど嫌悪感が生じてくるのを止めようがなかった。マルクスの多くの著書にしても、当時の社会と状況ならともかく、現代ではもはや通用するはずもない内容だと思った。もっとも、今も十分に通用する、というよりも、通用させなければならないような悲劇に満ちた国もあるだろう。が、それは別の次元の話だ。ぼくが言いたいのは、どんなに偉大で素晴らしい思想といえども、時代と社会を選ばないわけにはいかないということだ。

そんなわけで、古典的な著書の多くは、ぼくをしてその崇高な理想主義を感じさせ、同時に歴史的な価値を認めさせる力を十分に持ってはいたが、どうにも我慢ならなかったのは、森山の先輩がやっているという京大の学生運動の一派が発行した小冊子だった。勉強会はその小冊子を中心に進められた。トロッキズムの流れをくむ共産主義による世界革命の実践論が大真面目に書かれているその内容は、夢物語か、狂人の戯言《ざれごと》としか思えなかった。大学まで行ってこんなことを日夜本気で考えている連中がいるとは信じられなかった。もっともこの頃は革命グループ大流行りで、栃木の銃砲店襲撃や埼玉の自衛官殺しなどに続いて、秋以降は小包爆弾が連日新聞を賑わしていたくらいだったから、この程度の小冊子は大したことではなかったのかもしれない。ともあれ、ぼくは頭から馬鹿にしていた。にもかかわらず、勉強会では積極的に発言するようになっていた。要するに、西村芙美の前で「エエカッコ」をしたかったのだ。

討論は最初に考えていたほど難しいものではなかった。簡単に言えば理屈のこね合いだったし、難解な言い廻しをして話を複雑にすれば、皆を黙らせることができるようなところがあった。喋ってみると、自分でも驚くほど口が廻った。ひと月もしないうちに討論では誰にも負けないようになった。

おそらく小冊子に書かれてある内容——それは恐ろしいまでに難解極まりない文章で、早い話、支離滅裂で何が書かれているかわからないようなものだった——をグループの中で一番理解しているのはぼくだった。他のメンバーたちは、まるで原語で書かれた宗教書か、すべてが謎と暗示で綴られた呪術書にでも接するような気持ちで読んでいたのに対し、ぼくははなから信じていなかったからこそ、書かれている内容を完全に汲み取ることができたのだ——世の中にはこういう矛盾がしばしば起こり得る。

サークルのメンバーたちはぼくを見直したようだった。態度や言葉遣いもはっきりと変わってきた。しかし、芙美のぼくを見る目は最初と少しも変わるところはなかった。その毅然とした、表面的なものに惑わされない聡明な目の光は、ぼくの恋をさらに燃え上がらせた。

ところで、小冊子の勉強会はともかく、一息つく時に話す映画や文学の話題には相変わらずまったくついて行けなかった。そんなわけで、結局いつも前半のポイントは全部はき出しというふうになった。それにしても彼らの幅広い知識には内心舌を巻いていた——何しろ、英語、数学、物理、化学、古文、地理、歴史といった学業の知識でぼくをはるかに凌ぐ量を持った上でのことなのだ。悔しくないと言えば嘘になるが、ぼくにしても、そうした知識と教養は一朝一夕に身につくものではないと初めから諦めていた。こういうものは生まれ育った家庭環境の差が大きいと思っていた。勉強ではおそらく彼らにひけを取らないと思われる竜之介——まだ中学の三年生ではあったが——にしても、その一つ下の剣之介にしても、小説はもちろん、新聞や雑誌の芸術時評などに目を通すようなことはまったくなかったから、もしかしたらこれが宮本らの言う「人種の違い」というものなのかもしれないと考えた。

　ぼくは何とか西村芙美と個人的に言葉を交してみたかったが、集会が終わると彼女はいつもほかの女の子と連れ立って帰ってしまい、二人きりになる機会はまるでなかった。それでぼくの恋はますます重いものになり、何をしても心ここにあらずの状態で、そのうち食欲までもなくなってきた。こんなことは初めてだった。家の連中にも、何かあるのか、と心配される始末だった。何でもないと答えたが、祖母がギロッと目を光らせて「女に惚れとるな」と言ったものだから、飯が喉につかえてしまった。

　ぼくはいつのまにか再び自分を取り巻く一切のものに我慢ならなくなっていた。西村芙美の顔を見ている時以外のすべての生活と時間は、ぼくにとって苦痛と苛立ちの連続だった。中でも毎日のように馬鹿面《づら》下げた級友たちと顔をつき合わさなければならないことぐらい嫌なものはなかった。意味のわからない英語の授業を上の空で聞き流し、秋の陽差しを受けた校庭をぼんやり眺めながら——いつものようにテニス部の道具入れの横で授業をサボって煙草を喫っている何人かの不良学生の姿が見えた——ぼくは高津高校へ転校できたら、などと考えていた。西村芙美と同じ教室で学ぶことができたらどれだけ素敵だろうと思った。その夢を聞いた宮本と井上は「ひどい重症や。末期症状やで」と呆れ、からかう気も起こらないようだった。

「その女のどこが、お前をそこまで思い詰めさせたんや」

宮本の言葉に、ぼくは答えに詰まった。

「だいたい、お前はその女をどれだけ知ってるんや？」

そう言われてみると、彼女のことはほとんど何も知らないことに気が付いた。住所や電話番号はもちろん、家族構成も知らなかった。それに趣味や考え方についても知らなかった。彼女が政治や文学について語るのは沢山聞いたが、プライベートな話はほとんど聞いたことがなかった。しかしそんなことはどうでもいいのだ。誰だって一度や二度は街で素敵な女に一目惚れすることはあるだろう。その女のすべてを知っていないと好きになれないのなら、初めから一目惚れもないではないか。結局のところ、恋なんてそんなものに違いない。

「その女、恋人はいてへんのか？」宮本が訊いた。

「そんなん知るか」

ぼくの答えに彼は笑った。

「惚れた女に恋人がおるかどうかくらい知っとけよ」

それでも、もしかしたら西村芙美が森山のことを好きなのかもしれないとは考えたことがある。彼女が特に森山の話を熱心に聞いていたのにはぼくも気付いていた。森山と話している時は他のメンバーと話している時よりも楽しそうに見えないこともなかった。そのことでぼくはかすかな嫉妬を味わってもいたのだ。しかし嫉妬という奴は、ちょうど石炭を乾留《かんりゅう》させてできるコークスのようなもので、普通なら石炭ガラとなるようなものが強い火力の前では恐るべき高温を生み出すがごとく、強烈な恋の炎の前でもまた一層それを燃え立たせる役割を負っていた。ぼくの恋はほとんど身も焼かんばかりになった。だから宮本がどう言ったところで、その炎がちょっとでも弱まるようなことはなかった。

ぼくはあまり宮本らとつるまなくなった。ゲームセンターや喫茶店でくだらない時間を過ごしているよりは、討論会のための本でも読んでいる方がずっと充実した時間の使い方だったからだ。それで宮本もしまいには気を悪くした。井上もまた別のことでぼくに対して腹を立てていた。一度、ぼくと二人で電車に乗っていて、他校の生徒らに因縁をつけられた時、ぼくが相手にせずにいい加減に謝ったことを根に持っていたのだ。それでだんだんと二人とは疎遠になりつつあった。でも別にかまわないと思った。遊び仲間のくだらない友情なんかより恋の方がずっと大事だからだ。彼女の心を手に入れることさえできたなら、代わりにすべてを失ってもよかった。

こうした想いを抱きながらも、ぼくは西村芙美に対して何をどうなすべきかということはこれっぽっちも考えないでいた。まるで初めてスケートリンクの上に降りた時のように、立っているだけで精一杯だったのだ。

しかし幸運の女神は、絶えず心の底から望んでいる者には、時として気まぐれな振り返りを見せる瞬間がある。十月の最後の日曜日、アルバイトの昼休みに桜橋の交差点で買い物帰りの西村芙美とばったり出会った時、ぼくがそう考えたとしても不思議ではないだろう。その日は朝から小雨が降り、ぼく自身も前日から扁桃腺を腫らしていて、内外ともに理想的なコンディションとは言えなかったが、そんなものはこの幸運の前ではほとんど問題にならなかった。彼女は白いパンタロンをはいていた。

二言三言挨拶を交した後、ぼくは思い切ってお茶に誘った。彼女は少し迷ったが、いいわよと言った。

「その服は何？」

ふと彼女がぼくの服を目に留めて言った。その時初めて自分がボウリング場の制服を着ているのに気付いて、顔から火が吹き出した。ぼくが自嘲《じちょう》的に説明すると、彼女はおかしそうに笑った。その笑いはごく自然なものだったが、羞恥でふくれあがっていたぼくの心には嘲りの意味を持って聞こえた。瞬間、頭にカーッと血が昇った。

「ぼくは森山みたいなボンボンやないからな。休みには働かんといかんのや」

しまった！　と思った時には、もはや言葉はすっかり口から出てしまった後だった。こんなところで他人と自分を比べる台詞なんか吐くものじゃない。しかもよりによって森山の名前を出すとは。穴でもあったら入りたい気持ちだった。幸運の女神にもそっぽを向かれてしまった。

「森山君はボンボンじゃないわよ」彼女は足を止めると、強い口調で言った。「あの人がヒョロヒョロのガリ勉タイプと思ったら大間違いよ」

「ああ、わかってる」

ぼくは元気なく答えた。もうこれ以上、失言を問題にしてほしくなかった。しかし、彼女は容赦しなかった。

「あの人は勇気もあるわ。学校でも彼くらいたくましい人はいないわ。校則なんかもどんどん破っちゃうし、こないだなんかバイクで学校へやって来て三日間の停学を受けたのよ」

「そんなもんは自慢にならんよ――校則破る奴なんか、うちの学校には幾らでもいる」

「あのね。作田君の学校は――」

芙美は言いかけて途中でやめた。

「君の言いたいことはようわかるよ。南方商業なんか馬鹿の集まりやから、そんなもんいくらでもおるて言いたいんやろう。森山のすごいところは、勉強もしっかり出来て家庭の環境もいいのに、そんなことが平気でやれるってことやろう」

彼女はぼくを睨みつけた。ぼくはまた余計なことを言ったと思った。

「たとえば、森山君が南方商にいたとしてよ」芙美は言った。「そんなことって考えられないけど――もし、いたとしてよ、彼ならきっと制服廃止闘争を展開するわ」

「制服廃止を言うた奴はおったよ」

「誰？　それ作田君？」

「違う。去年の話や。そいつは応援団の連中に袋叩きに遭《お》うたよ」

彼女は信じられないという顔をして眉をひそめた。

「誰も助けなかったの！」

「そんなことしたら、とばっちりを喰うて殴られたやろね」

「全校生徒のほとんどが応援団なの！」

芙美は怒った表情で言った。ぼくはその鋭い目の光に、全身が金縛りにあった。

「森山君なら、たとえ殴られたって闘うわ」

　ぼくは中学時代の長髪運動の藤岡を思い出し、森山ならやるかもしれないと思った。世の中には自らの信念のためなら暴力さえも恐れないタイプの男がいるのだ。ぼくはそんなタイプではない。しかしもうこれ以上、彼女の口から彼のことを聞くのは耐えられなかった。

「あの人は普通の人とは違うのよ。ほかの人とは全然違うわ。社会の厳しさや辛さも知ってるし、大人だわ。あの人、三里塚にも行ってるのよ。あの人の右手にはその時の傷もあるわ」

「知らんかった」

「作田君、できる？　角棒とヘルメットで命を賭けて機動隊と闘える？」

　ぼくにはできないな、と思った。何しろ東京での工場のスト破りの時も、真っ先に逃げ出したくらいだったのだから。しかし好きな女のためなら、ぼくでも闘えるかもしれないと思った。たとえば目の前の芙美のためなら百人の敵相手でも逃げたりはしないだろう。しかしそれを口にする前に彼女は去ってしまった。ぼくは喫茶店に一人で入ってピラフを食べた。その日の昼過ぎからの時間がどれほど長かったことか。ピンのはじける音が頭に空しく響いた。ぼくの恋はどのレーンを走っている？　ガーターだ。

　翌朝ぼくは元気良く目覚めると、いつもより早く登校した。一晩の睡眠はぼくをすっかり回復させていた。学校へ着くなり校長室へ向かった。服装の自由化を訴えるためだった。昨夜、寝る前に浮かんだこの考えは、朝にはほぼ完全に固まっていた。こんなことを考えたのは、芙美との会話があったからにほかならない。公立の商業高校ではまだ制服廃止の学校は一つも無かったから、ぼくがそれをやってのけたということになれば、芙美もぼくを見直すに違いないと考えたのだ。この愚かな発想は、恋に狂った頭の検閲をすべてくぐり抜け、素晴らしい名案とまで思わせた。

校長室に入るなり、ぼくは校長と教頭を相手に制服撤廃を要請した。理由と意義のようなものは幾らでも口をついて出た。校長も教頭も唖然として聞いていた。二人が驚いているのは、ぼくの意見そのものよりも、それを言っているのが自分たちの学校の生徒であるということだ――実は彼らくらい自校の生徒を馬鹿にしている連中はいなかったのだ。ぼくは声のトーンを様々に変化させ、言葉に抑揚をつけ、時には効果的に机なども叩きながら、三十分ばかり熱弁をふるった。それでもさすがに「体制」とか「圧力」とか「自由」とかいった言葉が口をつく時には羞恥心を抑えることが難しかった――それでそんな時はついつい大声になった。しかし校長も教頭も耳を傾けようとはしなかった。

ほとんど喧嘩別れのような形で校長室を追い出されたぼくは、その足で生徒会室へ行った。一度の直接交渉でどうにかなるものでもないのは最初からわかっていた――校長への直談判は言うなれば学校側への宣戦布告と、自らへの鼓舞のようなものだったのだ。

生徒会では、ぼくの舌はさらに回転を速めた。生徒会メンバーは、以前の体育科クラスの連中が一掃されていて、全員が商業科の生徒で占められていた。もっとも頭の程度は同じようなもので、それだけに理屈でまるめ込むには少し時間がかかったが、いざその気にさせることができると、今度はこちらが驚くくらい積極的に乗ってきた。

その日の放課後、早速生徒会の連中とガリ版を刷り――文章は全部ぼくが考えた――翌朝全校生徒に一斉に配った。生徒会の連中は初めての大仕事に大いに燃えていたが、ぼくは実のところ少し複雑な気持ちになっていた。制服に関してこれだけ厳しい規制が敷かれているなかでさえピエロかチンドン屋並みの奇妙なスタイルをして来る低能児たちが、一切の制約をとり払われた時どんなふうになるかはわかったものではないという危惧が生じてきたのだ。高津高校や天王寺高校の連中とは、頭の程度が最初から違うのだ――それは外見だけ見ても十分にわかることだった。人は皆、彼にふさわしい規則を戴いているのだ。しかし今ここでそんなことをグズグズ考えても仕方がない。ぼくは、自らの創った偉大な科学発明が兵器に使用されるのを悩むような理想主義の科学者ではない。

制服闘争は生徒たちの熱狂的な支持を受けて進んだ。全校生徒にアンケートがとられ、何と百パーセントが制服廃止に賛成という結果が出た。この完全な数字は、何ともぼくをやりきれない気にした。たとえどんなに素晴らしいと思えるような意見であっても、必ず反対意見を持つ人がいなくてはならないというのがぼくの考えだった。まして制服自由化などという下らない意見に百パーセントの賛成は極端すぎると思った。かつての応援団の生き残りもいるはずなのに——。ぼくの一抹の不安をよそに、その後ダメ押しの各クラス会議が開かれ、生徒会を通してそれらの署名入り要請書が学校側に提出された。しかし学校側はわずか十分の職員会議で簡単に却下してしまった。途端に生徒会は「駄目だったか」と簡単に引き下がり、一般生徒たちも「なんや、やっぱり」という感じで、呆れるほどあっさりと諦めてしまった。ぼくは慌てて生徒会をたきつけたが、彼らは最初のジャブ一発ですっかり勝ち目がないと踏んで、すでにグローブをはずしリングを降りようとしていた。

仕方なく、ぼくは単身で職員室に乗り込んだが、学校側は、生徒会を初め生徒たちがもう「服装自由化」の意欲を失っているのを知っていたから、ぼくの話など真面目に聞こうともしなかった。

「そんなことに一所懸命になるより、自分の頭の上のハエを追えよ」

学年主任は言った。

「どういう意味やねん」

「どういう意味もくそもあるか。お前の成績はこのままいったら落第の可能性があるんやぞ」

「それとこれとは関係ないやろう」

その時、教師の一人が「卒業できる自信がないから、学生時代に私服が着たいんか」とからかった。

「しょうもないこと言うな！」

頭に来たぼくは目の前の椅子を蹴っ飛ばした。

結局、それで一週間の停学を喰らってしまった。教師たちへの暴言を含めても一週間とは少し重い罰に思えたが、もしかしたらそれには見せしめの意味が含まれていたのかもしれなかった。

停学は二度目だったので、両親も大袈裟に騒ぐことはなかった。だから謹慎中の生活はそれほど息の詰まるものとはならなかった。学校側に対する怒りは根強いものがあったが、家でのんびりしている時までそのことを思い出して面白くない気分でいるようなことはなかった。毎日、昼過ぎに起きて、メシを喰った後はぶらぶらと散歩するというのが停学中のぼくの生活だった。考えることといったら芙美のことばかりだった。制服闘争の新たな作戦を練ろうという考えもないわけではなかったが、そんなものは学校が始まってからでいいという気分になっていた。

停学の四日目、昼過ぎに母に頼まれた買い物の途中、ふいに芙美に会いたくてたまらなくなった。それで買い物籠にスーパーの袋を積んだままミニサイクルで高津高校まで走った。三国から天王寺までは十キロ近い距離だったが、浮き浮きした気分ゆえにほんのすぐそばに思えた。ただ学校を捜すのには少し手間取った。何しろ天王寺界隈は一種の文教地区とも言えるくらいで、半径一キロほどのところに十校以上の高校と五校以上の大学が林立していたからだ。

ようやく高津高校を見つけた。通りから教室が見えた。どうやら授業中らしかった。しばらく学校のまわりを自転車でうろついていたが、やがて終了のベルが鳴るのが聞こえたような気がした。自転車を止め塀から頭を出して覗いてみると、果たしてそうだった。ちょうど休み時間になったところだった。ぼくは塀を乗り越えて、学校の中に入った。そしてそのまま校舎の中を歩いた。高津高校は私服なので、ぼくが歩いていても誰にも見咎められなかった。少し歩いているだけで、南方商業とは全然空気が違うのがわかった。賑やかで騒がしいのは同じだったが、そこにはだらしなく弛緩《しかん》した空気はなかった。生徒たちの顔付きの違いも明らかだ。女子生徒の美人度のレベルは似たようなものだったが、目付きと口の開き具合に大きな差があった。何より違うのは、その喋り方だった。はっきり言えば、声からして違うのだ。おそらく目を瞑って廊下を歩いていても両校の区別は明らかにつくだろうと思った。

ぼくは二年生の教室を捜した。一目でいいから芙美の顔を見たかったのだ。階段のところで、森山の家で見知った男にすれ違った。ぼくがウィンクすると、彼はぽかんと口を開いていた。

二年生の校舎を見つけて、一つ一つ教室を覗きながら歩いていると、西村芙美の姿を見つけた。彼女は教室で椅子に座って何人かの女友達と楽しそうに喋っていた。森山の家で見る時の芙美は大人びて見えたが、こうして同級生の女友達と談笑している姿は、普通の女子高生だった。ぼくが知っているのとはまた違った雰囲気はそれはそれで魅力的だった。窓ガラス越しにしばらく彼女を見つめていたが、突然、予鈴が鳴り、廊下にいた連中は皆教室に戻っていった。ぼくは少し躊躇したが「ええい、いってまえ」とばかり、芙美の教室に入った。ここまで来たら適当に空いている椅子に座って、一時間だけ授業を受けてやろうと思ったのだ。芙美と一緒に授業を受けるのはぼくの夢の一つだった。

ところが教室に入って焦った。空いている席が一つもなかったからだ。ぼくらの学校では、いつでも二つや三つの空席は当たり前だというのに——だから他のクラスの連中が混じっていることも珍しくはなかったのだ。どうしようと思う間もなく教師が入ってきた。若い教師は教室の後ろにぼうっと立っているぼくに気が付いた。同時に生徒たちも気付いた。芙美の呆れたような目がぼくを見た。

「君は何だ？」と教師は言った。

「すんません、教室を間違えました」

　ぼくはそう言って教室を出たが、教師は「君は誰だ」と言いながらついてきた。ぼくは廊下を走って逃げた。すると彼は大きな声で「待て！」と言って追って来た。その声で幾つかの教室から教師が蟹の目玉みたいに顔を出した。こんなところで捕まったら、とんだ赤っ恥の上に停学が倍に引き延ばされるのは確実だった。ぼくは全力疾走で校舎を走り抜けると、追いすがる教師たちを間一髪振り切って塀を越え、置いてあった自転車にまたがって何とか逃げおおせた。

　散々な目にあったが、このまま帰る気にはならなかった。それで近くの真田山《さなだやま》公園に入って、適当に時間を潰し、下校時間を見計らってもう一度高津高校へ向かった。

　しばらく正門の近くで待っていると、やがて何人かの女生徒と一緒に芙美が現われた。ぼくが近寄ると彼女たちは一瞬顔を硬ばらせた。

「西村さん、話があるんや」

「何なの」

　芙美は嫌そうな顔を隠そうともしなかった。周囲の女の子たちも警戒の目でぼくを見た。

「ちょっとだけ話があるんや」

芙美は仕方ないというような顔をして、友人たちと離れた。

「なんで学校に来たりしたの。それも教室まで堂々と入り込んで――ほんと、常識を疑うわ」

芙美は二人きりになるなり、厳しい口調で言った。

「喫茶店でも行かへんか」

「今日は用事があるから早く帰りたいの」

「十五分でええから」

「いや」

取りつくしまもなかった。彼女が足早に人通りの多い歩道を歩くものだから、ぼくは買い物籠のふくらんだミニサイクルを押して付いて行くのに苦労した。

「なあ、俺、君のこと好きやねん」

「そんなこと言われても困るわ」

芙美はぼくの顔も見ずに言った。

「俺のこと、好きになってくれへんか」

「あなた、よっぽど鈍感なんじゃないの」彼女は足を止めて振り返ると言った。「私と森山君のことは知ってるでしょう」

「君と森山のこと？」

「私たちは皆の公認の仲だってこと――見てたらわかるでしょ」

「知らんかった――」

芙美は呆れたような顔をした。

「ほな、もう森山とはやったんか」

「不潔な言い方しないでくれる！」

芙美は目を吊り上げて言った。ぼくは猛禽類《もうきんるい》に睨まれた鼠のような気がした。

「ごめん――」

「私、大学卒業したら森山くんと結婚するのよ」

鉄棒で頭を殴られたみたいだった。

「それに森山君と何でもなかったとしても、作田君なんか好きになれへんわ」

「なんで」

「なんでって――」彼女は少し苛立ったように言った。「そんなん当たり前でしょ。第一、高校が違うのよ」

彼女は言ってしまってから、はっとしたようだった。ぼくはその様子を見て初めて、彼女が何を言おうとしたのかわかった。全身が恥ずかしさと怒りで熱くなった。彼女は少し間を置いてから、ぼくの顔を下から覗くようにして「怒った？」と訊いた。ぼくは「いいや」と言って首を横に振った。

「私、もう帰るわね」

芙美は早口にそう言うなり、後ろも見ず地下鉄の駅に向かって駆けて行ってしまった。

彼女の姿が地面の穴に吸い込まれるように消えると、自尊心だけでどうにか肉体を支えていた最後の力もぷっつりと切れた。登板するなり連打を浴びせられた末、最後は痛烈な満塁本塁打を打ち込まれた投手みたいに、その場にへたり込んでしまった。通行人が無遠慮な目で眺めながら通り過ぎて行った。怒りと悲しみが心の中で激しく渦巻いていたが、やがて怒りは悲しみの中に呑みこまれてしまった。ようやくのことで立ち上がり、自転車にまたがったが、ペダルを踏もうにも、自分の足がどこにあるのかわからないような状態だった。家に帰ると、六時を回っていた。母に頼まれた買い物の残り半分は完全に忘れていた。母にはめちゃくちゃに怒られた。

その日から三日間は、散歩にさえ行く気になれず、ただ家でごろごろして過ごした。制服闘争のことなどもう完全に頭から消えていた。しかし芙美のことは忘れられなかった。彼女に対する怒りや失望はすっかりどこかへ消えてしまい、ぼくの心の中ではいつのまにか再び理想のマドンナとなって甦っていた。それで寝ぼけた頭で夢のようなことを想像した。芙美がぼくの言葉によって真の恋に目覚め、そして今頃はぼくへの熱き想いに身を焦がしているのではないか、と。しかしすぐその妄想の馬鹿らしさに気付くと、自分の情けなさに、出来損ないの頭を叩き割って脳味噌をぐちゃぐちゃにかき廻したくなるのだった。

停学が解け、久しぶりに学校へ顔を出すと、生徒たちがぼくをパンダでも眺めるようにジロジロと見つめた。制服事件と職員室での狼藉事件が知られているせいだった。靴置き場で、一年生の男子四人がぼくを指さして笑った。ぼくは彼らに近付くと、もう一度笑ってみろと言った。

「熱くなっちゃって、正義の味方が――」

リーゼント頭をした一人がそう言って笑った。ぼくは間髪を入れず右パンチを叩き込んだ。男が倒れた途端、他の連中は数歩飛び退いて身構えた。「畜生！」「いてまえ」三人は口々に叫びながらぼくを包囲した。ぼくは壁を背にして少し下がった。三人とも喧嘩慣れしているのは態度でわかった。その時たまたま二人の教師がやって来たので、戦闘は中断された。

「野郎、このままじゃすまへんからな」四人組は捨て台詞を残して去った。

一時間目の授業が終わった後、宮本と井上が嬉しそうな顔をしてやって来た。

「剣道部の連中と派手にやったそうやないか」宮本が言った。

「剣道部の奴らやったんか」

「一年生言うても気の荒い連中や。帰りは危ないぞ」

井上がからかうように言った。

「あほんだら、滅茶苦茶にやってもうたらぁ」

「それでこそ作田や」井上は言った。「そやけど、この学校でお前に喧嘩売るなんて、度胸のある奴らやないか」

宮本と井上は、俺たちも加勢すると言ったが、ぼくは断った。しかし放課後の乱闘はなかった。昼休みに同じ二年生の剣道部員の赤尾《あかお》が朝の一年生四人を連れてやって来たからだ。

「作田、朝のことは堪忍したってくれへんか。こいつら何も知らんかったんや」

赤尾が言った。一年生たちも朝の勢いからは信じられないくらい神妙に頭を下げて立っていた。

「もうええ、俺が先に手ぇ出したんや」

それで手打ちは終わった。

「えらい貫禄やなあ」

赤尾らが去った後、宮本がそう言って冷やかした。

「あほらしい、こら、どういうこっちゃねん。俺みたいなんのどこが怖いねん。バックもあるわけやなし――」

「怖いバックがここにおるがな」

井上がそう言って自分と宮本を指さした。

「それにしても、いきなり殴りつけるとは、どうやら完全に治ったらしいな、アレックス」

井上が、先日観たというお気に入りの映画「時計じかけのオレンジ」の主人公の名でぼくを呼んだ。しかしぼくは二人の笑う顔を見ても少しも愉快な気分にならなかった。それどころか非常に不快な気分に襲われた。この小さな事件は、ぼくに自分が何者であるかを理解させることはできないまでも、少なくとも、どこにいるかくらいは教えることになったからだ。

放課後、校門を出ようとすると、柏木《かしわぎ》という若い教師に、話がある、と呼びとめられた。柏木は去年大学を出たばかりの社会科教師で、南方商業の教師の中では最も若かった。ひょろりと痩せていて、度の強い眼鏡を掛け、ひどく無口な男だった。他の教師たちと話をしているところなども滅多に見たことはなく、生徒たち相手に談笑することも一切なかった。そんな教師に、こんなふうに話しかけられたので、妙な気がしたのも当然だった。

「ホモの話やったら、いややで」

ぼくの冗談にも、彼はにこりともせず「違うよ」と言った。断ってしまってもよかったが、特にそうする理由も思い浮かばなかったので、結局、学校から少し離れた喫茶店に入った。

彼は一番奥のテーブルに腰かけ、首を伸ばして目を細め、店内をぐるりと見廻してから、小声で話しかけてきた。

彼は今回のぼくの制服闘争のことをえらく持ち上げた。たった一人で立ち上がったのは立派だと言った。さらに職員室で語ったぼくの言葉の内容と意識の高さに感心したと言い、最後には、南方商業からぼくのような生徒が出てくるとは思ってもみなかったとまで言った。

しかしぼくはもう制服のことなどどうでもよくなっていたし、それにそのことを口にされるのは、芙美との嫌な記憶を呼び起こされるようで愉快ではなかった。けれど柏木の本当に言いたいことは制服のことではなかった。彼はどうやら、ぼくを政治的少年と勘違いしたようだった。彼は声をこれ以上は無理というくらいに低めて、慎重に言葉を選びながら「もし君にその気があるなら、一緒に勉強していこうじゃないか」と言った。ぼくが黙っていると、彼はなおも「君の読みたい本も色々持っているし、仲間も大勢いる」と言った。ああ、そういうことかと思った。こいつも左翼かぶれの教師なのか。

「もう興味が無くなりましたわ」

ぼくは彼を傷つけないように丁寧に言った。彼は信じられないという顔をした。そしてしばらく考えて言った。

「君がほかの生徒たちに失望する気持ちはわかる」

ぼくは内心でため息をついた。

「本当ですねん。全然興味が無くなりましてん。どんなに言うてくれてもあきません」

「一般生徒たちは愚かで、何もわかってない――大衆とはそんなもんだよ」

柏木の言葉はぼくを苛立たせた。

「だからこそ、啓蒙しないといけないんだ」

「もうええよ。そんな台詞なんか聞きとうもないわ」

ぼくは吐き捨てるように言った。

「ぼくは君の味方だよ」

柏木はそう言ってぼくの手を握った。ぼくはかっとしてその手を振りほどいた。

「何が味方じゃ。俺が職員室で怒鳴ってる時に、何か一言でも言うてくれたんか。停学になった時に弁護でもしてくれたんか。口先だけでええ加減なことぬかすな！」

ぼくの大声に店内の客が一斉に振り返った。

「わかった、わかったよ――そう怒鳴らなくてもいいじゃないか」

彼は人の目を気にしながら小声で言った。

「俺、もう帰んで」

「待ってくれ。今日ぼくが話したこと、誰にも言っちゃ困るよ――」

「誰が言うか！」

ぼくはそう言い捨てて店を飛び出したが、すぐ鞄を忘れたのに気付いた。再び店の中に戻ると柏木がレジの所にぼくの鞄を持って立っていたので、ひったくるように奪い取ると、店を出た。

不愉快この上なかった。やかましいオーケストラから滅茶苦茶にがなり立てられている感じだった。しかも揃いも揃って人の神経を逆撫でする不協和音だ。演奏者を片っ端からぶちのめし、ヴァイオリンの弦を切り、ティンパニの革を破り、トランペットをねじ曲げ、クラリネットをへし折ってやりたかった。全身が怒りで一杯になり、道にある電柱にさえ思いきり噛みついてやりたい衝動にかられた。

森山のサークルには、もう二週間以上も顔を出していなかったが、そのことに関して、サークルの誰からも連絡は無かった——島田からもだ。要するに、もうぼくなんかには来てもらいたくないということだ。ぼくはたまった本を——その中には飯田勝行から借りたものも何冊かあったはずだった——まとめて古本屋に売った。本は二束三文にしかならず、帰りにパチンコで全部すってしまった。

しばらくの間は、心の中に不機嫌の暴風が吹き荒れていたが、どんな台風もいつかは弱まるのと同じく、時が経つとともに気分の波もおさまってきた。そうすると、今度は例の制服闘争の一連の行動を少しは客観的に眺められるようになった。惚れた女にかっこいいところを見せたい一心で、学生運動の超ミニチュア版の行動を取るなど、どう考えてもあほ丸出しだった。しかも見ようによっては、いい年をしてテレビの熱血学園ドラマの主人公を真剣に演じたような滑稽ささえあった。もう耐えられない恥ずかしさだった。

井上が盗みの話を持ってきたのは、まるでこうしたタイミングを待っていたかのようだった。

彼が以前から、しばしば窃盗などのヤバいことをしているのは知っていた。時には宮本も一緒にやっていたらしいが、ぼくは一度も加わったことがない。なぜなら刺激とスリルを味わうためだけに、犯罪に手を染めるのは全然気が進まなかったからだ。盗みは遊びではない。えらそうに言っているが、ぼく自身、例の旅では何度も盗みをした。ただ、ぼくの中には、不義を味わうことを喜ぶために梨の実を盗んだアウグスティヌスのような性分はなかったということだ。それに井上と宮本の二人が、本屋でせっせと万引きした漫画を古本屋に売って、丸一日もかかって、二千円儲けたなどと愉快そうに喋っているのを聞けば、とても積極的に参加を申し出る気になれないのは無理もない話だったろう。たしか井上は前に一度、偽造硬貨による自販機荒らしで補導されていた。ぼくに言わせれば、そんなことをして何が楽しいのかというものだった。

しかし今回は少し様子が違っていた。一番の魅力は儲けの見込みがかなり大きいことだった。標的は、井上が一ヵ月前からアルバイトに行っているという西淀川区にある電機工場の倉庫に眠っているラジオカセットの山だった。彼は工場に対して相当に腹を立てていた。仕事中に右手の爪をはがしたにもかかわらず、治療費も出してもらえないばかりか、働けないのを理由に馘にされたからだ。理由のもう一つは、ひと月近く働いてもらったバイト料が、自分が一日に数十台も組み立てているラジオカセット一台分の値段よりも安かったということだが、それは無理やりに作った理由だろう。彼は復讐のためだと息巻いていたが、ぼくと宮本は、それが彼の本音だとは思っていなかった。

故買屋にはすでに話をつけてあるらしく、ラジカセ一台が五千円ということだった。二万五千円の定価でそれはないんとちゃうか、とぼくは言ったが、それが相場ということだった。彼の話によれば百台はかっぱらえる——となれば、一人頭十五万円は下らない額になる。これはこの頃の高卒の初任給の三倍以上だった。ぼくが加わることになった一番の理由はこの金にあることは間違いなかったが、本当の動機は別にあったのかもしれない。すなわち、無様な失恋と、ピエロ並みに演じた一連の行動の不面目を、自分自身に対して晴らしたいと考えていたのだ。

三人寄れば文殊《もんじゅ》の知恵とは言うが、ぼくたちの立てた計画は、菩薩《ぼさつ》も嘆くほど杜撰きわまりないものだった。まず深夜に車で工場の倉庫の裏に付け、その日の夕方に井上がアルバイト料の残りをもらいに行った際こっそり鍵を外しておいた二階の渡り廊下の窓から忍び込むというものだ。この計画は五分で思い付いた。

決行日は十二月の終業式の日に決まった――この日はクリスマスイブだった。

当日、十一時過ぎに井上が兄から借りた軽トラックで迎えに来た。すでに宮本も乗っていた。三人ともさすがに少し緊張していた。カーラジオをつけると、先程、東京の新宿でクリスマスツリーが爆発して十人以上が怪我をしたというニュースが流れていた。どうやら過激派の爆弾テロらしかった。

「えらい、えげつない事件やで。罪もない人に怪我させて、許せんのう。それに比べて、俺らの可愛いこと」

井上の義憤とも言い訳ともつかぬ冗談に、ぼくも宮本も笑った。それで三人ともかなりリラックスした。まもなく工場に着いた。まずぼくが樋《とい》をよじ上って二階の窓から忍び込んだ。それから用意していたロープを垂らして井上を引っ張り上げた。宮本は下で待機する役目だった。井上は右手の人差し指の爪をはがしていたので、よじ上るのに少し苦労した。

「お前は身軽やな」と井上が感心したように言った。

「ああ、サンタクロースみたいやったやろう」

「面白すぎること言うな」

二階の窓から侵入したところは渡り廊下だった。懐中電灯の明かりを頼りに階下に降りると、そこにはその日の発送に遅れたラジカセが山と積まれていた。ぼくと井上は小躍りして、ただちに二階の渡り廊下に運び上げる作業をした。それからの二人はまるで映画のコマ落としみたいに激しく動き廻った。体中を汗だらけにして、ようやく百台近くを二階の渡り廊下に運び上げた頃、井上の姿がないことに気付いた。何度も呼ぶと、奥の事務室の方から返事が聞こえた。どうやら行きがけの駄賃とばかり何かを物色しているようだった。懐中電灯を片手にそちらの方へ向かうと、彼が出て来た。

「何かあったか」

「いや」と彼は首を振った。

「ぐずぐずするなよ」

「すまん」

二人は急いで二階の廊下に駆け上がると、窓から顔を出して下の宮本に向かって小声で呼びかけた。宮本は、二人とも早く降りて来てくれ、と掠れたような声で言った。何かすごく緊張しているような声だった。何かあったか、と訊いたが、返事はなかった。仕方ないので、ぼくはすぐにロープを伝って下に降りた。地面に飛び降りた途端、車の陰から飛び出してきた二人の警官に腕を取られた。驚く間もないとはこのことだ。直後に、ぼくに続いて降りてきた井上もロープから引きずり降ろされるようにして捕まった。すべてはあっという間の出来事だった。あまりの鮮やかさに、逃げたり抵抗したりする気さえ起こらなかった。

後でわかったことだが、宮本が車のそばで待機している時、二人の警官の職務質問にあい、それでも彼は懸命に出鱈目な言い訳を並べたてたのだが、そのうち工場の窓から垂れ下がったままのロープを発見され、言い逃れができなくなったというわけだ。三人もいて誰一人ロープを引き上げておくということに気付かなかったとは、情けない以外の何物でもない。警官の一人に「三馬鹿大将やで」とからかわれたが、まさにその通りだ。まもなく無線の連絡を受けたパトカーが、ぼくたちを嘲笑《あざわら》うようなサイレンをクリスマスイブの夜空に響かせながらやって来た。

2

ぼくの「工場荒らし」を知らされた両親のショックはひどかった。身元引受人として警察署にやって来た三人の非行少年の父兄の中で、最も逆上して荒れ狂ったのがうちの親父だった。何しろいきなりぼくを殴りつけて、二人の警官に慌てて止められたくらいだった。お陰でぼくの左のまぶたはぱっくりと口を開けた。床にぼたぼたとこぼれ落ちる血は、あらためてぼくを情けない気分にした。

警察で取り調べを受けた後、三人とも家裁に送られた。しかし家裁での処分は同じではなかった。井上が鑑別所送り、宮本が保護観察処分、そしてぼくには不処分の裁定が下った。二人がぼくより重い処分になったのは前科があったからだ——ぼくにしても無罪というわけではなく、少年法の中の「不処分」という処分だった。特に井上は過去に二度も保護観察を受けたことがある上、今度の事件では主犯とみなされていたのが大きかった。というのも故買屋は彼の兄とその仲間だったのだ——それに、これは後に知らされたことだが、彼はぼくと宮本の取り分以上の分け前を約束されていたのだ。また当夜に事務室の机の中から金を盗んでいたのも——そのこともぼくに内緒にしていた——彼の罪状を重くしていた一つだった。結局、彼は二十日間の鑑別所の調査の上、改めて少年院送致が決まった。

一方、ぼくと宮本に対する学校側の処分は、三十日の停学ということになった——停学は一月三十日から二月の終わりまでだった。これは井上の退学処分に比べて異例に軽い処罰だった。もしかしたら市会議員の宮本の父の影響力が働いたせいかもしれなかった。しかし喜んだのも束の間、学科単位の関係上、三十日の停学は落第を決定的にしていたのだった。このことは、少しおさまりかけていた両親の怒りをあらためて呼び起こすことになった。

「お前みたいなロクデナシは学校辞めて働け！」

父は本気で怒鳴った。もっともこの言葉にはそれほどショックを受けなかった。なぜならぼくにしても、あと二年も高校生活を続けることには心底うんざりしていたからだ。高校中退者にろくな職場が待っていないことはわかっていながら、それでも構わないと思った。どうせまともに卒業したところで、たいしたところには就職できないのだ。

思えば、これもすべて西村芙美への失恋から生じたことだった。一時の激情と気まぐれな行動から人生を誤るタイプの人間は世の中には多いが、ほかならぬぼくもその一人だったというわけだ。彼女がもしぼくの想いを受け入れてくれていたならばと思わないでもなかった。もっともその仮定には心はそれほど反応しなかった。それは彼女への想いが薄らいでいたからではなく、起こり得なかったことに関してあれこれと思考や感情を差し向けることが極めて苦手だったからだ。それなら未来の仮定なら得意かと言えばそうでもない。先のことをじっくり計画するなどということは、ぼくの最も苦手なものの一つだった。

人は、挫折や絶望を味わったり、厳しい現実を突きつけられたりした時に、しばしば愚かしい空想や夢想に逃避することがあるように、ぼくもまた退学後の人生に都合のいい青写真をひいていた。しかしそれはほとんどまともな夢や計画といったものではなく、たとえば一代の反逆児となって全世界を震撼させるとか、またはカーネギーやロックフェラーも吹っ飛ぶような壮大なコンツェルンを築き上げるとか、はたまたナポレオンやアレクサンダー大王のような強大な征服者となって世界を統一するとかいった類のものばかりで、さすがのぼくでさえあまりの馬鹿さ加減に青写真はいつもくしゃくしゃに丸めて投げ捨てずにはおれなかった。それで何とかもう少し現実に即した仮定を考えてみようとするのだが、少し油断すると、すぐに石油を掘り当てたり金鉱を発見したりという夢を見るものだから始末に負えなかった。

もっとも昼間からホーム炬燵に足を突っ込んで、お茶菓子をかじりながら、将来の展望を探るも何もあったものではない。また実際のところ、人生の何たるかも知らない十代の子供に、自らの将来の可能性などを正しく把握できるはずもなかったのだ。それで思い切り控え目につつましく生きたと考えても、『グレート・ギャツビー』のように人生の大立者《おおだてもの》となって西村芙美の元に帰って来るといった馬鹿げたものになってしまうのだった。

ともあれ、そんなふうに日々退学の覚悟を強いものにしていたのだったが、両親の怒りのさめるのは驚くほど早かった。

「お前、あと二年かかっても、何とか卒業しろや」

ある日のこと、父は先日の怒りっぷりもすっかり忘れてしまったかのように、けろりとした顔で言った。それを聞いた時は、右から左へと簡単に言葉を翻《ひるがえ》す態度と人の人生を軽々しく考える言動に、少し頭に来たが、すぐ親父相手にこんなことで本気で腹を立てても仕方がないと思った。それにその頃にはもう、気が遠くなるほどの長さと思えた「二年間」という時間も、人生から見ればそうたいした長さでもないように思い始めていたのだ。人生への空想がそのことを気付かせたのだとすれば、空想でもそれなりに役に立ったということだ——真珠でも豚の玩具ぐらいにはなることもあるのだ。それで結局、もう一度二年生を続けることにした。

一方、宮本は処分の二日後、自主退学を願い出ていた。そしてそれが受理されると同時に府内の私立高校へ編入学した。そこはエスカレーター式に上の学校まで進むことのできる大学の附属高校だった。彼はそこに、どういう仕掛けか落第することなしに編入できた。そのことを彼の部屋で聞いた時、ぼくは正直言って少々不愉快な気持ちを抑えることができなかった。こいつ一人がうまいことやりやがってという気分だった。別に彼が落第でも進級でも、ぼく自身は何も変わらないのにだ。もしかすると彼のヘアスタイルもぼくの気分を悪くしていた一つだったかもしれない。反抗精神と不良の証明であった宮本のリーゼントはあとかたもなくなり、さっぱりした横分けにされていた。

「俺は今まで子供やった。今度のことでそれがようわかった」

そう言う彼の表情には、それまでずっとどこかに隠されていたような育ちの良さがはっきり出ていた。彼と両親の間で、どのような会話がなされ、またそれによって彼の考え方がどう変わったのかは知る由もなかった。

「学校は変わってもお前とは友だちや」

その言葉は意外だった。それは友人に対してあらたまって言うような台詞ではないと思ったからだ。

別れ際、玄関まで送ってくれた宮本の姿に、ぼくは、彼に敷かれたレールというものを見る思いがした。そう感じさせたのは、立派な玄関に立つ彼の小ざっぱりした身なりがぴったりとはまって見えたせいかもしれない。

人にはすべてあらかじめ決められたレールのようなものがあるのだ。それは両親や環境などによって作られたもので、漠然とおぼろげで、しばしば事故などによって分断されたり変更されたりはするが、人生における自分自身の位置付けを心の底に刻みつける最初の指針だった。彼にしたところで、周囲の多くの助言を無視し、彼を走らせようとするコースを拒否し、懸命に自分の好き勝手をし続けたにもかかわらず、とうとう最後に自分のためにこしらえられたレールの上に戻っていったというわけだ。もっとも、こうした考え方は大袈裟でこじつけが過ぎ、もしかしたら少々ひがんでいるのかもしれなかった。しかしこんなふうに考えたのは、短時間に起こった突発的なアクシデントが、三人の男——宮本と井上とぼく自身

――を大きく三つの道に引き裂いていく現実を目のあたりにしたからだ。

もちろん人生ぐらい複雑で謎に包まれ予測のつかないものもないだろう。野球の試合みたいに最後の打者がアウトになるまで何が起こるかわからないということも言えるかもしれない。しかしそれでも、序盤戦を終えて、大量点でリードしたり、されたりした試合なら、勝敗の帰趨もほとんど決まったものとなるだろう。

ぼくには依然として人生というものがおぼろげにさえつかめていなかった。井上の少年院送りが、少なくない失点なのは確かだった。人に襲いかかる運命や事故が必然的なものでないのは当然だ。しかしある種のものは、そうした必然と完全に無縁というわけではない。それはしばしば環境や性格などによって運命づけられた類のもので、すなわち登山家の何人かは山で死ぬだろうし、漁師にとって海で溺れることは驚くような事故ではないということだ。祖国愛に燃えるレジスタンスの闘士は、いつかは射殺されるかもしれないし、美人は玉の輿《こし》に乗れることがあるかもしれない。というわけで、今度の事件がなくとも井上もいつかは警察のやっかいになったかもしれないし、宮本は最終的に大学まで行かせてもらえたかもしれない。

さてそれでは、ぼくの場合はどうなのだと自問せずにはいられなかった。両親がぼくに望んでいるものははっきりしなかった。その点では弟たちとは違っていたが、彼らの場合は、自らが発光体となり、両親という反射鏡を以てあらためて人生のレールを照らしめたと言えた。しかしぼくにはそんなものはなかった。結局のところ、「人生のレール」と呼ばれるものは、人生に対する考え方と自らの位置付けにほかならなかった。けれどもそれは自らが独力で空中から摑みとってきたり、火と水だけで金を作り出すといった錬金術を用いて得るものではない。それらはすべて、多かれ少なかれ両親や周囲の人間たちの考え方、思想、性格などに影響されてこしらえ上げてきたもので、周囲の「大いなる意志」の力なくしては完全に抜け出すことは不可能なものだ。そして、それは十代の半ばまでに、人生に対する価値観としてほぼ確定される。いわばガチョウやハイイロガンにおけるローレンツ博士の刷りこみ理論同様、人生における価値観の『刷りこみ』ともいうべきもので、自分が何者であるか、そしてどこに属すべきで、どう生きるべきかということを強烈に頭の中にインプリンティングされるものだった。そしてぼく自身は未だに、どう生きるべきかなどはもちろん、自分が何者で、どこに属すべきかさえわかっていなかった。ただ、人生の都合のいいところは、それでもちゃんと生きていけるということだ。エンジンの動力機構の仕組みなど知らなくても車の運転は可能なのと同じようなものだ。だからぼくにしても、焦ったり、不安に陥ったり、いらついたりということは何一つなかった。

ぼくにとって一番の関心事は、現在の自分自身を取り巻く様々な事柄および状況だった。

それはつまり停学中の暮らしぶりについてのことにほかならない。そしてその間の家での生活は針のむしろに座るようなものだった。両親はもう一度高校へ通うチャンスを与えてくれてはいたが、ぼくに対する怒りが完全に解かれていたわけではなかった。だから謹慎という名目上の処罰をそのままに執行しようとし、これまで大目に見てくれていたアルバイトも禁止、散歩に出るにも容易に許しが下りないほどだった。もっとも四六時中監視が付いているわけでもなく、また言いつけを守らなかったところで何の罰を受けるわけでもなかったが、両親にはすっかり頭が上がらなくなっていたので、おとなしくしていざるを得なかった。

息が詰まるような生活の中で、ぼくをかろうじて退屈から救っていたのは、その頃に盛んに新聞やテレビを賑わした様々なニュースだった。と言っても、日米繊維協定や沖縄返還声明、第四次の国防会議といったものではなく――そんなものはまったく興味の対象外だった――グアム島での横井庄一氏の発見、それに札幌の冬季オリンピックなどが、ぼくを面白がらせたニュースだった。特に、二十八年間もグアム島のジャングルにひっそりと隠れ住んでいたという元日本兵の話は、戦慄すべき恐怖と滑稽なまでのユーモア、それにロビンソン・クルーソー並みの面白さで、ぼくを惹きつけた。新聞の社会面や文化面が連日ジャングル生活などのドキュメントを載せている一方、スポーツ欄では、札幌で開かれている冬季オリンピックでの日本選手の活躍ぶりを報じていた。もっともこちらの方は、昼間のテレビでも十分味わう事ができた。特に七十メートル級ジャンプでの笠谷らの活躍は、胸のすくものがあった。

しかし何といっても、ぼくの目を新聞、テレビに釘付けにしたのは、冬季オリンピックの閉会と交代するように起こった連合赤軍による浅間山荘事件だった。初め、すぐにケリがつくと思われたこの人質籠城事件は、二日経ち三日経っても事態の収拾を見なかった。テレビは朝から晩まで現場からの臨時ニュースを送り続けた。生中継の迫力はすごいものだった。それで、この時ばかりは停学中の身であることに感謝したい気持ちだった。ホーム炬燵に足を突っ込み、時には熱いラーメンをすすりながら、この筋書きのない生のドキュメントに吸い寄せられていたが、正直に言えば、この事件は楽しいものではなかった。それどころか神経を逆撫でされ、血を逆流させせられ、ついではらわたを煮えくりかえされていた。ぼくはテレビの前で「早《はよ》う犯人を撃ち殺せ！」と怒鳴り散らしたが、その声は遂に警察には届かなかった。撃たれたのは警官の方で、犯人たちは全員無傷で捕えられた。彼らは以前に旅客機を乗っ取って北朝鮮へ渡った一味の残党だった。

彼らがどのような世界の建設を夢見ているのか知らなかったが、実際にやっていることは罪もない人間を殺し、社会に迷惑をかけている以外の何物でもなかった。そしてそれが金や自己の利益といった目的からではなく、社会や民衆のためという大義名分を掲げ、おそらくはそれを信じ切ってやっているところが何よりも吐き気を催させた。

ぼくは事件を見ながら、森山たちのサークルのことを思い出していた。いったい、自分の成功を二の次にして他人や社会のために頑張るなどということがあるのだろうか。ぼくにしても他人のために自分の人生を捧げるといった生き方をまるっきり信じていないわけではない。しかしそれがどんなに困難なものかは、ぼく自身や、ぼくを取り巻く人間たちを見れば一目瞭然だった。おそらく真に社会や人のために生きるといった人間になるには、恐ろしいまでに苛酷な経験を積み、大いなる人間変革を試みて成功した人物でなければ無理だろう。ぬくぬくと何不自由ない暮らしをしてきた大学生や高校生などがそんな境地に達するはずもない。そんなものは大いなる錯覚かとんでもない偽物だ。

浅間山荘の犯人たちは人を殺しておきながら、精一杯の強がりからか、不敵な笑みを浮かべながら、警官たちに連行されていった。この不愉快極まりない事件に、家の中で一番腹を立てていたのはぼくだった。もっともテレビを見ている時間も一番長かったのだからそれも当然のことかもしれなかったが、それでも家族に言わせると、いささか常軌を逸した怒り方だったらしい。しかしぼくには、この事件に対する家族の者の冷静な捉え方こそ、むしろ納得できないものだった。ぼくがこの事件に異常なまでに怒りの感情を覚えたのは、この犯罪が正義と信じるもののために起こされた行動から生じたということにあった。そしてその正義とは、おそらくは心から導き出されたものではなく、理論と理屈から導き出されたものだったからだ。科学や数学などを除いて、およそ人文的な分野における理論といったものほど嫌いなものはなかった。この信念は、森山らとの勉強会および討論会、それに様々な社会科学の本などを通して作られたものだった。

ぼくのこの信念は、浅間山荘の事件の後で明らかになった「総括」リンチ事件——大勢の仲間たちをわずかな思想の食い違いで惨殺した事件だ——や、さらにその春に起こったテルアビブの空港乱射事件などで確固としたものになった。パレスチナとは何のゆかりもない日本人が、イスラエルの空港で罪もないユダヤ人を無差別に銃撃して殺害したこの行動の、どこに「心から衝き動かされた」ものがあるというのだ。

人間の行動の動機で何よりも優先されるべきは「頭」ではなく「心」でなくてはならないとぼくは考えた。この意見はしかし、晩飯を喰いながら吐露《とろ》した途端、家族の失笑を買った。

「工場の盗みは、心の命じるままにやったのか」親父は吐き捨てるように言った。「頭はハチマキする以外にも、ちょっとくらい使えや」

そう言われたらぐうの音も出なかった。

停学中は柄にもなく読書をした。読書と言っても全部小説の類だ。竜之介に頼んで近くの図書館から適当に本を借りてきてもらった。一日中家に閉じ込められていたための退屈しのぎがきっかけだったが、読み始めてみると、けっこう夢中になれた。これまでの人生で小説などを読むことはほとんどなかったから、新鮮で楽しかった。マルクスやレーニンなどよりはるかに面白かった。対象となる本は脈絡がなかった。外国物でも日本物でも、古典でも現代物でも、純文学でも大衆文学でも一切お構いなしだった。三十日足らずで百冊近くを読破したのは、我ながらよくやったと思った。物語の中に、ぼくを夢中にさせる何かがあったのだろうか。とはいえ、そこから人生における大事なもの——苦悩、絶望、勇気、真理、愛、希望——を汲み取るといったことはほとんどなかったように思う。そんなものを学んだり、考えさせられたりするほどには、僕の中で教養や思想の下地が作られていなかったからだ。ぼくはただ物語の筋立てを一所懸命に追っているだけだった。その意味では読書も結局は暇つぶしに過ぎないものだったのかもしれない。だからかどうか、謹慎が終わると同時に、読書の習慣もなくなった。

まもなく停学が解け、ぼくは再び学校に通い出した。クラスの連中は皆ぼくの落第を知っていた。どうにも恥ずかしいものだったが、三日もすると平気になった。あれ以来、宮本には一度も会っていなかった。向こうもまったく連絡してこなかった。ぼくの方は付き合いを止める気持ちはなかったが、彼がそう望んでいるならそれでも構わないと思った。あるいは彼の方でもそう考えていたのかもしれなかった。少年院にいる井上には一度だけ葉書を書いた。年賀状を除いては生まれて初めて書いた葉書だったが、内容となると結局年賀状並みの貧弱なものだった。もっともかなり遅れてやって来た彼からの返事も同じくらい薄い内容だった。そのうち半分くらいが、返事の遅くなったことの言い訳だった。二人ともそんなだったから、互いに便りはそれっきりだった。

停学が解けて三週間で終業式を迎え、今度は正式に春休みに入った。ところで、この終業式は在校生たちにとって一つの大きな意味を持っていた。というのは、四月からの新入生は全員、普通科の生徒たちとなることが決まっていたため、同時に校名も南方商業高校から南方高校へと変更されることが決定していたからだ。したがって今度の終業式は、在校生にとっては別れの儀式でもあったのだ。しかしぼくを含め南方商の生徒たちにそんな感傷などあるはずもなく、その証拠に、制帽用の新しい校章バッジが配られると、古い奴はそのまま教室や校内のくず籠に無造作に投げ捨てられた。

さて春休みが終わると新年度が始まった。街は四月に入り、完全に春の陽気に染まっていた。冬が過ぎ、木々や草花が芽をふき、新しい生命が息づくこの時期こそ、すべてのものの始まりにふさわしい季節だった。その意味でも、学校や職場の新年度を一月ではなく四月と定めているのは、実にうまい考えだった。ぼくは一年のうちでこの季節が一番好きだった。

我が家にしても、兄弟が揃って一つずつ大きくなったことを互いに感じさせるのはこの季節だ。末の正樹は幼稚園の年長組に上がり、剣之介は教育大附属中学の三年生となりいよいよ受験の年に突入しようとしていたし、竜之介は晴れて北野高校の一年生となっていた。足踏みしているのはぼくだけだった。

人生を一歩ずつ確実に歩み、夢と目標の実現のためにたゆまぬ努力を続けているのは、若い弟たちだけではなかった。両親も今や一戸建ての夢をいよいよ現実のものにしつつあった。自己資金がもう少し揃えば、後は住宅ローンと組合の共済金で、ささやかながら郊外に一戸建ての家を持つことができるまでになっていたのだ。両親から、来年には可能だと聞かされた時は、驚くと同時に、二人を大いに見直した。学歴もなく、またそれを補う商才もなく、十数年来、こつこつと一所懸命に働いて、とうとう自分の城を持つことができるようになったという事実は、ぼくにも勤勉の尊さというものを少しは教えた。もっとも親父が定職を持つことができた昭和三十年代の半ばから続いていた驚異的な高度成長を抜きにしては、両親の幸運も語れないだろう。しかしだからといって二人の努力の価値が減るものではない。ただ残念なことに、ぼくの生来の怠惰《たいだ》な性格は、こうした努力の価値や勤勉の尊さといったものを肥しにするようにはできていなかった。

だから新学年の始業式で、体育館の中に整列させられ、校長や育英会会長などによる仰々しい人生訓めいた挨拶を聞かされた時も、ぼくの心の内には何一つ新しい決意や信念といったものは浮かんでこなかった。もっともぼくに言わせれば、そうした啓蒙的訓話の多くは、半ば儀式化されると同時に、形骸と化し、すでに言葉としての生命力を失っていると思えた。

しかしこうした死に絶えたと思われる言葉を、新鮮に受けとめる者たちもいた。それはこの春から入ってくる新入生たちだ。ぼくを含め在校生たちは、彼らが自分たちとは別な種類の人間であることを敏感に察知した。しかしそれは新入生たちの方がより強く感じていたことかもしれない。彼らにとって、南方高校は彼らを一期生とする新設高校であり、新たな歴史を築く地であった。だからこそありきたりな理想論を振り廻す校長の言葉に、瞳を輝かせ、頬を紅潮させ、全身を震わせてもいたのだ。その顔付きは、まさに新大陸に移住してきたピューリタンのそれだった。そんな彼らの目には、ぼくら在校生は得体のしれないインディアンに見えていたに違いない。

新入生たちは最初からぼくらを恐れ、敬遠した。かつての新入生たちが積極的に先輩たちに取り入り、その庇護を求め、盃を受けたがったのとはまるで正反対だった。そうした現実は学内のいたるところで様々な形をとって現われた。運動部にまったく新入部員が入らなかったのは、その最も顕著な例だった。新入生たちが在校生のことを実際にどのように考え、また噂しているのかはわからなかったが、「野蛮な先住民」と看做《みな》している中でも、運動部こそ最も凶暴なアパッチ族と考えて恐れていたのかもしれない。彼らのそうした意識は、おそらくは在校生からの敵意というものを過敏に受け取っていたせいだ。彼らはそれが在校生たちの劣等感と僻《ひが》みから生じるものと考えていた。しかしそれは間違いだ。新入生たちがそう考えていたのは、彼らが優越感を持ち過ぎていたからだ。当然それは知的なものおよび教養的な側面においてであり、だからこそ、そうしたものの対極と思われる運動部を敬遠したのだ。

インディアンも最初から白人に対して敵意を抱きはしなかったように、在校生たちも初めは新入生たちに対してあまり関心を示さなかった。しかし入学後の彼らの態度は、在校生たちを怒らせるのに十分なものだった。特に、新入生のために新たに幾つもの文化系クラブが作られたのは、極めて腹立たしいことだった。映画研究クラブ、文芸クラブ、クラシック音楽鑑賞クラブ、社会研究クラブなど新設クラブの多くは、それまでの南方商の生徒たちにとっては縁がないと思われていたものばかりだった。南方商業は今、新たな歴史を刻もうとしていた——しかしそれは普通科の生徒たちの歴史だった。

新入部員が入って来ないとわかった時の運動部の連中の怒りも凄まじかった。特に二年生においては、辛いしごきに耐え、あらゆる雑用をやらされて一年間を送った末に、新たな下級部員が一人も集まらなかったのだから、その腹立たしい気分にはおさまらないものがあった。それにまた実際問題として、部の存続にもかかわることだった。もともと運動部は元気のいい不良学生のリクリエーションの場のような性質を持ったクラブであり、体育科がなくなってからは実力的にははっきり落ちていただけに、運動部の荒廃は一気に進んだ。運動部の連中は一年生たちを目の敵にし、放課後の体育館やグラウンドで、ふらふらしている新入生たちの姿を見つけようものなら、たちまち怒鳴りつけて追い出した。運の悪い何人かは殴られた。小さな喧嘩も幾つか起こったようだが、そんな状態がしばらく続くと、商業科と普通科の分離は決定的になった。

こうしたことにぼくが多少なりとも敏感になっていたのは、新学期が始まると同時に、剣道部に入っていたからだ。三年生の部長の赤尾——元は同学年だ——とは以前から面識があったせいもあるが、入部の直接のきっかけとなったのは、半年前に靴置き場の前でやり合った四人組のうちの二人と新しいクラスが一緒になって親しくなったからだった。特に伊賀上《いがうえ》明《あきら》という男とはたちまち意気投合し、入部も彼に誘われたのだった。

別にスポーツがしたいわけでも剣道に魅力を感じていたわけでもない。もちろん新入生たちが一人も運動部に入らなかったこととはまったく関係がなかった。強いてあげるとすれば、あと二年に延びた高校生活に、どうせならゆっくり腰を据えてみようと思ったのが一番理由らしいものだった。

剣道部も他の運動部と同様、下級生が入らないことによる荒廃がひどかった。練習は、しまりのないだらしないものだった。ランニングや基礎トレーニングでたっぷり汗を流すといったことはほとんどやらなかった。かろうじて打ち込みと地稽古でクラブとしての体面を保っていたが、それさえ、まともに剣道に打ち込んでいる者が見たなら、神聖な武道を汚すと、許し難い気持ちになったかもしれない。なぜなら、それは子供のチャンバラとなんら変わるところがなかったからだ。二刀流や居合はまだましな方で、中には、竹棒を持って来て槍代わりにする者もいたし、自家製の鎖鎌《くさりがま》を振りまわす者さえいたくらいだった。部屋にかかっている各自の名前の入った木札の裏には、「道場ネーム」として宮本武蔵や柳生十兵衛、さらには机竜之助《つくえりゅうのすけ》や拝一刀《おがみいっとう》の名前まで書かれているのだから、とても真面目に剣道に取り組んでいる者たちとは思えなかった。これでは団体戦はいつも一回戦で敗退は無理もなかった。

もっともぼくはこういう雰囲気はまったく嫌いではなかった。正直に言えば、最初の一日ですっかり馴染んでしまった。練習の合い間に、一人だけ見張りを立てての「タバコ・ブレイク」があるのも素敵だった。

しかしふざけた部員の中でただ一人伊賀上だけは抜群の実力を持っていた。前年の秋に行なわれた大阪府の新人戦ではベスト8に喰い込むという信じられないような成績を残していた。といっても伊賀上一人が真面目に練習に取り組んでいたわけではなく、皆と同じようにいつもふざけた練習をしていただけに、部員一同を不思議がらせていた。伊賀上自身は自分のことを天才と言っていた。もちろんその言葉は少しオーバーにしても、他の部員たちも、彼がこと剣道に関しては並はずれた才能を持っていることは認めないわけにはいかなかった。「互いにメチャクチャに打ち合っている中で、一瞬の隙を突けるなんちゅうのは教えてやれることやない」主将の赤尾は彼の才能をこう評した。「試合場で、他の選手の技を見て、それを即座に使う芸当ができるのはあいつぐらいのもんや」真剣に打ち込めば全日本クラスの選手になれるかもしれないという先輩たちの言葉にも、彼はあまり耳を貸そうとしなかった。もっとも先輩たちにしても、どうしてもそうさせようなどという熱意はなかった。伊賀上は勉強は出来なかったが、頭は切れる男だった。また火のような気性の激しさも持ったいい男だった。

この時期、ぼくは毎日をいたってリラックスして過ごしていた。つまり適当に授業に出、適当に剣道をやり、適当に遊び、適当にアルバイトをし、適当にへんずりをかき、といった具合にだ。もしかしたら初めて高校生活を楽しんでいたのかもしれない。数年来ぼくの心に居座り続けていた苛立ちや怒りは、いつの間にか消えていた。毎日が楽しくて充実感に満ちているといったわけではなかったが、とりたてて不平や不満を覚えたこともなかった。これがどういうことを意味しているのかはわからない。もしかすると、自分がいるところにある種の満足感を持っていたせいかもしれなかった。もしそうなら、それは皮肉な意味で一つの成長と言えなくもない。

しかし実際にはそれほど大袈裟なものではないのかもしれなかった。なぜなら人生にはこうした時期がしばしば訪れるものだからだ。それにやはり落第ということが大きく影響していたのはたしかだ。たとえば、人は遅刻しそうな時は大いに焦るが、遅刻が決定的になると、今度は急にのんびりと構えるものだからだ。人生に遅刻の概念などは当てはまらないかもしれないが、少なくともこの時期のぼくは、劇場公演の入場締め切りに間に合わずに次回に廻された観客の気分くらいは味わっていた。おそらくたいていの人が劇場の最前列に立ち並ぶよりは喫茶店にでも行ってゆっくりと過ごすように、ぼくもまた一年間ののんびりと時間潰しをするつもりでいた――要するに遅れたことを逆に利用するような頭はまるでなかったということだ。

同じ頃、隣家の飯田勝行が、アメリカの営業所に転勤が決まって、文化住宅ではちょっとした話題になっていた。数年は帰って来られないということの栄転に、彼の両親はひどいショックを受けていた。というのも、彼の母はこの頃ずっと体の調子が思わしくなかったからだ。両親の話によると、息子は会社に何とか転勤を先に延ばしてくれるよう頼んだが認められず、そのため会社を辞めることまで考えたが、それを知った両親が何とかそれだけは思い留まらせたということだった。しかし実際彼に会ってみると、会社を辞める気なんかまるでなかった。というのは「才能の無い奴は海外へは行かれへん。それに同じ海外いうてもアメリカやヨーロッパは最高ランクなんや」と嬉々として語っていたからだ。

「そやけど、向こうにおる間、結婚でけへんのと違うんか」とぼくは訊いた。

「何言うてんねん。そんなもん帰って来たら何ぼでもできるわ。日本へ帰って来てもまだ三十前や。見合いやったらひっぱりダコやで」

まさに得意絶頂、我が世の春といったところだった。これが一年前『二十歳の原点』を読んで涙を流し、自殺した著者に恋した挙句、本から切り取った彼女のポートレートを定期入れに入れていた同じ男とは思えなかった。かつて学生運動の闘士だった面影はもうどこを捜しても見つけられなかった。その頃はかつて猛威をふるった全共闘ももはや完全に解体し、代わって中ピ連なるオバサンのピンクヘルメット部隊がテレビの話題をさらっていた。

かつて勝行が「不倶戴天の敵」と見なし「殺してやりたい」とまで言っていた佐藤栄作も遂に政治の世界から身を引いていた。新聞記者たちを追い出し、テレビカメラに向かってのたった一人の引退会見の後、代わって首相に就いたのは「コンピューター付きブルドーザー」と言われ、時まさに人気絶頂の田中角栄だった。五十四歳という異例の若さと、独特のダミ声による威勢の良さは、国民に大いに受けた。それに高等小学校卒という低い学歴で、首相にまで上りつめたサクセス・ストーリーは、「今太閤」としてその人気をいやが上にも高めた。過去にも造船疑獄、首相になった当時も依然としてその金脈についての黒い噂や少なからざる疑惑も喧伝されていたようだったが、マスコミもそうしたことはほとんど忘れてしまったかのように暗い過去はどこかへ隠し、いたずらに新ヒーローを持ち上げるものだから、その内閣は彼の著作『日本列島改造論』とともに、人々の驚異的支持を受けた。

普段はまったく政治に関心を持たず、選挙になると組合の支持する社会党議員に一票を投ずるのが常の親父も、田中角栄に対してだけは、子供じみた喝采を送った。同じ高等小学校卒で年も五つしか違わない親父にしてみれば、「東大——官僚エリート」コースの連中たちをものともせず、見事日本のトップの座に就いた男は、自分たち庶民の代表選手だった。何のコネもなくただ一人でそこまでのし上がるには、過去に多少のあくどいことがあったとしても仕方がないということで、親父は彼をほぼ全面的に認めていた。ぼくにしても、大筋親父と同じ気持ちだった。なぜならぼく自身の人生でも、まだまだチャンスはいくらでもころがっていると思わせてくれたからだ。

夏休みに入ったあたりから、大学へ行きたい気持ちが芽生えてきたのもそうした影響が少しはあったかもしれない。もっとも直接に刺激を受けたのは、春から北野高校に通い出すや早くも京大の理学部を目標に定めて着実に受験準備を始めようとしていた竜之介からだった。また彼と同じ北野を目指して、最後の夏の陣を敷いていた剣之介の猛勉強ぶりもなかなかのものだった。同じ部屋でこうした二人の弟の姿を始終見せつけられていれば、少しはぼくも、という気になってくるものだ。しかしそれは実際には漠然とした思いに過ぎず、目標やら決意といった形を取るにはいささか気まぐれな思いつきというほかなかった。それに本当のところを言えば、西村芙美のことが頭に甦ってきたからだった。

彼女に言われた厳しい言葉は全部忘れていた。いや記憶にはあったが、悔しい感情はどこかへ消えていた。半年という期間は、ぼくの心の中にあらためて彼女への想いを呼び覚ましていた。ぼくの胸は再び熱く燃え、彼女なしではいられないという気持ちに襲われた。彼女と結婚しなければ、ぼくの人生は闇だとまで考えた。それで彼女に手紙を書いた。しかし生まれて初めて書くラブレターに、すっかり戸惑ってしまった。なぜなら「好きだ」「愛してる」とまずいきなり心の内を打ち明けた後は、どう続けていいかまったくわからなかったからだ。さんざん頭をしぼって、なぜ好きなのか、彼女のどこが素晴らしいのかを書くことは思いついたが、これもいざ文字にしようとすると、まったくうまく書けなかった。というより、自分自身でもよくわからなかったというのが本当だった。そこで初めて、恋という想いは、一切が何一つ具体的に説明できない感情だということに気が付いた。このことは、彼女に対する想いが何物にも負けないくらい崇高なものだと思っていただけに、少しショックだった。

しかしそのことで西村芙美への想いが弱まることはなかった。それで結局、手紙には、自分の思いつくままの言葉を書き連ねることにした。すなわち「死ぬまで君を愛する」とか、「君のためならどんなことでもしてみせる」とか「君がぼくを愛してくれないのなら、ぼくは死んだも同じだ」といった言葉だった。それらはすべてぼくの本心であり、魂からの言葉であるにもかかわらず、文字にするとどれもこれも三流映画のセリフみたいにしか見えないのが腹立たしかった。便箋三枚の力作を読み返してみても、あまりの下手糞な文面に恥ずかしくなるばかりだった。けれども何度も読み返すうち、真剣に恋している男の心情が強烈に表われているような気がしてきて、最後には納得してポストに放り込んだ。

最初の一週間は、それこそ郵便受けの前にへばりつくようにして返事を待った。そのうち配達人のやってくる時間を覚えてしまい、その時間が近付くと全身が期待と興奮にうち震え、祈るような気持ちで郵便受けを睨みつけ、配達人が何事もなく通り過ぎて行くのを確認すると、途端に全身の力が抜け、それでも再び次の配達時間に望みを託した。というわけで、一日のうちに何度も胃にこたえるような緊張を繰り返させられた挙句、夜になり、速達便の可能性もなくなった時点で、一日がかりの労働を終えたような疲れを覚えて、ぐったりとしてしまうのだった。

十日目あたりが苦しみのピークだった。もしかしたら何かの事故で、彼女の手紙が郵便局のどこかに紛れこんで配達されずに残っているのではないか、と半ば真剣に考えた。もしその文面に、○月×日、どこかの場所で貴方を待っています、というようなことが書かれてあったとしたら——、そしてその日がもう過ぎていたなら——。そんなことを考えると、いてもたってもいられなくなり、本気で郵便局まで行ってみようかと何度も思った。また家族を疑ったりもした。日頃のだらしないぼくの生活態度に対する懲らしめの一つとして、手紙を少しの間隠しているかもしれない、と。もしそうなら、何と腹立たしく、また何と嬉しいことだろうか——。

何日も暑い部屋に閉じこもり、そんな愚にもつかない妄想と疑心に取りつかれていたが、ひと月を過ぎると、ぼくにも何が起こったのか冷静に判断できるようになった。要するに、西村芙美は呆れ果てた気分でぼくの手紙を読み、そのままレターボックスの中に——もしくはクズ籠の中に——無造作に放り込んだというわけだ。もちろん返事のことなんか思いつきもしなかったに違いない。

結局、貴重な夏休みはこうしてもだえるためだけに終わってしまった。西村芙美に対する想いは、今度こそきれいさっぱり頭の中から消えていた。それどころか、少しばかり顔がいいだけで、大して頭が良いとは思えない高慢ちきな女に、どうしてまた惚れ直してしまったのか、自分に腹が立って仕方がなかった。前にふられた時、彼女に対しては十分に失望していたことを、今頃になってはっきり思い出した。大学へ行きたいなどという気持ちも、彼女への想いと一緒にどこかへ行っていた。もっとも何も勉強していなかったのだから、結局は同じことだった。

新学期が始まって秋になると、剣道の大阪府大会が始まった。いかにチャランポランな剣道部とはいえ、試合の前にはそれでも一応練習らしいものに励んだ。しかしそんな付け焼き刃のようなものが、真面目にトレーニングしてきた者に敵うはずもなく、団体戦は一回戦であえなく敗退した。それも勝ったのは伊賀上だけで、後は全員枕を並べて討ち死にだった。ぼくなどは開始後一分もたたないうちにあっさりと二本の小手を決められた。あまりにもあっけない敗戦に、気分がむしゃくしゃした。本来は格闘技であるはずなのに、負けても何のダメージも残っていないのも腹立たしかった。これなら面の上から殴り合った方がましだと思った。それに竹刀が相手の体に触れた回数はぼくの方が断然多かったし、その威力にしても自信があった。それで負けた悔しさもあって、試合が終わると礼もせずに引き上げた。審判の怒る声が聞こえたが、知らん顔だった。伊賀上が笑いながら「惜しかったな」と声を掛けてきた。

「木刀でやり合ったら俺の勝ちやで。こんなへなへなの竹を折ったような棒で、ペチペチ叩き合うてなんぼやねん」

「しゃあないやんか、作さん。それが剣道いうスポーツのルールやねんから」

伊賀上の勝った相手は、大阪でもかなり名の知れた選手らしかった。が、伊賀上は彼をあしらうように簡単に破った。彼の技の切れ味は、素人のぼくが見ても素晴らしいものだった。彼は夏休み中はずっと十三のゲームセンターでアルバイトをしていて、竹刀は一度も握っていなかった。だから正味の練習も、試合前の一週間あまりに過ぎず、それでいてこれほどの冴えを見せるのだから、その才能は並大抵のものではなかった。

伊賀上は一週間後に行なわれた個人戦でも大暴れした。三回戦くらいまでは、ほとんど息もつかずに勝負をつけた。先週の団体戦での金星と、この日の鮮やかな勝ちっぷりの連続に、他校の選手たちも次第に注目するようになり、彼の試合には何人もの観戦者が集まり始めていた。彼らの口から洩れる感想が、ぼくらの耳にも入ってきたが、そのほとんどが「あんなけったいな構えでよう勝てるな」とか「我流もええとこや」といったものばかりだった。確かに彼は構えも打ち方も変わっていた。それに自分から攻め込むことはほとんどといっていいくらいなかった。絶えず左右に小刻みに動きつつ、下がりながら相手の攻めてくるのを迎え撃つ——ボクシングでいえばカウンターを狙う戦法だった。

試合は朝から始まり、夕方を過ぎても依然続けられた。伊賀上はいつのまにか準々決勝まで進んでいた。その頃にはもう彼はすっかり疲れ切っていた。「日頃のトレーニング不足がこたえてきたわ」彼はそう言って笑った。次の相手は、春の個人戦で優勝した男で、秋の大会でも当然優勝候補のナンバー1だった。剣道では名門のK大附属高校の三年生だった。中学時代にも全国大会で準優勝した実績を持っていた。

「その時お前は何してた」とぼくは訊いた。

「へんずりの覚えたてで、毎日かきまくってたわ」

伊賀上は竹刀の先を右手でしごきながら大声で笑った。

間もなく試合が始まった。相手はさすがに強かった。天性で打つような伊賀上の鋭い竹刀を間一髪で受け止め、外しきった。厳しい打ち合いが続いていたが、伊賀上の方が苦戦しているのは明らかだった。一分を過ぎた頃、相手の素早い連続技をかわし切れず、バランスを崩したところで面を打たれた。咄嗟の反射神経で体を捻ってよけたが、相手の竹刀はしたたかに彼の首を打った。

「あれは痛い！」

ぼくの隣にいた石井《いしい》が思わず声を上げた。かろうじて一本を逃れた伊賀上だったが、なおも鋭く攻め込まれ、やむなく強引に打って出たところを、小手を取られた。彼がその日初めて取られた一本だった。

「やっぱり邪道は正道には勝てんな」

後方の一団の一人がそう言うのが聞こえた。

「今言うたんは誰や。出て来い！　しばきまわしたる」

ぼくは立ち上がって怒鳴った。言われた一団はさっと血相を変えて立ち上がり、同時にぼくの周りにいた石井たちもただちに応戦の構えに入った。もし、そこで役員が飛んで来なければ、間違いなく乱闘になっていただろう。

ぼくたちは互いに相手を睨みつけると、再び試合場へ目を転じた。場内の一騒動に、試合再開が一時ストップしていた。二人はあらためて対峙した。伊賀上がちらりとこちらを見た。表情はわからなかったが、舌を出しているのが見えた。「始め」の声と同時に、彼はあっという間に間合いを詰め、体ごとぶつかるように相手に飛びかかり、そのままボクシングのクリンチのように揉み合うと、両肘で相手を突き飛ばし、体勢の崩れたところに鋭く面を決めた。場内も一瞬ざわめいた。ぼくたちは大騒ぎして、再び役員たちの注意を受けなければならなかった。

三本目も彼は動き廻った。右に左に跳びながら、体を上下させる変則的な動きに、相手は完全に戸惑っていた。トンボの目を廻すように、竹刀を相手の目の前でぐるぐる廻したり、片手で振り廻したりと、およそまともな剣道とは思われなかった。ぼくたちは大はしゃぎで声援を送ったが、役員たちも注意するのを忘れていた。伊賀上の攻めに相手は受け一方に廻った。伊賀上は風車のように打ちまくりながら、最後は頭から突っ込んで力強い胴を決めた。直後、勢い余った伊賀上の体当たりをまともに喰らって、相手は仰向けにひっくり返った。前回大会の優勝者が敗れたのだから、大変な騒ぎだった。

伊賀上は肩でふうふう息をしながら戻って来た。ぼくは彼の面の紐をほどきながら、「お前、えげつないことしたな」と小さな声で言った。彼は、えへへと笑った。揉み合った際、伊賀上が相手の足を踏みつけてバランスを崩させたのに気付いた審判は一人もいなかった。もし気付いたとしてもおそらくは不可抗力ということで彼の反則にはならなかっただろう。しかし、彼はわざと踏んだのだ。というのも、それは何度も練習していた彼の奥の手の一つだったからだ。

防具を外すと、彼は「しんどい！　もうあかん」と言ってその場に倒れ込んだ。全身が汗だらけで、呼吸がまったく元に戻らなかった。わずかに残っていたスタミナを使い果たしてしまったのは明らかだった。短い時間で彼の体力を回復させることはできなかった。次の試合では、動きにもまったく精彩を欠き、あっさりと二本連取された。あっけないくらいの彼の敗北に、また場内が少しざわついた。

この日の伊賀上の活躍は、大阪府下の少年剣士たちに一躍彼の名前を知らしめただけでなく、十月に行なわれる全国大会の出場資格をも勝ち取ることになったのだった。これにはふだんクールな伊賀上もさすがに少し興奮したようだった。彼自身にとっても、この成績は予想以上のものだったようで、素直に喜ぶと同時に、全国大会に大いに意欲を燃やした。

翌日から彼の猛練習が始まった。朝晩のランニングに加え、放課後の剣道部練習でも、みっちり打ち込みをやった。おかげで、それに付き合わされるぼくたちはふらふらにさせられたが、皆喜んで付き合った。それにまたぼくたちも充実した汗をたっぷりと流した。今までのだらしない練習はすっかりあらたまり、スポーツの喜びといったものを皆が味わい始めていた。まさに一人の英雄がクラブを甦らせたのだ。伊賀上の技の切れ味は日を追うごとに凄まじいくらいに磨きがかかってきた。前方からかかったなら二人同時でも敵わないほどになった。ぼくはあらためて彼の才能に舌を巻いた。

「お前は本当の天才や」

ぼくの言葉に彼はためらいなくうなずいた。

「どうやら、剣道の才能に関してだけはそうらしい」

彼はそう言ったあと、「才能」というものについて珍しく能弁に語った。

「俺は運動神経なら、そこそこの自信はあった。そやけど、高校に入ってちょっと剣道をかじったくらいで、こんなに強くなるのは特別やと思う」

彼は自分の強さを誇ったり自慢したりするような性格ではなかった。

「俺が最近よう思うのはこういうことなんや。例えば、巨人の王がもしほかのスポーツをしてたなら果たしてあれ程凄い選手になれたやろうか。その証拠に、ピッチャーとしては駄目やったやないか。カシアス・クレイはボクシング以外のスポーツでも、世界中にその名を知られたやろうか。そらまあ、抜群の運動神経の持ち主なら、どんなスポーツをしてもそこそこの成功はするやろう。そやけど、ある種のスポーツで『不世出の天才』と言われるような男が、ほかの分野でも同じ称号を戴くとは、俺は思えへんのや」

それから彼はさすがにちょっと照れくさそうに笑った。

「俺はどうも剣道ではちょっとした才能があるんやないかと思ってる。それで、いっちょうそれがどれくらいのもんか試してやろうと思うてるんや」

伊賀上の話にはぼくをいたく刺激するものがあった。彼の話の中には、人生における才能というものに対する大いなる暗示と謎が含まれているように思えたからだ。ぼくは彼の言葉を拡大して考えてみた。つまり、ある種の才能を持ちながら、生涯その世界に一歩も足を踏み入れることなく一生を終えた名も無き人たちのことをだ。しかし、短い人生の中で、そうしたものを見出すのは、金鉱を掘り当てるよりもなお至難の業ではないのか。仮にこのぼくの中に莫大なまでの埋蔵量を誇る金脈が静かに眠っていたとしても、それをどのようにして掘り当てればいいのか——。人生は才能がすべてではないし、最も重要なものでもない。しかしぼくの言いたいのは、ただ「才能」のことだけを捉えてみても、人生には無限に広がる迷宮のようなものが潜んでいるということだ。

ぼく自身に何かの才能があるとは思えなかったが、伊賀上の才能を信じることにやぶさかではなかった。だから彼には頑張ってほしかった。しかし大会を十日後に控えて、事件が起こった。同じ剣道部の石井と木島《きじま》の二人が国鉄環状線の車輛内で他校の生徒と喧嘩をしたのだ。相手は五人だったが、こちらが一方的に叩きのめしたらしかった。鉄道公安職員に取り押さえられ警察沙汰になった。ついてなかったのは、二人は竹刀を持っていて、乱闘にもそれを使ったことだった。事件そのものは、先に挑発したのが相手側で、それに相手もたいした怪我ではなかったことから、結局は刑事事件にまで発展することもなく、厳重注意で済んでいたのだが、問題は二、三の新聞に載ったことだった。学校側の対応は早く、記事が出た三日後にはいち早く剣道連盟に南方高校の剣道部の対外試合自粛を申し入れた。それは同時に伊賀上の全国大会出場がなくなることを意味していた。

昼休みに顧問教師の向井《むかい》からそのことを聞いたぼくは、「そんなあほな話があるか！」と大きな声で言った。形式的に顧問の名前を貸していただけの中年教師はすっかりうろたえ、上の方で決められたことだから、と口をもぐもぐさせて言い訳をした。

「あほんだら、それでも顧問か！」

ぼくは怒鳴りつけると、今度は校長室へ駆け込んだ。校長はぼくを見るなり顔色を変えた。ぼくは怒りを抑え、穏やかに話そうと努めた。校長に対して、処分はあくまで石井と木島の二人だけにして、何とか部の全体責任は回避してもらえないかということを訴えた。それから、一週間後に全国大会に出場が決まっている伊賀上のことを話し、さらに、その選考会となった個人戦での彼の大活躍のことまで付け加えた。しかし校長は何も聞いていなかった。ぼくに言いたいだけ言わせると、おもむろに口を開いた。

「高校のクラブ活動というものは、何よりもスポーツを通して健全な精神を培うこと、次に世の中のルール、そして個人の責任感というものを学ぶためにあるんだよ。だからこそ学校側が君たちに練習の場を与え、施設を設け、その他いろいろな援助をしている訳だ。しかしながら、君たちはそれを裏切った。クラブ活動で何よりも先に学ぶべきものを忘れ、社会のルールさえ破ったのだ。しかもあろうことか、本来スポーツのために使用すべき竹刀を使っての乱闘だ」

「しかしそれは石井と木島の二人じゃないですか」

「問題は二人だけのことじゃないんだ。そういう部員が出たということが問題なんだ。つまり二人を生み出した部の体質、あり方の問題なんだよ。職員会議では、部の廃止という意見まで出たくらいなんだよ」

「そんな無茶な——」

「無茶なんかじゃない」

「ほんなら百歩譲って、剣道部はろくでもない部やとしますわ。そやけど同じ部にいるからゆうて、すべての者がろくでなしなんて考え方が許されるんですか？」

「全体責任という考え方ではそうなるね」

「ほな、犯罪者が出た家の家族は、みな犯罪者ですか？」

「君の言うのは論理になっていない」

「校長が言うてるのと同じことを言うてるんですわ」

「君、高校野球を見たまえ。全体責任は常識じゃないか」

「だいたいあれが間違《まちご》うてるんですわ。あら、まるで江戸時代の百姓の五人組制度の名残りでしょう」

「しかし団体競技においては連帯責任の重要性は大きなものだよ」

「剣道は個人競技ですよ。少なくとも謹慎させるんやったら団体戦だけにするんが筋と違いますか」

「君とは話にならんよ。論理がまったく嚙み合わない」

「そんなに全体責任、連帯責任言うんやったら、学校の生徒も皆一週間ほど自宅謹慎させて、顧問の教師には辞表出させて、ついでに校長も教育委員会の方に半年ほど減俸を願い出たらどうですか？　それが本当の連帯責任でしょう。人にばっかり責任押しつけるんやったら、まずイカより始めよ、でしょう」

一気にまくしたててから、イカではなくカイだったことに気付いた。それで恥ずかしさでカーッとなった。

「君、筋の通らないことは言うもんじゃないよ」

「やかましい！」

怒鳴ると同時に、怒りのボルテージが一気に上がった――あかん、もう止まらんと思った。

「筋の通らんことを言うてんのは、おのれの方やないか。校長か何か知らんが、伊賀上が自分の努力で摑んだもんを、簡単に蹴っとばす権利があんのか！」

それまでとはうって変わったようなぼくの剣幕に、校長は急におどおどした態度を見せた。

「しかし、連盟の方から、しばらく対外試合は自粛するようにとの通達が来てるんだよ。だからもう――私の一存ではどうしようもないんだ」

それを聞いた途端、ぼくは全身から力が抜けた。そうなのか、連盟の方から出場を拒否されたのか。ぼくは大きくため息をつくと、来客用の椅子に腰を落とした。校長はそんなぼくを気の毒そうな目付きで見つめた。そのわざとらしい顔を見た時、ぼくははっとして立ち上がった。

「連盟からの通達書類を見せてくれよ」

校長はさっと顔色を変えた。

「そんなものは見せる必要がない」

その瞬間、ぼくの怒りは限界ぎりぎりまで膨れあがった。

「この嘘つき野郎が！　それでも教育者か！」

「何を言うんだ」

「嘘やなかったら見せてみい。その書類いう奴を俺の前に突き出してみい。もしほんまにあったらこの場で土下座して謝ったる」

「帰りたまえ」と校長が怒鳴った。

その瞬間、怒りのヒューズが完全に吹っ飛んだ。あっと思った時には、ぼくの両手は目の前の大きな机をかかえ校長に向かって引っくり返していた。彼は大仰な悲鳴を上げながら危うく机の下敷きを免れ、壁にへばりついて震えていた。

この事件が、一週間の停学で済んだのは軽すぎる処分だったかもしれないが、ぼく自身は幸運だったと胸を撫でおろすような心境ではなかった。結局、伊賀上は全国大会に出場できなかった。連盟の方からは、少し遅れて正式に出場停止の通達が届いたらしかった。それが連盟の意思か学校側の要請かはわからない。

停学中に、同じく停学になっていた石井と木島が謝りに来たが、ぼくの気は収まらず、二人を怒鳴りつけた。しかし伊賀上は笑って許した。南方高校剣道部の一年間の対外試合禁止という事態は、事実上彼の選手生命を奪ったも同然の処置だったが、彼は思ったほど落胆してはいなかった。

「どうせ遊び半分で始めた剣道や。それに卒業してまで、続ける気なんかなかったし――」

しかし、ぼくは悔しくてならなかった。その悔しさは、彼が以前に言っていた才能の開花の機会といったものとは少し違った思いからだった。ぼくは何としても、彼の天才的な剣道を全国大会で思う存分ふるわせてやりたかったのだ。かつて阪田三吉が関根名人らと闘ったように、彼の野武士的な剣道を、正規の師範の下で鍛え抜かれたエリート剣士たちと闘わせてやりたかった。そんな思いでいたのは、ぼくが血統書のようなものに対して激しい敵意を持っていたからで、だからこそ田中角栄のファンだったのだし、また翌春には中央競馬会で大活躍した公営上がりのハイセイコーにあれだけ入れ込んだりもしたのだ。

しかし過ぎてしまったことにいつまでもうじうじとしてはいなかった。同じように石井と木島に対しても、しつこく怒りをぶつけはしなかった。ぼくにしても、理由もなく喧嘩を売られたなら、やはり彼らと同様、後先の考えもなしに暴れていただろうからだ。ただこの一件はぼくの中に何かを残した。それは偽善と建前主義に対する激しい憎悪だった。

一方、家での生活だが、停学も四回目ともなると、両親の方も慣れとでもいうのか、もうそれほどたいした事件とは受けとめなかった。それでもはなはだ遺憾に思っているという態度だけは表明しておきたいのか、最初は完全に突き放したような態度を取ってはいたが、そうした意識的な怒りの表現といったものは両親ともあまり得意とするところではなかったらしく、次の日にはもうすっかり油断してしまい、ぼくの下らない冗談に腹を抱えて笑っている始末だった。だから今回は停学中に謹慎を無視して日通で引っ越しのアルバイトをするのも、両親は黙認した。

伊賀上に紹介してもらったこのアルバイトは割のいいものだった。なぜなら千八百円の日当に、引っ越しの祝儀というプラス・アルファが付いていたからだ。仕事自体はきつかったが、行き帰りのトラックに乗っている間も労働時間に入っているのは有難かった。名古屋や和歌山の遠距離になると往復四、五時間も丸々休んでいる分が労働時間になったからだ。

もちろん楽なことばかりではない。団地の五階みたいな所に当たった時は地獄だった。団地というのは六階以上はエレベーター設置が法律で義務付けられているが、それ以下は任意らしかった。だから五階以下の団地にはうんざりした。重たい箪笥や冷蔵庫をかついで、狭い階段を昇り降りする時は、古代の奴隷の苦役もこのようなものだったのだろうかと思った。荷物の中で一番厄介なのは本だった。段ボール箱に詰められた書籍の類は、見かけからは想像もつかないほど肩や腕にずっしりと喰い込むものだった。大きくても箪笥や机の方が、いったん持ちやすい形にさえしてしまえば、むしろずっと楽だった。これはある意味ではきわめて暗示的に思えた。つまり本の重さこそは、知識を重量に変えたものと言えるのかもしれないということだ。こんなふうに考えたのも、実は知識と教養というものに対して無意識に畏怖を感じていたせいかもしれない。

一週間の労働で二万円近くの金を稼いだ。九〇ccや一二〇ccクラスの中古のボロ単車なら、捜せば何とか手に入れることができそうだった。久しぶりに単車を乗りまわせると思ってわくわくした。しかし金は単車の購入には充てられなかった。というのは女を買うことを覚えたからだ。

停学が解けて再び高校に通い出していたある日、帰りの電車の中で突然、女を抱きたい衝動が下半身から突き上げるように起こった。この欲望は、このところしばしばぼくを襲っていたもので、その時のものが特に普段より強烈だったということはない。この時、特に何かで強烈な刺激があったということでもない。

　なぜなら当時のぼくにとっては、日常のあらゆるものが刺激になっていたからだ――女子の体育の時間のショートパンツ姿や、道往く若い女性の豊かな胸元などは言うに及ばず、哺乳瓶の先やコカ・コーラの瓶、それに桃やマシュマロ、さらにひどい時にはアルファベットのYの文字さえもが、性的な刺激の材料になっていたのだ。要するに、四六時中興奮していたと言っても言い過ぎではなかったくらいだったから、この時の欲情に特別の原因や理由を求めるのは無理だった。しかしなぜかこの時ばかりは、どうにも女を抱きたくなって、家に帰るやすぐさま服を着換えて、単車を買う予定だった金の中から一万円を握りしめ、西成の飛田へ行った。前に井上から聞いて場所は知っていたが、来るのは初めてだった。いかがわしい魔窟のようなところを想像していたら、古めかしい立派な旅館風の建物が建ち並んでいるのが意外だった。

　ぼくは犬のようにうろうろと歩き廻った。店々の玄関の奥に、派手なロングドレスを着た女性が何人かいるのがのれん越しに見えた。少しの間、いろいろな店を覗いていたが、ある店に、ファンだった南沙織に似た女性を見つけて、そこに入ることにした。一歩入るなり年取ったおばさんに金を請求された。ぼくが南沙織もどきを指さして、この人とやりたいと言うと、おばさんは、はいよと笑って、十五分で三千五百円だと言った。運送会社のアルバイト料の二日分の日当に相当したが、それが安いのか高いのか判断する余裕もなく、三千五百円を払った。

目当ての女性と一緒に階上に行き、四畳半くらいの小さな部屋に入った。彼女はいったん部屋を出て、すぐ盆にコーラのようなものを持って来た。もしかしたら精力剤みたいなものかもしれないと思ったが、飲んでみるとただのコーラだった。女は黙ってテーブルの上に片肘をついて横を向いていた。ぼくにしてもこれからどうすればいいのかさっぱりわからなかったので、黙ってコーラを飲んだ。いつのまにかすごく緊張していた。女にわからないように自分のモノに手をやると、案の定すっかり柔らかくなっていた。さすがに生まれて初めてのセックスに少々びびっていたのだ。やがて女は小さなため息をつくと、立ち上がり、部屋の隅にせんべい布団を敷いた。そして次にロングドレスを無造作に脱ぎすてた。彼女はドレスの下には何も着けていなかった。若い女の素裸の姿を見た途端、緊張も何もかも吹き飛んで、ぼくのズボンはあっという間にテントを張った。これからやることはもう言われなくともわかっていた。ぼくは浮き浮きしてズボンとパンツを脱ぎ捨てると、女にむしゃぶりついた。あまり力を入れ過ぎたので、女は「痛い」と言った。キスをしようとした時にも怒られたが、まったく気にしなかった。初めての体験だったが、なんなくできた。初体験の失敗談は雑誌でもよく目にしていたし、友人などからもいくつか聞かされてはいたが、こんなもの、どうすれば失敗できるのかわからなかった。

女の肉体は最高だった。前に一度週刊誌で見て、こんにゃくに穴を開けてへんずりを試みたことがあったが、比べものにならなかった。腰だけでやるあのピストン運動という奴も大いに気に入った。

終わってから女と少し話をしたが、彼女は終始ふてくされた感じだった。こうした店の中でも愛想の悪いタイプの女だと知ったのは、後になっていろんな女を見たからで、その時はこれが普通だと思っていた。なにしろ事の始めに際して、あまりにぼくが胸や体中を舐めまくるので、女が舌打ちして「ややこしいことせんと早う入れや」と言って乱暴に足を拡げた時でさえ、「さすがはプロや、思いきり興奮させよる」と思ったくらいだったから、お目出たい客だったのだ。しばらくすると、すぐもう一度やりたくなった。二千円で十五分の延長ができると女が言ったので、迷わず二千円を払った。

帰り道は初めての運動にさすがに腰が少し痺れたようになっていたが、その夜、昼間のことを思い出して、三度もへんずりをかいてしまった。というわけで、すっかりセックスというものが気に入ってしまい、アルバイトで稼いだ金を使い果たすのにたいして時間はかからなかった。二日働いて稼いだ金をわずか十五分で吸い上げられるのだから、見ようによればまったく馬鹿馬鹿しい限りかもしれなかったが、その時のぼくにはそんなことを考えてみる気も起こらなかった。それどころか、金が無くなってからは、土日に働いて翌日の月曜日にせっせとつぎ込んでいたくらいだった。

しかし女を知ったからといっても、生活には何の変化もなかった。人生観も変わらなければ、社会を見る目も同様だ。もっともこんなことぐらいで、いちいち人生観を変えているようでは忙しくてたまらない。ただ、女に対する見方だけは、少し変わったのは事実だ。街で美人を見かけると、すぐに裸を想い浮かべ、その女とのセックスを想像してしまうのだ。以前からそういうところはあったが、今まではどこか漠として、同時に何か非常に特殊な行為に思えていたセックスがにわかに現実の身近なものとして捉えられたということだ。とはいえ、それがぼくの女性に対する意識にどれほど影響を与えたかは疑問だ。なぜなら、それまで心の中でははっきりと分離していた「女性に対するプラトニックな憧れ」と「ただの性欲」とが、そのはざまを縮めるようなことはまったくなかったからだ。それにへんずりの回数も一向に減らなかった。

一方、伊賀上や石井らも女と遊び狂っていた。といっても、ぼくのように商売女を相手にするのではなく、いずれも他校の女生徒をナンパして付き合っていた。今や剣道部はクラブとしての機能を完全に失っていた。例の事件以来、まともな練習は一度も行なわれていなかった。部室は喫煙所と休憩所を兼ねた、ぼくら専用のラウンジになり果てていた。ひどい時には、夜遅くまで麻雀などということもあった。こうして下らないことに時間と金を浪費し、だらだらとした日々を送っている同じ時期、かつてのクラスメイトであった三年生たちは、次々と社会へ巣立っていこうとしていた。ほとんどの連中が、安い給料で、しかも出世の道もないような中小企業に就職していった。しかし、一足先に大人の世界に足を踏み出していく彼らの姿を、指をくわえて見ているのは、何とも歯がゆい思いだった。

3

年を越え、春になると、三年生たちは卒業し、入れ替わりに新たな普通科の新入生が入学した。商業科はぼくの学年だけになった。学校の雰囲気も一年前とはすっかり変わってしまった。普通科の生徒が過半数を占めるようになって初めて、一つの学校に二つの科のあることが奇妙なものとして皆の目に映るようになった。二つの科では、交流というものが一切なかった。まるで二つの違う高校があるかのようだった。そのことは学校側も十分承知していた。だからこそ新年度の教室区分にしても、二つしかない校舎のうち、一つを丸々三年生に振り当て、一年生二年生を合わせた生徒たちは残るもう一方の校舎にほとんどぎゅうぎゅう詰めのような形で押し込められていたのだ。一見、商業科を優遇しているように見えながら、実はこれはていのいいアパルトヘイトだった。

ひと月もすると、普通科の生徒の間で、商業科を馬鹿にする態度がかなり公然としたものになってきた。それまでにもトイレや校舎の壁などにそうした落書きを目にしたり、一部の教師などが普通科クラスで商業科の生徒を馬鹿にする言葉を吐いたなどという噂を聞くことはよくあったが、今や学校全体でそうした風潮が公然としたものになってきたというわけだ。普通科の生徒たちは、校庭や食堂などで、近くに商業科の生徒がいようとおかまいなしに、会話の中で商業科を揶揄《やゆ》するような冗談を口にするようにもなった。たとえば、互いにテストの成績が悪い友人をからかうのに「商業科に行ったらどうや」とか、購買部で計算を間違ったりすると「簿記でもやれ」という具合だ。

しかし、よほど露骨で挑発的な言葉でない限り、商業科の連中は聞き流すか、あるいはまた聞こえない振りを装った。それは怒りの気力の有無の問題ではなく、学校内における自己の存在位置の意識によるものだった。南方高校はもはや普通科の生徒たちのもの、という考えがいつしか商業科の連中の意識にも深く浸透していたのだ。もちろん怒りを堪えなければならない理由もあった。秋に控える就職戦線への配慮がそれだった。ここまで順調に来ながら、一時の感情の暴発で大きな失点を喰らいたくないというのは無理もない心理だったろう。しかしすべての男子生徒がそう考えていたわけではない。一部の気の荒い連中の中には、半年も先のことに気を廻すようなタイプでない者はいくらでもいた——ほかならぬぼくもその一人だ。もっとも普通科の生徒たちもそこらあたりの危険人物はよくわかっているらしく、そうした者たちの前では滅多なことで口を滑らさなかった。だからぼくの耳には又聞きでしかそうした悪口が入ってこないものだから、余計に鬱憤《うつぷん》がたまる一方だった。同時に、こうした不愉快な思いを味わわねばならなくなった一年間の落第生活が、今さらながら高いものについたと思わないではいられなかった。本来なら今年卒業していたのだ。

同じ頃、家の方でもまた不愉快な出来事が起こっていた。両親の永年の夢だった持ち家計画の頓挫がそれだ。二人は前年からずっと土地付きの建売住宅購入のために奔走していた。何度もモデルハウスを見学に行き、関西一円の様々な住宅予定地にも足を運んだ末、暮れにとうとうある業者と川西市の住宅地区の一画に新居の仮契約を結んだのだった。年末から正月にかけての親父とお袋の喜びは、まるで子供のようだった。竜之介や剣之介と一緒になって飽きることなく部屋割り計画を楽しんでいた。

ところが喜びは束の間だった。年が明け、正式に契約の手続きをする段になって、業者側は一方的な値上げを通告してきたのだ。彼らはさかんに昨年から急激に起こっている土地の高騰を理由に挙げた。その状況はぼくも新聞などで知っていた。田中角栄の「列島改造論」以来、いやそれを先取りしたような全国的な土地ブームは、前年から連日のようにニュースになっていたからだ。業者側の一方的な値上げに、親父は顔を真っ赤にして怒った。営業マンに向かって、信義やら仁義といった幼稚なセリフを口にしたが、そんなものは何の力も持たなかった。親父が頼みとした仮契約書は、法的には何の役にも立たない、と彼らは言った。親父にはそれが本当かどうかを判断する知識も余裕もなかった。したがって彼としては、値上げを呑むか、契約を破棄するかの二つに一つしかなかった。母の忠告にもかかわらず、親父は後者を取った。買いたい品が土地以外のものなら、別な機会に掘り出し物を捜すといった彼のやり方も、それほど間違った選択ではなかったろう。しかしこの場合は賢明ではなかった。なぜなら、土地のさらなる値上げはもはや避けられない現象だったからだ。

我が家が相手にした不動産会社は、おそらくは土地ブームに便乗した悪質な値上げを行なったのだろう。もし親父が法律に明るければ、むざむざと値上げなど認めさせたりはしなかったかもしれない。しかし親父や母にそんなことを望むのは無理だった。それにぼくや竜之介にしても、今度のことで適切なアドバイスを与えるにはいささか幼すぎた。けれども何が何でも家が欲しかったなら、悔しさをこらえてでも値上げを呑むやり方しかなかったのだ。なぜなら、あらためて一から捜そうとした時には、すでにどこもかしこも信じられないような値段に吊り上がっていたからだ。気付いた時にはもはやすべてが遅かった。

両親の落胆ぶりはひどかった。十年余りの努力がわずか半年で幻のように消えてしまったのだ。もっとも相当な無理をすれば家くらい買えないこともなかったかもしれない。しかし数年後に控えた親父の定年、加えてまもなく大学へ進むことになる竜之介と剣之介――彼もこの春、竜之介の後を追うように北野高校へ進んでいた――、それにようやく小学校に上がったばかりの正樹のことなどを考えると、両親もそこまでの冒険はできなかった。それでも母の方はまだ比較的立ち直るのが早かった。けれども親父はすっかり挫《くじ》けてしまい、これ以降、この数年来見せてきた気力あふれる顔は二度と取り戻さなかった。

ぼくは竜之介や剣之介と違って新居に関しては特に期待もしていなかったので、そのことでは二人のようなショックは受けなかった。とはいえ、まったく平気だったわけではない。それどころか憤りの感情は誰よりも激しいものを覚えていた。しかし怒りというものは、ぶつけるべき対象物無しには成立も難しければ、持続もできないものだ。残念ながらこのことで、社会や経済のどこにそれらの怨みをぶつければいいのか見つけられるほど、ぼくの知性は高くはなかった。それですべての矛先を田中角栄に向けた。百姓出身の秀吉が、厳しい検地と刀狩りを行なって百姓を徹底して苦しめたように、今太閤と呼ばれる庶民出身の角栄が「列島改造論」などという馬鹿げた夢想理論で、庶民から土地を奪い取ったというふうに考えたわけだ。しかしそう考えたところで何が解決するわけでもない。情けないことにまったく「ごまめの歯ぎしり」だった。

　さて、こんなぼくの不愉快な気分を爆発させるような出来事が学校で起こった。事件は五月のある日、食堂の食券売場で、三年生のある女生徒が釣銭を勘違いしたせいで行列がひどくもたついたことが発端となった。列の後方にいた普通科の生徒が「商業科の姉ちゃん、計算くらいしっかりやってや」とからかった。周囲にいた普通科の生徒たちがどっと笑った。その笑いに気を良くしたその生徒は「算盤《そろばん》持ってないんか」と言ってさらに笑いを誘った。しかし彼は運が悪かった。列の後ろにはぼくがいたのだ。

　ぼくはいきなり「今、しょうもないことをぬかしたのは誰ど！」と怒鳴った。食堂は一瞬で静まり返った。ぼくはその中をゆっくり歩き、青い顔をして震えている一年生を見つけた。

「われやな。いちびったことぬかしやがった奴は」

　ぼくは彼の襟首を摑んで列から引き出した。二ヵ月前まで中学生だった痩せた少年は目を真っ赤にしながら「ごめんなさい、ごめんなさい」と繰り返した。こんな子供を殴っても仕方がないと思ったが、けじめだけはつけておかないといけない。それで往復ビンタを喰らわせるだけにしておいた。

　しかしこの事件は大きな問題になった。少年の両親がかんかんになって学校に怒鳴り込み、学校側にぼくの厳しい処分を迫ったからだ。緊急の職員会議が持たれ、結局二週間の停学ということに決まった。たかが二発のビンタ――しかも撫でるような打ち方だったのだ――くらいで、二週間の停学処分は、以前の「南方商業」では考えられない重いものだった。もしかしたら、学校側も新生「南方高校」として、それまでは多少は大目に見ていた生徒間の暴力行為に対して厳しく指導する方針に変えていたのかもしれない。

通算五度目の停学処分は、さすがに両親の我慢の限界を突き破ってしまったようだった。しかも理由はともあれ三つも年下の者を殴ったということが、二人をしてどうにも許せない行為と思わせたようだった。親父は「今度こそ、もうほんまに学校なんか辞めさしたる」と言い、実際に幾つか友人関係にぼくの働き口を頼んだくらいだった。しかし停学中に、祖父の二十五回忌の法事があったことは、ぼくにとってはついていた。というのもこの年初めて祖父の墓が造られたからで、この一家の大事業とも言える行事は、両親にぼくへの怒りを忘れさせ、そのまますずるずると恩赦の形になったからだ。

我が家の墓に今まで石塔が建てられなかったのには、それなりの理由があった。祖父が死んだ昭和二十四年当時、生きている者は自らの生活に手一杯で、とても死んだ者への余裕ある供養などはできなかったし、それ以後も、生活の苦しさはずっと続いてきたからだ。もっとも昭和二十年代中頃から後半にかけての健一伯父の大成功による作田家の大当たりの頃なら、墓石の一つや二つは何でもなかっただろうが、その時はその時で、一族は皆あまりにも金儲けに奔走しすぎて、そんなものに頭が廻らなかったのだ。結局、マイホームへの諦めと、祖父の二十五回忌が重なって初めて、墓が造られたということだった。

　それで五月の連休のある日、泉南《せんなん》にある一族の共同墓地のような一画に建てられた祖父の墓に親戚一同が集まって供養が行なわれた。といっても、親父の兄弟は一人も来なかった。弟の文三叔父は二度目の服役中だったし、その下の信吉叔父も運悪くアルコールで肝臓を壊して入院中だったからだ。だから集まった人は血のつながりの薄い作田本家の一族の人たちの方が数としては多いくらいだった。墓地は周囲が桃園になっている小さな山の北側斜面を削った、テニスコート半分くらいの土地だった。そこら一帯の土地は、本家――我が家は曽祖父から分かれていた――のものだった。集まった親族一同の見守る中、坊主による法要が行なわれ、墓に性根《しょうね》が入れられた。切ったばかりの真新しい墓石はぴかぴかに光っていた。周囲の墓の中でも、一番か二番目に立派なものだった。

　二十四年も経ってやっと建てられた墓を前にして、親父は珍しく目を赤くした。単純な母も胸が詰まっている様子だった。竜之介と剣之介の二人も神妙な顔付きで黙りこくっていたし、一番末の正樹でさえ、周囲の厳粛な雰囲気に表情を硬くしていた。身内の中で、ぼうっとしていたのは祖母とぼくぐらいだった。祖母は終始浮かれていたし、ぼくは退屈と暑さで参りかけていた。彫り込んだ戒名やら一切を含めると三十万円もしたという墓石には――この値段はぼくを唸らせた――祖父の戒名の隣に祖母の戒名が赤字で刻んであった。生きている者の名は赤字で刻むというのを初めて知った。祖母にしてみれば、何万円も出してもらって、生きているうちに戒名を付けてもらったのだから、機嫌の悪かろうはずはない。

ぼくの生まれる六年も前に死んだ祖父のことについては、ほとんど何も知らなかったが、どうしようもない怠け者だったということだけは以前から聞かされていた。仕事嫌いで稼ぎが悪く、酒は飲むわ博打はするわで、典型的なろくでなしだったという。夫婦喧嘩の末に、祖母に投げ飛ばされて腕を折ったこともあるくらいだから、腕力もない男だったのだろう。夫婦仲は悪く、戦争が始まって間もなく別居同然となっていた。ところが、そんな男に限って妙に世話をする女があらわれるものらしく、あまり離れていない町内に、ヒモみたいな形で養われていた。しかし空襲で家と情人を同時に失った祖父は、また祖母の所に転がり込み、彼女と一緒にリヤカー一台に家財道具一式を積んで泉南の田舎の方へ疎開したというのだから、人間的にもかなりいい加減な男だった。そうして戦争が終わると、大阪からやって来たヤクザ者にそそのかされ、本家の息子を誘い入れてヤミ米の商売を始めたが、すぐに警察に捕まり、一年ほど臭いメシを喰ってようやくシャバに戻った途端、バクダン酒でころりと死んでしまったというのだから、まったくもってしようもない祖父だった。しかし祖母は今ではそんなことはすっかり忘れてしまったかのように、皆に向かって、「おじいさんはええ人やったんやけど、運が無かったんや」と同じことばかり繰り返していた。その顔には終始嬉しそうな笑みが浮かんでいた。

お布施に三万円も包んでもらった坊主はたっぷりと長いお経を上げて、ごきげんでスクーターを飛ばして小山を降りて行った。

法要が終わると、本家の座敷を借りての飲み喰いが始まった。本家の屋敷は、十年ほど前に墓参りにやって来た時とは比べものにならないくらい立派になっていた。あたりの風景も同様だった。山と田圃ばかりの田舎風景が、すっかり面影を失い、広い道路が何本も走り、いたるところに住宅の固まりができていた。

お斎《とき》の場で一番はしゃぎまわっていたのは本家の主だった。親父よりも三歳年下の、見るからに百姓然としたこの男は、席に着くなり急に主人面して、誰彼となく指図した。次に驚いたことは、法要に顔も出さなかった見知らぬ男たちが続々とやって来たことだ。主人はまるで自分が開いたお斎に呼ぶように彼らを迎え入れた。料理や酒の金は全額我が家が出しているにもかかわらずだ。随分ずうずうしい奴らだと思ったが、我が家にしても、もともと本家の所有である土地の一部を使わせてもらっている上に、こうして座敷まで借りている身であったから、客の数ぐらいで文句を言える筋ではなかった。しかし本家の主人が大きな顔をして、自分の知人や友人を招き入れている様子を見ているのは、なんとも癪《しゃく》にさわる思いだった。客のほとんどは、親父への挨拶などもそこそこに、本家の主人にばかり愛想を述べていた。そのせいかどうか、本家の主人は酒が入るとますます調子に乗り、しまいには親父に向かってまで目下に対する時のような横柄な言葉遣いになった。アルコールに弱い親父は盃一杯の酒ですっかり赤い顔をして、そんな彼に対してもぺこぺこと相槌を打ち続けていた。

そのうち本家の主人は、親父をからかうような冗談まで口にするようになった。都会のサラリーマンには墓一つ造るのも大変なことだとか、自分が土地を提供してやらなければ墓は漬物石みたいな大きさになっただろうとか勝手な事をぬかしだした。その度に彼が招いて来た客の連中がおかしそうに笑った。主人にしても、内心は我が家のいささか他に比べて大きな墓石に対する嫉妬のようなものがあったのかもしれないが、満座の中でこのような言葉を聞かされるのは腹に据えかねるものがあった。ぼくの心をいち早く察したのか、両側から母と剣之介が、ぼくの両肘を軽く摑んで引っ張った。それで仕方なく、怒りをこらえるためにも、やけになって日本酒を喉に流し込んだ。祖母も怒っているかもしれないと、横目で彼女の方を見ると、あろうことか主人の冗談に大口あけて笑っていた。

連中は、ひとしきり都会者を肴《さかな》にして楽しむと、今度は話題を土地のことに移し、場はたちまち先程以上の活気を帯びてきた——我が家の方は祖母を除いて皆、押し黙って膳の上で箸を動かしているだけだった。ぼくも一人手酌で酒を飲みながら、彼らの話に聞くとはなしに耳を傾けていたが、それは信じられないくらい景気のいい話だった。ある者は、自分の持っていた土地が最近いくらで売れたと言い、また別の者は、土地がまたいくら値上がったと言った。それらは抽象的な話ではなくて、いずれも具体的な数字を挙げての話だっただけに、なまなましいものだった。彼らにとっては、この異常な土地値上がりのラッシュは、田圃から石油でも吹き出した気分だったのだろう。わずかな土地を切り売りするだけで大金が転がり込むのだから、今座っている大きな座敷も十分に説明も納得もいくものだった。突然一人の男が泣き出した。どうやら彼は泣き上戸らしく、周りの何人かは面白そうに笑った。彼は泣きながら大きな声で、「こんなええ時代が来るとは思うてもいやへんかった」と和歌山弁が入ったようなおかしな大阪弁で言った。

「考えてみいや、わしら百姓は江戸時代からずっと苦労させられどおしやった。やれ年貢米、やれ小作料、いつの時代でも百姓くらいいじめられてきたもんはいやせん。そやけど何百年の苦労が今報われたような気がするわ。ほんまに御先祖様に感謝じゃ」

彼の言葉は、場のほとんどの者の心に響いたようだった。周囲の男たちもそうだそうだと相槌を打った。今までほがらかだった本家の主人も、少しばかり厳かな顔付きになって言った。

「その通りや。何百年もの百姓の苦労が今報われたようなもんや」

その言葉を聞いた途端、かなり酔っていたぼくの怒りが爆発した。

「ふざけたことぬかすな！　このあほんだら」

ぼくは大声でそう怒鳴るなり、目の前の膳を蹴り倒して立ち上がった。

「何百年の苦労が報われたやと――ええ加減なことぬかすな！　先祖の血を引いとんのはお前らだけやないわ。貧乏などどん百姓の家さえも継げんと、丁稚《でっち》や小僧や女工になって田舎を出て行った奴はなんぼでもおるんじゃ。俺とこのひいじいさんも三男坊やったばっかりにこの家を出たんやないか。お前らの土地を高い金出して買《こ》うとるのは誰か知っとんのか。皆、貧乏な百姓の家も継げんと家出た丁稚の息子たちやいうことを忘れんな、このドあほ！」

竜之介と剣之介が慌ててぼくの手を摑んで押さえにかかったが、ぼくはその手を振り払って怒鳴り続けた。

「百姓の天下が来たとかぬかしてふんぞり返っとるが、百姓が報われとるのは都会の近くにおる奴だけやないか。同じ百姓でも東北とか北陸の奴らはどうなんじゃ」

二人の弟がもう一度強くぼくの手を引いたので、ぼくはそのまま後ろ向きに派手に引っくり返ったが、笑う者は一人もいなかった。

「又三を外へ出せ！」と親父が怒鳴った。ぼくは「離せ！」と言って暴れたが、酒がすっかり体にまわっていたせいか、まったく力が入らず、二人の弟に力ずくで部屋の外へ連れ出されてしまった。

庭まで出ると、本家の長男が血相を変えて追って来た。彼はぼくと同い年で、大阪の三流の私立大学生だった。

「よくも好き勝手なことほざいてくれたな」

「お互い様やないか。文句があんねやったらかかってこい」

ぼくがろれつの廻らない舌で言い返すと、二人の弟が脇にぴったりとついた。

「三対一とは卑怯やないか」と本家の長男は言った。

「あほぬかせ、おんどれみたいな奴、一人で十分じゃ——お前ら、そこどかんかい」

ぼくが両手で弟たちを振り払うなり、相手は殴りかかってきた。よける間もなく、まともに顔面に一発喰らってよろけた。打ち返そうとした途端組みつかれた。意識ははっきりしているつもりだったが、やはり相当に酔っていたのか力が思うように入らなかった。子供の喧嘩みたいに滅茶苦茶に振り廻され、そのまま投げ飛ばされた。その瞬間、胃のあたりがむかつき、四つん這いになったままゲロをあげた。派手に動いたため頭がくらくらした。それでも立ち上がると「かかって来い」と言った。向かって来た相手に、捨て身の右パンチを御見舞いした。彼は仰向けにひっくり返ったまま、立たなかった。

「えらいことになったで、兄ちゃん」

竜之介はおろおろして言った。

「あほか、こんなことぐらいでびびるな。それより俺はちょっと気分悪いから寝るぞ」

ぼくはそう言って日陰の草の上にごろりと横になった。酔いと疲れから、あっという間に眠りに落ち、夕方近くになって正樹に起こされるまで完全にダウンしたままだった。

起き上がった時には酔いはかなり醒めていた。自分のやったことは全部覚えていたので、倒れている間にいろんな厄介なことがあったに違いないと少し心配したが、どうやら気の廻し過ぎだったらしく、屋敷の門では、本家の主人も親父もほろ酔い機嫌のいい調子で別れの挨拶を交しているところだった。

帰りの電車の中で、竜之介に訊くと、ぼくの喧嘩は相打ちということになっているらしかった。最初、騒ぎを聞きつけてやって来た主人は、息子が鼻血を流して倒れているのを見て気色ばんだが、相手のぼくが腹を打たれて嘔吐した挙句、そのままのびてしまったという竜之介の説明を聞き、大分怒りを静めたということだった。それに、息子がまもなく起き上がったのに対して、ぼくがいつまでも倒れたままだったのが、彼の溜飲をすっかり下げたということだった。「それで結局、親父が謝って、きれいに水に流せたよ」と竜之介は言った。

「お前は頭ええなあ、俺よりずっと気が廻る」

ぼくは素直に感心して言った。

「そんなことあるかいな。兄ちゃんの度胸こそたいしたもんや。あの時の台詞は、ほんまはぼくらの言いたかったことや」

「ほんまか」

「ほんまや。兄ちゃんの言葉は日本の土地制度の欠陥をずばっと衝いてたで」

竜之介にそう言われても、あまりいい気はしなかった。というのも、あの時の怒りは、決して土地制度に対する正当な憤りからきたものではなく、単に本家の主人たちへの憎しみから生じたものに過ぎなかったからだ。言い換えれば我が家が受けた侮辱に対する個人的な怨みを、まるで社会的な公憤にすり換えてぶつけたようなもので、あまり男らしくない態度だった。竜之介の言うようなことが頭にあったのもたしかだ。しかしそれを本家の主人やその友人らにぶつけるのは筋違いというものだ。そもそも土地高騰は彼らが引き起こしたものではない。それに彼らがその恩恵に浴することと、ぼくらが貧乏クジを引くことの間には一見明らかなバランスシートが存在するように見えながら、その実は巧妙な社会的からくりによってあやふやにされていたからだ。

それに正直なところ、ぼくの暴言の底には嫉妬があったのだ。もしかしたら、ぼくの感情を直接刺激していたのは、本家の土地ではなく、庭先に置いてあったピカピカの単車だった。単車はカワサキの五〇〇ccの最新型で、ごてごてした装備や改造から、どう見ても三十万は下らない代物だった。つまり、子供の玩具が親父が苦労して建てた墓石を上廻る値段ということに腹を立てていたというわけだが、これは八つ当たり以外の何物でもない。それで、心の中で「成金野郎のバカ息子」と何度も罵った。

父親は成金ではなかったが、バカ息子という点では、ぼくもまったく同じだった。二輪の新車などは買ってもらえなかったが、いい年して、寝る所、喰う所はすべて両親から与えられていた。本当ならもう働いている年なのに、分別のない行動から未だにぐうたらと高校生活を送っている始末だったから、ある意味で本家の長男以上のバカ息子だった。中学時代からいろんなアルバイトに精を出していたとはいえ、それは全部自分の遊ぶための金で、家には一円だって入れたことがない。こんなぼくが本家の息子を馬鹿にするなどとは、まさに目糞鼻糞を嗤《わら》うといったところだった。それに気付くと少しばかり嫌な気分になった。同時に珍しく自分の生き方を反省した。一族の誇りになるような人生を送らないといけないと思ったのだ。そして今日限りぼくは心を入れ替えて生きよう、と決意した。残る一年足らずの高校生活を真面目に勉学に励み、両親にも一切心配や迷惑をかけない息子になるのだ。今日一日の出来事による感動、怒り、反省といった様々な想いが、ぼくの心を強く締めつけた。

しかし電車の中でひと眠りして、天王寺駅で目が覚めた時には、そうした決意はきれいさっぱりどこかへやっていた。そもそも、ぼくの中では、その場の思いつきのような決意や感動が、その後の人生や考え方を支配するといったことは一度もない。それはちょうど、一年生草本がいかに堅く太く、締まった木のようにたくましく成長しても、花をつけた後は根も残さずに枯れてしまうようなものだ。本当に人を変えるものは、突如の思いつきではなく、しっかりと根をつけ、ゆっくりと育つものだ。いかに一時の激情が強くても、そんなことで性格が大きく変わるはずもない。

それは両親も同様だった。親父と母は、環状線に乗っている間もずっと、今度はひとつきばって仏壇のいいのを買おうと話し合っていた。どうやら二人とも、今日の法事で長い間忘れていた信仰と先祖を敬う心を取り戻したらしく、半ば興奮気味だった。しかし結局仏壇は買われなかった。法事以降しばらくの間だけは、朝夕思い出したように位牌《いはい》を拝んではいたが、一週間もしないうちに古い仏壇は以前のように埃が積もり始め、供えの水もいつも汚れっ放しという、元の状態に戻った。新しい仏壇の話は以後一度も聞かなかった。

さて、停学が解けて学校へ戻ってみると、商業科と普通科の溝は以前よりさらに深いものになっていた。ぼくの食堂での事件が大きく影響しているのは明らかだった。それがはっきりと形をとって現われたのは、停学中に行なわれた生徒会の選挙だった。結果、二年生が三年生を圧倒して、役員全部が普通科の生徒で占められた。これはあらためて商業科の連中に、学校での勢力が完全に失われたことをはっきり知らしめることになった。聞けば、新しい生徒会長は女子で、そこそこ可愛い顔をしているということだった。

新生徒会は、結成と同時に積極的に活動を開始した。まず夏休みの補習および特別授業を学校側に要求し、それを認めさせた。もちろん、大学進学を控える普通科の生徒のみを対象としたことで、商業科の連中は口では言えない屈辱感を味わわされた。生徒会が次に手をつけたことは、かつてぼくが試みたことのある制服の廃止運動だった。その頃では市内の普通高校のかなりが、服装自由になっていたし、南方高校が普通科になるのと同時に創立した市内のいくつかの新設高校もほとんどが制服着用の義務のない学校ばかりだった。生徒会は何度も教師たちと交渉を繰り返した末、学校側の許可を得て、かつてぼくがやったように全校生徒にアンケート用紙を配った。しかし商業科の生徒たちは喜ばなかった。彼らはすでに二年間も制服を着て過ごしてきた。だから普通科の連中もそうするべきだと考えたのだ。その考えの奥には、普通科の生徒および新しい生徒会に対する反発が潜んでいた。それでほとんどの者が服装の自由化の「反対」の項目に丸印を付けた。ぼくは「どちらでもいい」に丸印を付けた。アンケートが実施されて一週間たっても、制服に関して新しいニュースは入って来なかった。

そうしたある日の放課後、校舎を出ようとしたところで、数人の男女に呼びとめられた。

「作田さんですね。私、池原法子《いけはらのりこ》と言います」

やたら背の高い狼ヘアの鋭い目をした女生徒が挨拶した。その名前から、彼女が新しい生徒会長であるのに気付いた。顔を見るのは初めてだったが、噂通り、美人だった。それにしても高い身長に驚いた――百七十センチ近くはあるだろうか。

池原法子は、生徒会としてぼくと話をしたいと言った。意外な言葉に戸惑ったが、話というのは制服廃止運動の件だとピンと来た。もっともなぜぼくに用があるのかわからなかった。ぼくの疑問をいち早く察したのか、彼女は、話とは制服廃止についてであると言い、ついで今その問題が暗礁に乗り上げた形であることをはっきりと述べた後、二年前ぼくがやった制服闘争の経験から自分たちの運動に何かアドバイスをしてもらいたいと言った。ぼくの例の運動は彼女たちが高校に入学する以前だったので、おそらく教師か誰かに聞いたのだろう。愉快でない記憶に一方的に触れられて、あまりいい気持ちはしなかったが、彼女の真摯《しんし》な言い方には好感を持った。別にたいした用事もなく、断る理由もなかったので、ぼくは彼女らに請われるまま、生徒会室に行った。部屋にはすでに他の生徒会役員たちも揃っていた。ずらりと並んだ彼らの顔つきは、以前の南方商業の生徒会とは明らかに違う種類のものだった。ぼくはたったの二年で生徒の顔はこんなにも変わるのかと妙な感慨を持った。

席に着くなり、池原法子はいきなり切り出した。

「さっき暗礁に乗り上げた形と言いましたけど、実は別な角度から見れば、もう少しのところまで行ってるんです」

「ところが、三年生の意見がネックになってるんですよ」

隣の男が口を開いたのを、彼女は手で制した。

「そういうわけなんです。学校側も、ほぼ私たちの主張を受け入れてくれている感じなんですけど、三年生の人たちの反対意見がここに来て、学校側に二の足を踏ませているんです」

ぼくは彼女たちの言うことをじっと聞いていた。それによると、どうやら初めは学校側はアンケートで三分の二以上の賛成票が集まれば実施に踏み切ろうという態度を示したらしかった。ところが、実際にアンケートで三分の二以上の賛成票を獲得したにもかかわらず、学校側は商業科のほとんどが反対の立場を取っていたことを重視し、服装自由化に難色を示しているということだった。ぼくはなるほどなと思った。

生徒会役員の何人かは、学校側のその態度を二枚舌と罵り、生徒の自主性に対する裏切りだと決めつけたが、ぼくはそれは違うと思った。おそらく学校としては服装自由化を認めてもいいという立場を取っていて、アンケートはほとんど形式的なものだったのだ。しかし商業科生徒たちの思わぬ反対に、初めの約束を反故《ほご》にせざるを得なかったというのが多分実情だろうと思った。もし普通科生徒たちの絶対多数を武器に強行すれば、商業科の反発は目に見えていたし、普通科との溝は一層深まるばかりだろうからだ。だから、ぼくらが卒業し、全校生徒が全員普通科になれば、その時は何の問題もなく服装自由化になるのはわかっていた。しかしそのことは口にはしなかった。

ひと通り話し終えた後で池原法子はずばりと言った。

「作田さんの力で、三年生たちの意見を何とかできないでしょうか？」

「俺に何ができるんや。何か勘違いしてるんとちゃうか。俺は生徒会の役員でも何でもないし、今までそんなものやったこともないいんやで」

「でも、二年前には、たった一人で頑張らはったんでしょ」

かつてのぼくの行動が彼女らの耳にどういう形で伝わっているのかはわからなかったが、どうやら暗黒時代の不遇なパイオニアというふうに捉えられているらしかった。とすれば、今のぼくは、彼女らの目にはさしずめ、気障なハードボイルド小説などに出てくる、かつての夢破れ今は斜に構えた無頼の男という感じに映っていたのかもしれない。彼女らは、ぼくにかつての情熱と純粋さを取り戻させようと様々な言辞を弄《ろう》したが、そもそも初めからそんなものは一切持っていないのだから、再び取り戻すなどという芸当ができるはずもない。

「今の作田さん個人の気持ちは、制服廃止について反対賛成のどちらなんですか」

「反対や」

「どうして――」

「転向は世の常やで」

ぼくは彼女らのぼくに対するイメージに合わせるよう、からかい半分に答えた。

「作田さん――！」

彼女は鋭くそう言うと、芝居がかった目で、ぼくの目をじっと見つめた。畜生め！　とぼくは心の中で唸った。この美しい女は自分の目と表情がどれだけの威力を持っているかを知っているんだ、と思った。わかっていながら抗えない自分にも腹が立った。その時初めて、最初に会った時からすでに半ば毒に参っていたことに気が付いた――そうでなければ、どうして生徒会室にのこのこついてきたりしただろう。

「もういっぺん、アンケートをやってみいや」

とぼくは言った。何人かが怪訝そうな顔をした。

「全くおんなじアンケートなんちゅうのは学校としても認めるわけにはいかんやろうから、適当に文章ひねくってテーマを変えたみたいにしてやったらええ」

役員の一人がその理由を尋ねたが、ぼくは敢えて答えなかった。それで池原たちもそれ以上は訊かなかった。商業科の連中が服装自由化の「反対」に印をつけたのは、普通科と生徒会に対する意地以外の何物でもなかった。しかし彼らにしても私服願望の強さは普通科の生徒と同じくらい、いやそれ以上のものがあったのだ。だから、彼らが「反対」に印をつけたのには、哀れなメディアが不実の夫イアソンを苦しめるために愛する我が子を投げ捨てた時のようなやけくその心境でもあったのだ。結果としてその復讐の喜びは、同時に後悔を呼び覚まし、あらためて失ったものの大きさを感じさせているはずだった。だからもし、もう一度同じアンケートを取れば、彼らの張りつめた意地もたちどころに切れてしまうだろうということは十分予想できた。しかしそのことを今目の前にいる連中に説明する気にはなれなかった。池原たちはぼくが三年生たちを説得すると思っていたようだった。

翌週、再びアンケート用紙が全校生徒に配られた。三年生たちは明らかに戸惑っていた。しかしその戸惑いには、早まって答えてしまった問題をもう一度あらためて訊かれた時のような安堵感も含まれていた。アンケートの結果は前回とはまったく異なったものになった——商業科のかなりの生徒が服装自由化「賛成」の項目に丸をつけた。制服問題は職員会議を経て、正式に認められ、三週間後から実施されることになった。

その発表があった昼休み、食堂で伊賀上らとうどんを喰っていると、池原法子が一人で現われた。何か用かと言うと、彼女は少し緊張した表情で黙ってうなずいた。ぼくは喰いかけのうどんの鉢を持ってテーブルを移った。

「君、昼飯は？」

「もう食べました」

いだ。

「話は何や」

彼女はそれには答えずに、テーブル横の籠から湯飲茶碗を二つ取ると、やかんから茶を注いだ。

「作田さん、ありがとうございます。三年生の人たちを説得してくれはったんですね」

ぼくはそれには答えずに、うどんを喰った。彼女に見つめられると、癪にさわることに少し胸がどきどきした。

「作田さんて、個性的で——すごいんですね」

「そんなことあるかいな」

「私、いろんな人から作田さんの昔の話をあれこれ聞いたんです。なにか、こう——うまく言えないんですけど——すごい魅力がある人やと思います」

最後の言葉は、彼女らしくもなく、横を向いて言った。その瞬間、ぼくの胸は鋭くえぐられた。

「藤棚の下でも行って喋らへんか」

とぼくが言うと、彼女は「はい」とうなずいた。

食堂の自動販売機でコーラを買うと、中庭の藤棚の下の木製のベンチに腰かけた。うまい具合に誰もいなかった。中庭は二つの校舎に挟まれた狭い場所で、両方の校舎から丸見えの位置にある関係からか、あまり人が近寄らなかった。

「こんな所、見られたら、噂になりそう」

彼女はぼくの隣に座るなりそう言ったが、その口調は嫌がっている感じではなかった。

「作田さん、昔は校長先生を殴ったって本当なんですか？」

ぼくは苦笑した。

「何かとんでもない話が残ってるみたいやな。そんなことはしてないよ。せやけど、職員室や校長室で暴れたことがあるのは本当や。昔は賢なかったから、あほなことばっかししてた。落第もするし――」

「強烈に個性的です」

「こういうのは個性とは言わへんのや。君の方がずっと個性的やで――ええ意味で。君の噂は三年生の間でも有名や」

「やたらでかくて可愛気のない女って言われてるんでしょ」

「いや、そんなんやない」とぼくは首を振った。「男顔負けにしっかりしてて、頭も切れるっちゅう評判や。ほんで――すごい別嬪《べっぴん》やて言われてる」

最後のところは、言いながら少し言葉が上擦《うわず》った。

「私、綺麗やないわ」

彼女は上目遣いでぼくを睨みながら口を尖《と》んがらかすようにして言った。ぼくが完全に恋に落ちたのは多分この瞬間だ。同時に昼休みが終わるベルが校内に鳴り響いた。

「よかったら、明日も昼休みに喋らへんか」

ぼくがベンチから立ち上がって言うと、彼女は「うん」と言った。

その日以来、昼休みの時間は、伊賀上らと体育館でするバスケットに代わって法子と過ごすのが日課となった。二人とも別々に食事を済ますと、藤棚の下で落ち合った。

池原法子と話すのは楽しかった。おそらく彼女もぼくと会うのを喜んでいた。雨の日は図書館で話した。

一週間もしないうちに二人は学校中の噂になった。キリンみたいに背の高い彼女はどこでも目立った。伊賀上らは「ええ娘をつかまえたもんやわ。器量もええし、頭も抜群」と言った。そう言われてまったく悪い気はしなかった。彼女もまた、女友達からよく冷やかされることがあるとぼくに打ち明けた。彼女は困ったような表情を見せながらも、明らかに嬉しそうだった。たしかに奇妙なカップルだった。停学五回の落第生と校内一の美人で生徒会長の取り合わせは客観的に見ても相当に変だ。

二人は誰が見てもほとんど恋人同士といえる仲になりながら、ただの一度も恋の告白のようなものもしなければ、互いの気持ちを探ったりたしかめたりもしなかった。それに土曜の午後や日曜などに街でデートもしなければ、学校以外の場所で会うことさえなかった。だから肉体的な交渉などはもちろん、手を握ったり、肩を抱いたりということもなかった。だからと言って、ぼくの感情が純粋にプラトニックなもので、法子に対して性的な何かを一切感じていなかったということは決してない。それどころか、法子には強烈に異性の魅力を感じていた。それはかつて味わったこの種の情熱の中でも最も強烈で熱いものだった。一度、互いの体育の授業が体育館で重なった時、半袖シャツとショートパンツの潑溂《はつらつ》とした姿の彼女に声をかけられて手を振られた時などは、そのまま倒れてしまうかと思ったくらいだった——当時の高校の女子のショートパンツは本当に小さくて、ショーツとたいして変わらない大きさだった。毎日、昼休みまでの時間の長さは、耐え難いまでの苦痛と、五体が燃え上がらんばかりの期待とで、ほとんどまともな時間の感覚を失っていた。しかしひとたび会えば、そんな焼けるような想いなどどこかへ置き忘れたように、たいていは何気ない会話に終始した。彼女の体に触れ、抱きしめたいという欲望は不思議なほど感じなかった。つまり、ぼくの体と心にはまだ、恋の想いが接触願望に至るメカニズムができていなかったのだ。

池原法子の話は、その性格同様、非常に真面目なものだった。文学、映画、音楽、美術などの幅広い話題の上に、将来のこと、また現代の社会の捉え方、そしてその中での自らの役割と位置付け、それにそこから発展し導き出される自分自身の生き方について、真面目に一所懸命に喋った。ただ、本音を言えば、聞いていて少々恥ずかしい気がするものでもあった。というのは、何となく、毎年「成人の日」に放送されるNHKの弁論大会「青年の主張」みたいな感じがしたからだ。彼女は大変な努力家で、しかも強い意志を持っていた。しかしぼくはその原動力は劣等感であることに気付いていた。なぜなら彼女の会話には、有名公立高校の生徒に負けたくないという意味の言葉がしばしば出てきたからだ。また勉強以外の何気ない比較の時にもよく現われた。正直なところを言えば、そんなことを話す時の彼女を見るのは好きではなかった。それはぼくの中の彼女の像がどうのこうのというのではなく、ぼく自身が彼女を満足させられる男ではないような気にさせられるからだった。しかし、それさえ燃える愛情に水をかけたり、二人の仲をぎくしゃくさせるものではなかった。

一方、ぼくのする話といえば、下らないものばかりだった。すなわち、毎日の生活のことや、それまで自分がやってきた馬鹿げた経験——かつての応援団とのこと、数々のアルバイトの失敗のこと、旅のこと、それに落第のことなどだ。こうした経験譚を詳しく人に喋るのは初めてだったが、語るうちに——本当に恥ずかしいことは伏せてはいたが——あらためて自分は何と馬鹿なことばかりやってきたのだろうという気にさせられた。しかし彼女はそうした話を大いに喜んで聞き、時には中庭に響き渡るぐらいの大声で笑い転げた。しかしその後で必ず真剣な目でぼくを見つめ、「作田さんて、やっぱりすごい人よ」と言った。

法子はぼくにぼく自身の頭の良さを認めさせようとした。もちろん、ぼくにしても自分の頭の良さを否定しているわけではない。しかしそれはぼくが人間の頭脳の能力については非常に幅広く応用の利く考えを持っていたからだ。けれども彼女の考えはそれとは違い、一つの基準で推し量ろうとする、どちらかと言えばあまりぼくの好きではない類のものだった。つまり勉強すればできるのに、といったものだ。彼女の誘導につられて、二人の弟は北野高校に行っていると言うと、彼女は「ああ、やっぱり」と大きくうなずいて微笑んだ。

法子に対しては、いわゆる青少年的な健全な付き合いを続けている一方で、ぼくはまた不純極まりない出鱈目な異性交遊も同時に楽しんでいた。伊賀上らの紹介で知り合った他校の女子高生らとの付き合いがそれで、このことはもちろん法子は知らなかった。ぼくらは土曜日の午後や日曜日などにしょっちゅう遊び歩いた。女の子を引っかける場所は、繁華街、地下街、映画館、ゲームセンター、ボウリング場、それにこの頃からゴーゴークラブに代わって流行りつつあったディスコなどだった。女の子とはいったんきっかけさえ摑めば、後は早かった。伊賀上と石井が春に運転免許を取っていたのも大きな武器になっていた。ただ車は粋なスポーツカーではなく、たいていは石井の家のライトバンだとか、剣道部のＯＢから借りた軽自動車の類ばかりだったが、女の子たちはそれでも喜んだ。

ぼくは伊藤《いとう》アケミという十六歳の女子商業高校の女の子とセックスした。ぼくが飛田遊郭の女以外でセックスした初めての女だった。彼女はぼくが二人目の男だと言ったが、ぼくはその前に石井と木島がすでに彼女としたことを知っていた。飛田の成熟した女性らに比べて、彼女の幼い体はどの部分も堅い感じがした。法子の体もこうだろうかなどとは考えなかった。およそセックスやペッティングの最中に別な女のことを想い浮かべるようなことは一度もなかった。同じように、法子といる時に、そうした性的な想像が頭をよぎることもなかった。おかしな話だが、純情な意識と放埒《ほうらつ》な行為は、ぼくの中ではいささかもつれ合ったりショートしたりすることなしに交錯していたのだ。セックスの場所は、阿倍野の安い連れ込み旅館が多かった。同伴喫茶へもよく行ったが、いくら暗がりでもそこではセックスまではできなかった。

伊賀上らの女子高生相手の交際範囲は驚くほど広かった。ぼくもその中の何人かとセックスした。しかし彼女たちとはいずれも長くは続かなかった。理由は、ぼくが彼女らにセックス以外のものをほとんど求めなかったからだ。伊賀上らは違っていた。彼らの目的はあくまで女たちと愉快な時を過ごすことにあった。だからそれはセックスに限らなかった。海水浴に行ったり、ボウリングをしたり、はたまた一晩中酒を飲んで、セックス抜きのどんちゃん騒ぎでも十分に楽しむことができた。ところがぼくはそうではなかった。それで伊賀上らはぼくのことを、もしかしたら大変な助平ではないかと言った。「作さんはセックスがでけへんとなったら、途端に遊ぶ気ぃも失くしてしまうもんなあ」と石井は不満気に言った。しかしぼくに言わせれば、彼女らはセックスする以外には何の楽しみようもない女ばかりだった。彼らが連れて来る女たちは、顔と体を除けば、どこに個性があるのかわからなかった。彼女らは皆、同じ言葉を喋り、同じことだけを知っていて、同じものに笑い、泣き、怒った。感情も頭の程度もかなり低かった。

「俺らの高校の女もあんまり賢ないけど、それよりまだ数段あほなんはたしかや」伊賀上はそう言って笑った。「そやけど、付き合うてたら、皆可愛い娘ばっかりやで」

それにしても彼らが、自分たちの言う「楽しく遊べる」女を次から次へと見つけ出してくる手腕は実に見事なものだった。ぼくなど街を歩いていても、どの娘がそういう娘であるのか、まったく見分けもつかなかった。ところが彼らの腕前ときたら、あっという間に発見した。それはあたかもファーブルでさえ見つけることができない珍しい昆虫をわずかな時間に次々と狩ってくるある種のハチのような、驚くべき才能だった。

「なんでそんな女を見つけることができるんや。どこかに印でも付いたぁるんか」

とぼくは冗談混じりに訊いたことがある。伊賀上は少し考えてこう答えた。

「そらぁハズレはしょっちゅうあるんや。そやけど、これは、という娘にはピーンと来るんは事実や。これをうまく説明せい言うても難しいけど――、考えてみたら、どんな男でも、自分に合うた女を見分ける能力はちゃんと備わってるんとちゃうかな」彼はそう言って笑った後で、一言付け加えた。「作さんは、ぼくらとは違うタイプかもしれんな」

　その言葉は、ぼくの心に快く響いた。なぜなら、法子のことを思い出させたからだった。

　一学期の終わりになっても、池原法子との関係は相変わらず何も変わらなかった。しかし彼女に対する想いは燃え上がっていく一方だった。ただしそれは大いに自制と葛藤の苦しみを伴うものだった。というのもぼくにとって恋とは、イコール結婚にほかならなかったからだ。もっともその概念は、何らかの主義や思想から導き出されたものではなく、ただ永遠に一緒にいたいという子供じみた希求から生じたものに過ぎない。だからフランス式の「恋と結婚とは別なもの」という考えには頭から反発したい気持ちだった。しかしその信念は行動を随分窮屈にした。なぜなら、ぼくには半年後に就職するという現実が目の前に厳然と横たわっていたからだ。しかも法子は四年制の大学への進学を考えていたから、状況はちょっと厄介なものだった。つまり、このことが、ぼくに恋に邁進《まいしん》することを躊躇させた大きな理由だった。

　それがはっきりわかったのは、夏休みの直前に彼女と初めて街でデートした時だった。梅田の東映劇場で「仁義なき戦い」を観ている最中、ふとしたはずみで彼女の右手がぼくの左手に重なった。それが偶然か故意かはわからない。しかし手が触れた時点で、彼女がまったく気が付きもしなければ意識もしなかったということは絶対にあり得ない。ぼくは全身が金縛りにあったようになり、喉はひりつき、心臓の音は彼女に聞こえるのではないかと思えるほどに高鳴った。女の子とは何度もセックスしていたのに、たかが手が触れただけで、めちゃくちゃ緊張してしまったのだ。それで、とうとうその映画が終わるまで彼女の手を握り返すことができなかった。場内が明るくなっても、しばらくは彼女の顔を見るのが恥ずかしかった。しかし彼女はまったく何事もなかったような屈託のない表情で喋りかけてきた。

おそらくぼくは考えないでもいいことまで考えていたのかもしれない。何もしないうちからいろいろと考え過ぎた挙句、結局は何一つ行動できないといったタイプの人間はよく見てきたが、まさか自分がそうなるとは思ってもみなかった。これは多分、自分に自信がなかったせいだ。本来なら高校を卒業している年齢で、すでに一人前になっていなければならない青年なのに、ぼくときたら、稼ぎもなければ足場もない、実にあやふやで頼りない存在だった。せめて生きがいや将来の目標でも持っていれば――たとえそれが夢のようなものであっても――自分に対する言い訳ぐらいには十分使えたことだろう。要するに、ぼくには法子をどうしてやることもできないと思っていたばかりでなく、彼女に対して何一つ誇るものを持っていない自分に気付いていたのだ。というわけで、彼女の心を摑んでいる自信がありながら、恋に突進できなかった。プロポーズもできないのに、どうして愛だけを打ち明けることができようか。それはまるで金のあてもないのに店の主人に品物を取り置きしておいてくれと頼むようなものではないか。

そんな宙ぶらりんな状況の中、ぼくはおそらくこれが最後になるであろう夏休みを迎えた。この長い休みは法子のことを見つめ直すにはいい機会だと思った。ぼくらしくもなくそんなことを考えたのは、秋に控える就職試験のことや、さらにその後に続く不自由で束縛に満ちた長い人生のことが頭の奥にあったからだ。中学以来、毎年のようにやってきたアルバイトも一切しなかった。欲しいものなど何一つなかったし、どうせ来年になれば嫌というほど働かされることになるのだからと思うと、夏休みまで潰して安い金でこき使われてたまるかという気持ちがあった。竜之介と剣之介は連日朝早くから夏期予備校へ通っていた。おかげで二人のために買ったクーラーは、ほとんどぼく専用になった。一日中涼しい部屋に籠って本ばかり読んで暮らした。伊賀上らからの誘いが何回かあったが、すべて断った。彼らも当然、就職組だった。伊賀上らが文字通り最後の夏を謳歌するキリギリスのように遊び廻っているのはわかっていたが、なぜかぼくはそんな気になれなかった。法子への想いは、マラリアの発作のように、一日のうちに幾度となくぼくを襲い、胸が掻《か》きむしられた。彼女はＹＭＣＡの夏期予備校へ通っていた。

ぼくが一日中本ばかり読んでいるのを見て、両親は呆れていたが、祖母は、暑さで頭がやられたんじゃと悪態をついた。しかし祖母の心配もいらぬ種だった。八月の半ばに入ると、本さえも放り出してしまい、結局それから学校が始まるまで、何をするわけでもなく、ただぶらぶらと高校生活の最後の夏を過ごした。

4

夏休みが終わり、二学期が始まると、いよいよ本格的な就職シーズンの到来だった。職員室の隣に毎年恒例の就職相談室が作られ、三年生たちの間にも俄かに緊張が拡がった。もっとも就職戦線とは言っても、大学生の就職のように、様々な会社を調べて的を絞ったり、会社訪問をしたりといったものではなく、たいていは就職担当の教師と相談の上、彼の薦める会社の試験を受けるというだけのことだった。もちろん学校に来ている求人の中から希望会社を選ぶこともできたが、そんなものが受け入れられるのは、成績のいい一部の生徒に限られていた。それというのも、学校内に受験制限枠があったからだ。その代わり、そうした会社はよほどのことがない限り、試験を受ければ通るようになっていた。だから学校としても、銀行や大手メーカーといった会社には、今後の信用をも考えて、できのいい生徒を送る必要があったのだ。もっとも南方高校の商業科はぼくらが最後だったから、かなり底上げして推薦されるかもしれないという噂もあった。とはいえ、人気業種の人数枠が増えるわけではなかったから同じことだ。したがって、成績の悪い者や教師の受けの良くない連中は、就職に際しては選択の余地もきわめて限られたものになるのは当然だった。

だからこの時期、多くの者が、こうした一見不公平とも言えるやり方に不満を唱えた。しかしぼくに言わせれば、それはまったくのお門違いというものだ。なぜなら本来は勤め場所くらい自分で見つけるのが筋で、学校が何とか全員を喰いっぱぐれのないようにそこまで面倒見てくれるのは、感謝こそすれ恨むことではないと思っていたからだ。それにたいていの場合、忠誠は報いられるのが自然なように、学校がそうした生徒を優先するのは理にかなっていた。もし憎むとすれば、学校の推薦書なしには試験さえ受けられない多くの会社に対してであるべきだったろう。それらは皆名の通った大企業ばかりだった。しかし学校に求人広告を出さない中小企業はいくらでもあったし、現にそうした会社に就職していく者も少なくなかった。

ところでこうした状況を、ぼくはほとんど実感として捉えることができないでいた。周囲の慌ただしい様子も、自分とはまるで関わりのない出来事か何かのように思えてならなかった。それというのも相変わらず恋にすべてを奪われていたせいだ。人生が何たるかも知らない十代の若者にとって、恋くらい現実を忘れさせるものもない。ひと月を越える長い休みは、ぼくの心を砂漠の太陽のように燃え上がらせていた。ぼくの身体は、その灼熱の炎に焼かれ、今にも砂の上に倒れんばかりだった。

二学期が始まって最初の六日間は昼までの半日授業だった。当然、昼休みはない。法子に会えることだけを楽しみに学校へ出て来たにもかかわらず、校内で二度すれ違って挨拶を交しただけだった。オアシスと信じて辿り着いた場所が蜃気楼だった砂漠の旅人の気持ちもこのようなものだったに違いない。七日目の日曜日は、それこそ胸を掻きむしらんばかりの焦燥感で、家の中をのたうちまわった。しかしぼくは遂にオアシスには辿り着けなかったのだ。

初めての全日授業となった月曜日の昼休み、通らない喉にうどんを無理矢理流し込み、中庭のベンチへと飛ぶように走った。ところがいくら待っても法子は来なかった。彼女が以前の習慣を忘れているとは考えられなかった。しばらく待つうちにふと嫌な予感が頭をよぎった。もしかしたら彼女はここには来ないのではないかというものだ。そう言えば、朝、ちらっと彼女を見た時、一瞬目を逸らしたように見えた――その時は気にも留めなかったが。そんなことはあるはずもないと思いながら、もしかしたら法子は夏休みの間に心変わりしたのかもしれないという不安な気持ちが胸に生じた。腕時計を見ると、二十分も中庭のベンチに腰掛けていた。もうすぐ午後の授業が始まる。こうなればぼくも意地で、昼休みが終わるまでここで法子を待とうと決めた。

彼女がもし用事か何かがあってここへ来られないとしても、このほとんどの生徒たちの目に入る中庭の藤棚の下でぼくがベンチに座っていることが、耳に入らないはずはない。両方の校舎の窓には何人もの人影が見えた。彼らの多くが、見ないふりを装いながら、こちらに目を向けているのがわかった。職員室の窓からもこちらを覗くように見ているいくつもの目があった。もし法子が学校内のどこかにいたならば、これほど滑稽な見世物もなかっただろう。彼女が早退か何かですでに校内にいないことを願った。しかし、それなら彼女の友人か誰かがそのことを教えに来てくれても良さそうなものだった。法子がいないことを確かめに彼女の教室に出向く勇気が起こらなかった。もしそこに級友たちと楽しそうに会話している彼女を見たなら、ショックを受けない自信がなかったからだ。やがて絶望的とも思える昼休み終了のベルが中庭いっぱいに鳴り響いた。ぼくは心に氷柱《つらら》をぶら下げたような気分のまま、すぐには立ち上がることができなかった。その時、伊賀上らが来なければ、次の授業中もずっと中庭にいたかもしれない。というのも、半ば拗《す》ねたようなやけくその気分に陥りかけていたからだ。「作さん、行こう」伊賀上に肩を叩かれて、初めて正気に戻った。それで救助隊に救われた遭難者さながらによろよろと立ち上がった。中庭を後にするぼくの背中に無数の好奇の目が注がれているのがはっきりと感じられた。おそらく普通科生徒のすべてが事情を知っていたに違いない。

　次の休み時間にはぼくも知ることになった。伊賀上らが言いにくそうに語ってくれた話によると、法子に恋人ができたらしいということだった。それは衝撃的な話だった。法子の彼氏というのは、彼女が夏休みの間に通った予備校のアルバイト講師で、噂では大阪大学の学生ということだった。

「俺のクラスの女子がアルバイトしとったドライブ・インに二人で来たこともあったんやて」と石井が言った。

「俺らも、いろいろと話は聞いとったんやけど、とにかく噂だけやろう。作さんにしょうもないこと言うのも何やし――。ほんで今日まで黙っとったんやが」

　伊賀上の言葉は、ぼくの心を錐《きり》でえぐった。

　放課後、ぼくは校庭のところで法子を待ち伏せた。一時間ほど待っていると、やがて彼女が友達数人と一緒にやって来た。彼女の表情を見た瞬間、伊賀上らが聞いていた噂は全部本当だということがわかった。しかし、だからと言って何も訊かずに別れの挨拶ができるほど、ぼくは大人ではなかった。初め、彼女はぼくの顔を見ると、一瞬表情を硬くしたが、ぼくが「話がある。駅まで一緒に帰らへんか」と言うと、笑ってうなずき、級友たちに手を振って、ぼくの側に並んだ。その屈託のない様子を見た途端、やはりあれは単なる噂に過ぎないのではないかという思いが胸の中に拡がってきた。それほど彼女は自然で、感じが良かった。

「昼休み、待ってたんやで」

「ごめんなさい。体育祭のことで生徒会の打ち合わせがあったの。すぐに抜けられると思ったんだけど、意外に長引いちゃって――」

「ああ――そうやったんか」

ぼくは喜びで一杯になった。つまらないことを気にしていた自分が恥ずかしかった。緊張が一度に解け、リラックスできた。やはり伊賀上らが聞いた噂は噂に過ぎなかったのだ。それでも思い切って、「彼氏ができたって本当か」と訊いた。すると彼女はいささかオーバーなくらい陽気に笑い飛ばした。

「ああ、予備校の講師のこと言うてはんのね。あの人とは、ゼーンゼンなんでもないんよ。私の友だちが勝手に噂を広めただけ」

それを聞いた途端、ぼくは天にも昇る気持ちになった。噂に振り廻されていた自分が滑稽で、自然に笑いが込み上げてきて、次いで嬉しさのあまり、歩きながら足が踊るようなステップを踏んだ。

「どうしたの」

ぼくの浮かれた様子に、彼女は少し呆れたように笑った。

「俺、君のこと、好きや」

　ぼくは思いきって早口に言った。しかし彼女は答えなかった。聞こえなかったのかと思い、もう一度言った。

「困るわ」と彼女は言った。

「なんで困るんや」

「私、まだ、高校生やし」

「そんなもん関係あれへんやんか」

「そんなことないわ。私かて来年は受験生やし、作田さんも、もうすぐ就職でしょ」

「俺の就職のことなんか、どうでもええやんか。それより君は俺のこと、どう思てんねや」

「いい先輩と思てる」

「そんなんやのうて、好きか嫌いかを訊いてるんや」

「そやから――いい人やと思てる」

　彼女はぼくの方をまったく見ようともせずに、抑揚のない調子で言った。ぼくはその顔を見た時、心に冷や汗が流れた。ぼくの知っていた夏までの彼女ではなかったからだ。ぼくは藁《わら》にもすがるような気持ちで、もう一度「俺は本気で好きなんや」と言った。しかし彼女は小さな声で、ごめんなさいと言っただけだった。少なくともぼくはここで引き下がるべきだった。しかし、ぼくはなおも駅までの道すがら、未練たらしく胸のうちを打ち明け続けた。陳腐《ちんぷ》で白々しい言葉が後から後から口をついて出てきた。けれどもそれらは彼女の心を硬くする以外のどんな効果も持たなかった。

彼女は俯《うつむ》いたきりもう何も答えなかった。ぼくは彼女に憎しみさえ感じた。しかし、彼女の心を摑んでいると思っている時にはどうしても口にできなかった台詞を臆面もなしにべらべらと喋る自らの卑怯さには少しも気付いていなかった——要するに、それまでの葛藤や自制は全部嘘っぱちだったということだ。

駅に着いた時、ぼくは最後に言った。

「もう少し、早く打ち明けてたら、どうやった」

しかし法子は「えっ」ととぼけたような声を出した後で、同じことです、と小さな声で言った。その瞬間、ぼくは強い怒りを覚えた。

「その男がそんなにええんか！　それとも阪大やからか」

自分でも驚くような激しい言葉が、ぼくの口をついて飛び出した。それまでずっと俯きかげんだった彼女は、顔を上げて鋭くぼくを睨みつけた。

「好きと言うてもらえへんからいうて、そんなこと言うのは最低よ」

一瞬、殴りつけてやりたいような衝動を覚えたが、彼女の言うことが正しかった。

「――すまん、どうかしてた」

「ほんと、どうかしてるわ」

彼女はそう言うと、駅の改札を早足で駆け抜けていった。ぼくは持って行き場のない怒りと自己嫌悪に全身をぶるぶる震わせながら、彼女の赤いワンピースが、ホームの階段の上に消えて行くのをじっと見つめていた。ため息をついて歩きかけたぼくの姿が、階段横の大きな鏡に映った。ジーパンに紺の縞模様の半袖シャツを着た無精ヒゲの男がそこに立っていた。本来なら高校を卒業しているはずの男は、身分不詳のいかがわしい雰囲気をいっぱいに漂わせていた。学生服を着ていれば、まだ様になっているものを、と思った。

その週の土曜日、伊賀上らに誘われてビアガーデンに行った。彼らが、ふられた男を慰めようとしてくれたのは明らかだった。伊賀上と石井と木島は、一緒になって法子の悪口を言ったが、ぼくは少しも嬉しくなかった。それどころか彼女の名前を聞くたびに、胸の痛みを感じ、ビールをたて続けに喉に流し込んだ。しかし麦芽とホップとアルコールはぼくを少しも元気づけなかった。酔いが廻ると、気分は一層落ち込んだからだ。

「俺はよくよく女にもてん男や」

ぼくがそう言うと、伊賀上らは笑ったが、本気で言っていることがわかると、そんなことはないと否定した。彼らはぼくのことをいいと思っているという何人かの三年生の女子生徒の名前まで挙げたが、ぼくには何の慰めにもならなかったばかりか、彼女たちの顔を思い浮かべると余計うんざりした気分になった。傲慢にも、しょせんぼくにはその程度の女たちが似合いなのかもしれないとすら思った。この思いは間近に迫り来る就職という問題以上に、ぼく自身に現実を嚙みしめさせるものだった。ぼくのあまりの意気消沈ぶりに、伊賀上らは驚いた。

「作さん、たかが女一匹で何や——。全然、作さんらしいないやないか。作さんみたいにたくましい男が、女にふられたぐらいで骨無しになるなんちゅうのは信じられへんで——」

伊賀上の言葉はぼくの自尊心をまったく刺激しなかった。彼の言葉が足りなかったせいではない。言うなれば、ぼくの心の瞳孔が開きっぱなしで、一切の反射力が失われている状態だったからだ。その時一人の女子大生アルバイトのウェイトレスが、つまみの皿を持って来た。美しい顔立ちをした女だった。石井の冗談に軽く笑うと、空の皿を持って行った。

「あんな女が恋人に欲しい」と石井は言った。

「アホか、相手は年上やないか」と伊賀上は笑った。「それにお前みたいな男、向こうが相手にするか。第一、ケイコに知れたら顔中血だらけにされるぞ」

石井はむきになって何か言い返したが、伊賀上と木島は面白がってからかった。ぼくもしばらく一緒になって笑っていたが、ふと疑問に思っていたことを彼らに訊いてみた。それは、彼らが普段付き合っている女たちを、彼ら自身が本当に最高の女と思っているかということだった。最初、彼らは笑って真面目に答えようとはしなかったが、ぼくのしつこい質問とビールの酔いが、次第に本音を吐かせた。

「俺かて、自分の女が最高やなんて全然思てへん。せやけど男と女ちゅうのは、合う合わん、があるやろう。そら、世の中にはええ女が幾らでもおるけど、自分に合わんかったらどうしようもないやんけ」

呟くように言った木島の言葉に、伊賀上と石井もうなずいた。

「ええ女って、どんなんや」とぼくは訊いた。

「うまいこと口では言えへんけど、そこは雰囲気で察してくれや」木島は笑いながら言った。

「まあ、頭が良うて、綺麗で、優しくて上品な女やったら、最高に近いんと違うか」

「俺は頭の良さという奴は大事な部分やと思うな」伊賀上が口を開いた。「俺が今付き合うとる淳子《じゅんこ》な。気立てはええけど、はっきり言うて頭はようない。最近、よう思うんやが、優しさとか思いやりとかいうもんは、頭の良さとは切り離せんもんと違うやろか。淳子は優しいてええ娘なんやけど、その優しさがちょっとずれてると思う時がようあるからや」

「俺かて、頭のええ女が欲しいわ」

石井が突然怒鳴るように言った。

「たとえば俺が将来、結婚するとしてやで――」

彼がいきなり口にした結婚という言葉に、皆は笑ったが、彼は気にせず続けた。「一流大学出た頭のええ女が嫁に欲しい」

「俺が言うのは、そんな意味の頭の良さとは違うんや」

伊賀上が慌てて言ったが、石井はまったく聞いていなかった。

「しかしや、一流大学出た女が、高卒の安月給の男の嫁はんになんかなってくれるわけがあらへんやないか。そんなこと絶対にあらへん」

次の瞬間、ぼくの怒りが爆発した。

「ええ加減にせいよ。お前の言うてることは、まるで人種か民族が違うみたいな言い方やないか。そんなアホなことがどこにあんのじゃ。十七や十八でわかったようなことぬかすな。あほんだら」

ぼくは言いながら、石井の言葉は以前に聞いたことがあるのを思い出した。西村芙美に惚れている時、宮本と井上が言っていた言葉がそれだった。そのことに気が付くと、さらに頭に血が昇った。

「男と女の愛情ちゅうもんは、もっと純粋なもんとちゃうんか――俺はそう思うで。第一、大卒と高卒のどこに身分の差があんのや!」

ぼくの剣幕に、誰も反論する者はなかった。しかし彼らがぼくの言葉に異議ありと思っているのは、その目を見るだけで明らかだった。ぼくにしても本当のところは、石井の言うことにかなりの説得力があると思っていたのだ。しかしそれを正しいとはどうしても認めたくなかった。だから、彼らがどんなことを言ってきたとしても、絶対に譲らない覚悟でいた。

伊賀上がぼそりと言った。「せやけど、作さんも、俺らが相手にしている女の子なんか最初から見向きもせえへんやないか――」

予想もしなかったその言葉は、鎧通《よろいどお》しのようにぼくの急所を深くえぐった。自分でもまったく気付いていなかっただけに、ショックは大きかった。言い返そうとしたが、咄嗟に言葉が出なかった。もう一言、鋭く突っ込まれていたなら、ぼくは思うにまかせない事態に直面した幼児のような癇癪《かんしゃく》を起こして、テーブルでも蹴り飛ばしていたかもしれなかった。しかし三人共それ以上は何も言わなかった――議論は彼らの圧勝だった。

「ビール頼もか。つまみも――」

と伊賀上が言った。皆が賛成と快活に声をとばした。気分の転換は早かった。

「飲もう、飲もう。飲めるだけいこう。つまみでも何でも好きなだけ喰おうや。今日は俺が奢るわ」

ぼくは大声でそう言うと、ポケットから有り金全部の千円札四枚を摑み出してテーブルに置いた。

その後、ぼくたちは大いにメートルを上げ、話題の方はぐっと下がってワイ談に終始した。ガラの良くない四人組が大声で露骨な言葉や下品な笑い声を連発させるものだから、周りの客たちが嫌そうな顔をした。陽はまだ少し高かったが、時刻は六時を過ぎ、会社帰りのサラリーマンやOLで席はほとんど埋まりかけていた。それでも、ぼくたちはビールのジョッキがすっかり空になり、テーブルの幾つかの皿が交換され、全員のポケットの中がすっかり無くなってからも、なお三十分以上は席を占領してはしゃいでいた。しかし四人共、心の奥では、先程の下らない議論がずっとひっかかっていたのだ。そうでなければ、翌週の月曜日に学校をサボってM女子高の文化祭に出かける相談が、ああまですんなりまとまるはずもなかっただろう。

M女子高は関西ではお嬢様学校として知られる大学の附属高校で、上流意識の強い女たちの集まりであると、府内の高校生たちに言われていた。しかし石井に言わせれば、頭の程度は南方高の商業科の生徒たちとどっこいどっこいで、違いは、家庭環境と家の資産ということだった。当然、それは校風の違いとなってあらわれていた。彼女たちのプライドは相当なもので、ボーイフレンドのほとんどは、府内のいくつかの、名の通った私立高校の生徒だということはよく知られた話だった。彼女たちがぼくたちのような連中をまったく相手にしないことは十分わかっていた。それだけに「いっちょう、ものにしてやろう」とぼくたちが考えたのは、ある部分、屈折した嫉妬のせいであるかもしれなかった。

　翌々日、ぼくらは軽自動車とライトバンの二台に分乗してM女子高へ行った。他校生入場OKということを聞いてはいたものの、実際に来てみると、校門で厳しい入場チェックがあり、幾つかの限られた高校でないと中へ入れないようになっていた。それで四人共、体育館の裏の鉄条網を乗り越えて侵入した。ところが、その後の成果はさっぱりだった。女に声を掛ける係専門の石井と木島が、勝手の違うタイプの女生徒にすっかりまごつき、五度ほど連続してふられるという始末だった。「どういう娘が、どういうタイプなんか、全然わからん」と石井は気弱に言い訳した。「いくら一流の漁師でも、山へ入って弓矢持ったらあかんわいな」伊賀上の冗談に皆が笑った。

　四人組の女生徒を見つけるというのも難しさの一つだった。そこで、二組に分かれて行動することにした。ぼくは石井と組んだ。昼近く、タコ焼きの屋台の前で女の子二人とうまく友達になりかけたが、訊かれるままに、石井がうっかり高校名を言った途端、相手は急に白けた態度をはっきりと見せ、下手糞な言い訳をして逃げてしまった。石井はがっくりくると同時に彼女たちに対して怒っていたが、ぼくはぼくで彼の迂闊さに対して腹を立てていた。逃げられた二人のうちの一人をかなり気に入っていたからだ。彼女たちにぼくたちの存在が知られたことで学校関係者に見付け出されて追い出しを喰らうかもしれないということはあまり心配しなかった。なぜなら、男子生徒の姿は校内のいたるところで見られたし、その中からぼくたちを見付け出すことはちょっと無理なことと思われたからだ。

それにしても、M女子高の文化祭の華やかさと賑やかさはちょっとしたものだった。他校の文化祭を見るのは四年間の高校生活で初めてのことだったが、その規模の大きさには大いに驚かされた——しかもここは女子高だった。ぼくたちの高校の文化祭は、名ばかりで、自主性もなければ盛り上がりもなく、小学校の学芸会に毛の生えたようなもので、独創性などはどこを捜しても見つかりそうもなかった。クラスごとの団結のなさと文化クラブの弱体ぶりのせいだったが、一番の理由は、活気と気力の欠如にほかならない。そんなわけだったから、他校生参加の文化祭など考えられなかった。第一そんなことをすれば、喧嘩やその他の問題が起きるのは必定だった。それでもこれまで何の不満も感じなかったのは、開放的で豪勢な文化祭の存在を知らなかったからだ。また他校のそうした文化祭に遊びに行って情報を仕入れて来るような酔狂な者もいなかった。

「せやけど南高も、今年の文化祭は、今までとはちょっと違た奴になるんやないかな」

石井は呟くように言った。現在の進歩的な生徒会のことを言ったのだが、ぼくは法子のことを思い出して胸が痛んだ。法子とはあれ以来、一度も喋っていないばかりか、挨拶さえ交していなかった。惨めな失恋は友情のかけらさえ残しはしなかったというわけだ。

　昼に再び四人が食堂で合流したが、伊賀上と木島の二人もまったく駄目なようだった。午後に備えて腹ごしらえのため食堂に入ったが、そこでの豪華メニューは、またもやぼくたちを驚かせた。麺類とカレーだけの南方高とは違い、ピラフやおかず付きのランチまでがずらりと揃っているのには、さすが私立高と思わせた。

　その時、ぼくたちが座ったテーブルの横に、うまい具合に四人組の女の子がやって来た。石井がタイミングよく声を掛けた。食事をしながらのテーブル越しの会話というスタイルが良かったのか、互いに四人はいい感じで喋り合い、食事が済む頃には完全に打ち解けていた。彼女らの一人が、ぼくたちの高校と学年を尋ねた時、ぼくはすかさず「北野の三年や」と言った。女の子たちはアヒルみたいに声を揃えて「えー！」と言って目を丸くした。「どうやって入って来はったんですか？」と訊いてきたから、「塀を乗り越えて、美女の館に乗り込んで来たんや」と答えると、女の子たちは喜んだ。

　ぼくたちは彼女らと一緒に食堂を出ると、文化祭のために図書室を即席改造したという喫茶店に入った。彼女らは全員M女子高の一年生だった。

「受験勉強しないで、こんなとこ来てていいんですか」

　おかっぱ頭の、まだ顔に幼さの残る女の子が言った。

「文化祭にも遊びに来れんようやったら、大学なんか受かるかいな」

伊賀上の言葉に、三人の男は大笑いした。三人は訊かれるままに、各々、志望校に京大や阪大や神戸大と勝手な大学名を挙げた。ぼくはさすがに悪乗りが過ぎると思い黙っていたが、伊賀上が「作田は東大志望なんや」と言ったものだから、そうなってしまった。「彼はぼくらの中でも一番出来るんですよ」と言う彼の言葉に、四人の女の子は尊敬と驚きに満ちた目でぼくを見た。

今や彼女たちはぼくたちに完全に夢中になっていた。いったん、秀才のイメージを作り上げてしまえば後は楽なもので、どんな下らない話題や冗談でも、彼女らは本気で面白がって喜んだ。

そうしてしばらく雑談を楽しんでいたが、頃合いを見て彼女たちに、もう学校は終わりにしてドライブに行かないかと提案した。彼女たちは驚いた。そして、少しの時間なら外出も可能だが、四時の解散までには帰らないとと言った。

「それやったら、ちょうどええやないか。ちょっとの間抜けて、ぼくらとドライブに行こうや。ほんで、四時前に何でもない顔して戻って来たらええんや」

伊賀上の言葉に、彼女らは互いに顔を見合わせたが、内心は大いに迷っているのは明らかだった。

「ぼくらもここへ来るのに塀を乗り越えてやって来たんや。君らも、思い切って冒険と行こうや」

石井の冒険という言葉に、彼女たちの迷いも完全に吹き飛んだ。

ぼくたちは怪しまれないように、時間をずらしながらバラバラになって校門から抜け出した。近くに停めてあった二台の自動車に分乗したが、その頃には自然に四組のカップルの形ができていた。ぼくのパートナーは川津《かわづ》栄子《えいこ》というロングヘアの、四人の中では比較的大柄な娘だった。ぽっちゃりした顔立ちも悪くはなかった。ぼくは免許を持っていなかったので、彼女と一緒に伊賀上の運転する軽自動車の後部座席に乗り込んだ。車を走らせている間中、栄子は受験のことやら勉強のことばかり質問した。内心うんざりしながらも、口から出まかせを答え続けると、彼女はその一つ一つに大仰にうなずいて感心した。

二台の車はやがて市内を抜け、中央環状線に出て、しばらく見晴らしのいい千里、刀根山、それから万博会場跡を軽快に走った。途中、ドライブ・インでお茶を飲んだ後、車を箕面に向かって走らせた。やがて林の中で車を停め、八人は車から降りた。適当に散歩でもしようということで、ぼくは栄子と林の奥を歩いた。二人きりになっても彼女は相変わらず喋り詰めだった。十五分ほど歩いたところで、あたりに完全に人気のないのを確かめてから彼女の手を握った。彼女は一瞬体を強ばらせたが、手を振りほどこうとはしなかった。何事もなかったかのように依然として一人で喋り続けていたが、その声が次第に緊張を帯びてくるのははっきりとわかった。ぼくは立ち止まると、彼女を引き寄せキスを迫った。彼女は初め言葉と体の両方で抵抗したが、それは本心からのものではなく、最後にはキスさせた。彼女は目を瞑り全身をぶるぶる震わせていた。その時点で彼女が処女であることに気付いても良かったのだが、処女とこういうことをしたことがないぼくにとっては無理な話だった。ぼくは制服のスカートの裾から強引に手を差し入れようとした。今度はかなり抵抗があったが、これも最後にはパンティーの中まで許した。彼女はすでに自分が何をしているのかもわからない状態だった。ある意味では、ぼくもそうだったかもしれない。そうでなければ、いかに林の奥とはいえ、どうして白昼にあんな真似ができただろうか。

すべてが終わった後で、ぼくは彼女が処女だった印を目にして、少なからざるショックを受けた。それまで商売女や、あまりにも軽い女ばかりを相手にしてきたせいか、処女というものに対しては、漠然とではあるが、神聖で尊いものだという思いを心の底に抱いていたのだ。同時にまた、処女性こそ女にとって最も大切なものであるという黴《かび》の生えたような古臭い考えを持ってもいたのだ。もっともふだんそんなことをわざわざ考えてみるようなことは一度も無かった。しかし、『千夜一夜物語』のプロローグにあれほど妖しい残酷さを覚えたり、また『フィガロの結婚』で理髪師の気持ちに感情移入できたりしたのも、結局はそうした考え方が底流にあるからにほかならなかったのだ。そもそもこの処女性うんぬんの思想は、自らの経験や思考によってというよりも、幼児期のころからの環境が大きく影響していたに違いない。というのも、子供の時から母や祖母や近所のカミさんたちから、「未通女《おぼこ》」やら「傷物」といった言葉をしょっちゅう耳にしていたからだ。けれどももしかしたら、ぼくがいつも相手にしなれている馬鹿女のすべてが処女でなかったということも、無意識のうちに処女崇拝の気持ちを植えつけていたのかもしれない。

そんなわけで、彼女が処女だったと知った時のぼくの驚きといったらなかった。同時に激しい自責と後悔の念に襲われた。その反面、女に対しての腹立たしい気持ちもあった。彼女はしばらくめそめそ泣いていたが、やがて泣き止むと、自分で後始末をし、身づくろいを直すと、今度は急にぼくに対してべたべたとすり寄って来た。帰り途もずっとぼくの腕を取り、「また会ってくれますか」とか「受験頑張って下さいね、応援しています」とか言った。ぼくはうんざりした気分で、彼女の顔を見るのも嫌だった。車に戻ると、とっくに皆が揃って待っていた。それぞれの男女が何かあったような顔をしていた。中には、ふくれっ面をして、互いに横を向いている組み合わせもあった。

彼女たちを再び学校に送り届けた後で、四人が互いに戦果を報告し合った。最後までいったのはぼくだけだった。石井はキスだけはさせてくれたからと満足していたが、木島は手も握らせてくれなかったとぼやき、伊賀上などは手を出そうとして頬を叩かれて、それっきり車に戻るまで一言も話をしていないと言った。ぼくはペッティングだけだったと言った。それで皆に「作さんはええのに当たったわ」と羨ましがられたが、ぼくの心は重かった。自責の念を打ち消すために、「あんな馬鹿女、俺がやらへんでも、いつかは誰かにやられるに決まってる」と心の中で無茶苦茶な言い訳を呟いてみたが、そんなことでは心は少しも晴れなかった。彼女には二度と会いたくなかったが、住所と電話番号をうっかり教えてしまったことを思い出してまた気分が重くなった。

家へ帰ると、案の定、栄子から二度電話があったということだった。まもなく三度目が掛かってきた。家を出て公衆電話から掛けていると言った。遅いから気を付けろよ、と言ってやると――言った瞬間、何とも言えない嫌な気分になったが――彼女は嬉しそうに、ハイと答えた。彼女の楽しそうな声を聞くのは辛かった。結局、次の日曜日にデートを約束するはめになった。その夜、布団の中で懸命に考え抜いた末、彼女と結婚しようと決意した。嘘をついたことは全部正直に打ち明け、その許しを請うと共に、自らもその償いをしなければならないと思った。彼女を傷物にしたからには、彼女をもらい受け、幸せにしなければならないのは男の義務だと考えた。若き日の過ちが、こうして人生を決めてしまうこともやむを得ないことだと思った。

　翌週の日曜日に川津栄子と梅田で会った。会ってすぐ喫茶店に入り、自分の嘘をすべて告白した。ぼくが喋っている間中、彼女は黙ったまま顔を強ばらせて聞いていた。「せやけどこれだけは聞いてくれ」とぼくは最後に言った。「俺、本当に君が好きやったんや。初めからずっとや。それに今は、心の底から好きなんや。せやなかったら、ほんまのことなんか言わへん。わかるやろう。嘘ついたんは悪かった。すまん、俺、君のためやったら何でもする」

　彼女は長い沈黙の末に、わからない、と呟くように言った。
「今すぐ答え出さんでもええやんか。せやけど君に許してもらうまで――俺の気持ちがほんまにわかってもらえるまで、一所懸命努力するつもりや」

　栄子は明らかに動揺していた。この日、ぼくは彼女を誘って神戸へ行き、異人館や港を見て廻った。前日の土曜日と金曜日の二日間に、引っ越しのアルバイトをして稼いだ金で、レストランや喫茶店で豪勢に奢った。しかしその日のデートは楽しくなかった。理由は栄子の感情の波のせいだった。さっきまで笑っていたかと思うと、不意にふてくされたように黙り込んだり、かと思うと急に甘えたようなことを言ってきたりと、その度にぼくを大いに戸惑わせた。しかし、こんなことで彼女を責めるわけにはいかなかった。むしろそうした不安定な気分にさせたぼく自身を責めるべきだった。栄子はあまり頭がよくない少女だった。話をすればするほどそれがはっきりわかった。そのくせ自分の家が金持ちであることや、通っている学校の名門ぶりを、自慢気に何度も繰り返した。一緒にいればいるほど彼女を嫌になっていくようで、たまらない気分だった。しかし、ぼくにはそんなことを思う資格はない、と自らの気持ちを懸命に抑え込み、精一杯楽しく振るまい、できる限り優しく接した。その甲斐あってか、夕刻には彼女の機嫌はすっかり良くなっていた。来週の日曜日に会う約束をして別れた。栄子の嬉しそうな笑顔は、ぼくを心から喜ばせた。その時彼女を愛することができるような気がした。

しかしその思い上がったとも言える考えは、栄子の方から否定された。その夜、彼女から電話が掛かってきて、もう二度と会いたくないと言われたのだ。

「わかってるでしょ」と冷たく言うなり電話を切った。ぼくはすぐ折り返し彼女の家に電話を掛けたが、電話には誰も出なかった。翌日も次の日も、電話を掛け続けたが、いずれも家の人に居留守を使われた。四日目にようやく彼女本人が電話口に出た。彼女はぼくが懸命に喋る言葉を冷ややかに聞き流した後で、

「嘘つき、男のカス——。なんやのん、あんたなんか、何が北野よ、アホのくせに。もう電話も掛けんといて！」

それだけを機関銃のようにまくしたてると、受話器を叩きつけるようにして電話を切った。

「嘘つき」と「男のカス」はきつい言葉だった。言葉でこんなにこたえたのは初めてだった。もっともその後に続く罵詈《ばり》雑言《ぞうごん》は、正直なところ、少しだけ贖罪《しょくざい》代わりになったかなと思った。しかし、それはいささか都合のいい考え方だった。殴った分は殴られさえすれば帳消しになるというものでは決してないからだ。ぼくは彼女に二度手紙を出したが、返事は遂にこなかった。ぼくにはもうこれ以上は何もできなかった。

さて、学校では就職試験のための振り分けが次々と行なわれていた。ぼくは市内の中堅証券会社を受けることに決まった。証券会社というものがどういうものかはまったく知らなかった。ぶ厚いリクルートブックにはその会社も載っていたが、読んでみる気も起こらなかった。どうせ入ってみればわかることだったからだ。試験に落ちることはまったく考えていなかった。伊賀上は食品会社、石井は印刷会社、木島は映画館チェーンを受けることが決まっていた。他の連中も皆、それぞれの人生における送り先の荷札を付けられていた。それらはオンボロの貨物便で、ぎゅうぎゅう詰めにされながら、ガタゴト揺られていく予定のものばかりだった。公務員試験を受ける、比較的出来のいい連中もいるにはいたが、彼らにしたところで、一生うだつの上がらないノンキャリの下っ端役人だと思えた。卒業生の中には専門学校に行く者もいた。また極めて少数ながら大学へ進学する者もいた。彼らは全員、いわゆる推薦入学で、たいていは十一月、遅くとも十二月までに合格が決まっていた。名目上は高校が推薦する者だけが受験することができるとなっていたが、実際は受けたければ誰でも受けられた。

入試科目もたいていは一科目か二科目、ひどいのになると面接だけで終わりというところもあった。名前も聞いたことのない女子の短大は別にして、共学の四年制私大でもそんなことをしている学校がいくらでもあった。要するに、翌年に行なわれる一般入試ではどこにも受からないような馬鹿を、前もって「推薦」の名目で入学させ、高い寄付金を取っているのだった。しかし我が南方高校の商業科の連中には、それでも入学が難しいらしく、毎年こうした大学に延べ三十人も受験生を繰り出して、合格するのは数人というていたらくだった。しかも合格者といっても少しも勉強など出来る者はなく、市役所や区役所に就職する連中——その多くは女生徒だった——の方が、ずっと成績が良かった。というわけで、そんな連中を合格させる大学など、とてもまともな学校とは思えなかった。教師の何人かは「あんなとこ行くのは金と時間の無駄遣い以外の何物でもあらへん。大学とは名が付いとるが、高卒程度の就職先しかない」とはっきり口にする者もいた。これにには、ぼくや他の連中も拍手した。それでも大学に行ける連中に対する羨ましさはあった。どんな馬鹿大学であれ、また四年後に高卒程度の就職先しか待っていないとはいえ、とにかく四年間は、自由で気ままな時間が過ごせるのだ。

ともあれ、ぼくの人生は半ば決まりかけていた。こんなにも早く人生の芽を摘み取られていくような社会に対して怒りをぶつけた。しかしこれは理不尽な八つ当たりともいうべきもので、本来怒りをぶつけるべき相手は自分自身だったのだ。真面目にこつこつと努力することの大切さは、多くの教師や大人たちがずっと叫んでいたではないか。それらの言葉は何度もダ・カーポし、時には重唱で、また時には合唱で、そして時にはフーガやカノンで、反復し、拡大され、ぼくの耳元で鳴り響いていたはずのものだった。しかし愚かなぼくにはそれをきちんと聞く能力がなかったのだ。ぼくだけではない、南方商業にやってきた多くの馬鹿たちも皆同じだ。こんな野郎たちに勉強することの大事さを教えるよりも、その名も高き「キャラヴェラス郡の跳び蛙コンテスト」で蛙の尻をぶっ叩く方がずっと楽だったに違いない。英語の構文、動詞の活用、関係代名詞、数学の二次方程式、三角関数、微分積分、世界四大文明の発祥の地、ヘレニズム文化、芸術と政治におけるルネサンスの影響、産業革命と社会変化、平安時代の王朝文学、封建社会の成立、引力と加速の法則、メンデレエフの元素周期律表、地殻とマグマの関係――その他数え切れないほどの多岐にわたる知識そのものにはたいした意味はなく、本当に大事なことは、ただそれらを真面目にやることにあったのだ。

もっともこの年、高卒の就職が前年以上の好況だったことは大いについていた。大手企業の多くで軒並み大幅採用があったおかげで、ぼくのような者でも中堅どころの会社に学校推薦を受けることができたのだ。

しかし一方では、不況の予感を思わせる社会的事件が起こっていた。石油ショックがそれだ。ふだんは社会問題といったものにはほとんど無関心なぼくでも、石油がなくなれば大変なことになるくらいの予想はついた。事実、その影響はいくらもたたない間に生活の中に現われた。テレビの深夜放送が無くなり、ガソリンスタンドは日祝休業し、街のネオンは消えた。しかし何より驚かされたのは、商店からトイレットペーパーが消えたことだ。まもなく洗剤、砂糖、さらには塩やこしょうや天ぷら油といった品々までも、街から姿を消した。つまりは人々が慌てて買い漁ったためだ。この馬鹿げた買いだめの波がほかならぬ大阪から始まったことは、いかにも土地柄を象徴しているような出来事でもあったが、あろうことか、我が家は完全にうっかりしていて、気付いた時には、トイレットペーパーも洗剤もないという始末だった。母と祖母は街中を駆けずりまわったが、手に入ったのはトイレットペーパー三個に過ぎなかった。

この時期、いくつかのスーパーや商店はいじましい商売をした。たとえば、店の品物を何千円か買ったら、洗剤なりトイレットペーパーなりを売るというものだ。我が家のトイレットペーパーはまもなく底をつき、遂に、大便でも五十センチしか紙を使用してはならないという恐ろしい規則が打ち出された。母はぼくをこっそりと呼びつけ、どこかで何とか手に入れて来いと言った。彼女の言う意味はすぐにわかった。しかしぼくは拒否した。彼女はおそらく、デパート、喫茶店、駅、学校、図書館といった場所を念頭に置いていたのだろうが、ぼくはそれらのトイレからトイレットペーパーを盗み出したりするのは絶対に嫌だった。というのは、人の良心と誠意と良識に対して無条件な信頼を託している品物に手を出すことは卑怯者のやることだと思っていたからだ。ましてこういう事態になればなおのことだった。ぼくがそう言うと、母は顔を真っ赤にして怒った。それなら二年前にやった工場の盗みはどうなんだ、と痛いところを衝いてきた。ぼくはその違いを説明しようとしたが、うまくできなかった。それで半ば意地になり、大便をするたびに家のトイレットペーパーは一切使わず、英語の辞書をひきちぎり、揉みほぐして尻を拭いた。母は「山口判事のつもりでもおるんか」と悪態をついたが、ぼくはやめなかった。

さてこうした中で、十一月の初めにぼくは証券会社の入社試験を受けた。最初の英語の試験は、さっぱりわからなかった。何しろぼくの英語の実力ときたら、中学一年がやっとといったところだったのだ——いや一年生の教科書でも終わりの方になると完全にはわからなかった。それでも南方高校の商業科の中では、特にできない方ではなかった。もっとも我が校の生徒に順位などをつけてみたところで、打率一割以下のバッターの優劣を本気で論じるようなもので、ほとんど意味がない。もう一科目の商業簿記の方は、まあまあの出来だった。それがものを言ったのか、それとも最初から全員がそうなるようになっていたのか、ともあれ一次試験はパスした。

後日、二次試験の面接を受けた。狭い会議室のような部屋に、受験生が一人一人通されて、五人の面接官相手に数分喋るだけだった。これさえそつなく済ませれば無事合格だった。しかし面接が始まってまもなく、それはかなり難しいことかもしれないと思った。と言うのも、部屋に入るなり、面接官の一人に、君はドアをノックするということを知らないのかと皮肉たっぷりに言われたからだ。部屋の外にいた係官に「どうぞ」と言われたから必要ないと思った、と答えると彼はぼくを睨みつけた。それから椅子に座ると、別の一人から、目上の人に会った時にはお辞儀をするのが礼儀だと言われた。部屋に入った時にしたと答えると、彼はそんなはずはないと語調を強めた。一瞬頭にカッと血が昇ったが、何とか我慢して「宜しくお願いします」と言って頭を下げた。しかし彼らの誰一人として頭を下げないのを見ると、またもやむかむかしてきた。また別の一人が、ぼくの私服に目をとめ、なぜ学生服を着て来なかったのかと強い口調で言った。学校は服装自由だからだと答えると、彼は、「君は真面目にやる気があるのか！」と怒ったように言った。それから五人の面接官は椅子を寄せ合い、ぼくをそっちのけで何やらひそひそ話をした。ここまで、学校の面接指導で何度かやらされた想定問答の質問は一つもなかった。もっとも、今さら入社動機や将来の希望のようなものを訊かれたところで、事前に教え込まれていた修身的な模範回答などできる気分ではなかった。この時点で、この会社は受かるはずがないと確信した。

五人は再び前に向き直ると、なぜ高校を落第したのかと訊いた。その口調には明らかにからかうような響きがあった。他の連中も口元が笑っていた。ぼくは、答えたくないと言った。

五人はむっとした顔をした。

「なぜ言いたくないんだね」

中央に座っていた太った中年男が言った。

「どうせ、その紙に書いてあるでしょう」

「君の口から聞きたいんだよ」

「書いてある通りですよ」

「君の態度には、うちの会社に入れてもらいたいという気持ちがまったく見られないね」

当たり前だ、と心の中で吐き捨てた。

「君以上に我が社に入りたがっている者はいくらでもいるんだ」

「ほんなら、そいつらを入れてやったらええやないですか」

「ふざけるのもいい加減にしないか！　うちを何だと思ってるんだ。帰りたまえ」

一人の面接官が両手で激しく机を叩きながら怒鳴った。

「じゃかましいわい、あほんだら！」

ぼくは立ち上がるなり、大声で怒鳴り返した。

「えらそうにしとんのはお前らの方やないか。何様のつもりでおるんじゃや。丁稚でも雇う気分でおるんやろう。お願いします、雇って下さいって土下座でもさせたいんか。おのれも雇われ者のくせしやがって、ふざけるな」

ぼくは一気にまくし立てると、椅子を蹴り倒して部屋を出た。誰も何も言わなかった。結果は予想するまでもなく、不採用だった。

さて、いかに学校が就職斡旋所のようなものとはいえ、一つ落ちたからといってすぐ次を用意してくれるほど甘くはなかった。大体制限枠をくぐって学校推薦を受けた入社試験の場合、試験はあくまで形式だけのもので、たいていは学校側が送ってきた数をほぼ採用しているのだから――そもそものためにこそ推薦制の人数制限があったのだ――、落ちるというのはよほどのことだった。しかもぼくの場合、事もあろうに面接の席で暴言を吐き散らしていたのだから、面子丸つぶれとなった学校側がいい顔をするはずもない。それで制裁の意味もあってか、別の就職口を紹介してくれる気配は一向に見せなかった。しかしぼくには何の焦りもなかった。求人など、雑誌や新聞を見ればいくらでもあったし、当時は新卒ともなれば就職先に苦労することは全然なかったからだ。年が明けてから捜しても遅くはない。
それでも十二月に入ると、学校は中堅どころのスーパーマーケットチェーンの口を一つ薦めてくれた。感謝の気持ちなどいささかも持たなかったが、あらためて学校というところは至れり尽くせりなところだと思った。十二月の初めに、簡単な常識問題と面接を終えて一週間ほどしたある日、担任教師が少しも嬉しそうな顔を見せずに、「作田、合格したぞ」と言った。

（二巻につづく）

＊第一章冒頭の『ファウスト』の引用は、高橋義孝氏の訳による。

解説

見城徹

1500ページにも及ぶ大長編小説『錨を上げよ』は、シェークスピアの『マクベス』とゲーテの『ファウスト』の引用で幕を開ける。

「人生は動き回る影法師、哀れな役者、とマクベスに語らせたのはシェークスピアだ。ゲーテは『ファウスト』のラストで「すべて移ろい行くものは永遠なるものの比喩に過ぎず」と神秘の合唱で歌わせた。しかし人生は影ではないし、人の世もまた比喩ではない。皆、唯一無二の存在だ。同じに見えて同じものは一つもない。」

引用や言及は、これだけにとどまらない。アウグスティヌス、『細雪』、サマセット・モーム、マルセル・プルースト、『日葡《にっぽ》辞書』『ラサリーリョ・デ・トルメスの生涯』『徒然草』

……。数え上げるときりがないが、このような古今東西の文学が全編にちりばめられている。

とりわけ注意を惹くのは、さりげなく触れられるソール・ベローの小説『オーギー・マーチの冒険』である。1920年代、シカゴのユダヤ移民街に生まれた主人公が成長するさまを描いた、自伝的小説だ。裕福ではない家庭環境、時代背景への言及、流転と冒険、主人公の身近に現れる奇人たち、女たちとの恋愛、結婚生活と幻滅、人生に対する観念的な思索……。『錨を上げよ』との共通点が、数多くある。おそらく百田尚樹は、『オーギー・マーチの冒険』が頭の片隅にあって、本作を書いたのだろう。シカゴという街は大阪に似ているという。

正直なところ、本作のこうした側面は、初めは少し鼻につく。しかし、読み進めるうちすぐに慣れ、僕は百田氏の博覧強記に驚嘆した。作者がこの本を書いたのは、インターネットのない時代である。彼がどれほど多くの本を読み、それが身についているかが窺える。どの引用や言及も単なる知識のひけらかしではなく、人物や心理の鋭い描写に結び付いている。そのため、今度はどんな知識が飛び出し、それによって何が表現されるのだろうと楽しみになってくるのだ。

また主人公作田又三の述懐として、随所で哲学的な考えが述べられる。それは例えば、次のようなものである。

［物に値段があるように、人生の喜びにも代価があるのだろうか。だとしたらそれは何で支払われるべきものだろう。それとも幸福には常にツケがあって、ある時が来れば、その請求書が廻ってくるというのだろうか。もしかしたら幸せに酔う者たちはいずれも脱税者なのかもしれない。そしてそんな連中のリストの中から、運命の徴税吏が時折気まぐれに無差別に抽出し、しかるべき納税を迫ることになるのだ。それゆえ不幸という奴は、それまでの幸福の大きさに比例するというわけだ。もちろんこれはすべて主観的な問題だ。というのは人は、最も喜びを感じる同じもので悲しみを覚えるものだからだ。そして愛こそはまさにそうした両刃《もろは》の剣《つるぎ》の代表的なものだった。］（第七章冒頭）

人生や愛に対する、何という深遠な思索だろう。ヨーロッパの古典文学のような格調高いこの一節は、人を愛した経験のある人間なら、誰しも胸を抉《えぐ》られ、深い共感を覚えるのではないか。

こうした哲学的思索や該博《がいはく》な知識が響き合う中、大阪の下町に生まれた又三の、幼少時代から青年期の終わりまでが描かれてゆく。その意味で、この作品は、本質的にはビルドゥングスロマン（主人公がさまざまな経験をしながら成長する過程を描いた小説）と言える。しかし、バイクで旅に出て、旅先で村人と暴力沙汰の大騒動を起こしたり、北方領土近海で、ソ連警備艇に追われながらウニの密漁をしたりするあたりは、まさに圧巻の冒険活劇小説である。そしてほぼ全編にわたり、又三と、その時その時に出会う女性（総勢20人近くになるだろう）との恋愛が描かれるため、長大な恋愛小説とも言えるのだ。さらには、百田氏が実際に働いたことがあるかどうかはわからないが、氏のクラシックへの造詣の深さが窺える、又三がレコード店のクラシック売場に勤める件《くだり》を始め、自伝的色彩の濃い小説だとも言える。

百田氏がこの作品を書き始めたのは、29歳の時である。彼はこれを1年以上かけて夢中で書き上げたものの、枚数があまりに多いため、どこの文学賞にも応募できず、原稿は天井裏に眠っていたという。その後彼は、50歳の時『永遠の0《ゼロ》』でデビューし、一躍ベストセラー作家となる。そして編集者とやり取りするうち、この原稿のことを思い出し、『錨を上げよ』はようやく日の目を見る。彼がこれを書き上げてから、実に20年以上の歳月が経っていた。

「処女作には、作家のすべてが表れる」と言われるが、『錨を上げよ』も例外ではない。『永遠の0』『ボックス！』『影法師』『風の中のマリア』『モンスター』『プリズム』『海賊とよばれた男』『フォルトゥナの瞳』『幻庵』『夏の騎士』……。百田尚樹は、作品ごとに趣向を変え、どれも高い評価を得ている。戦争小説、時代小説からＳＦ小説、恋愛小説、経済小説まで、およそあらゆるジャンルの小説を書き、見事に物にしている。『錨を上げよ』は、後の作品のエッセンスがぎっしりと詰まった、宝の山のような作品である。そうした未来を予言するような原稿が、ひょっこり天井裏から見つかったという事実がまた、いかにも百田氏らしいミラクルではないか。

作家は誰も自分の中に、創作の着想をしまった金庫を持っている。特に百田ファンは『錨を上げよ』を読むと、そのような彼の秘密を目の当たりにする楽しみを得るにちがいない。同時にこれを読んだ後、他の作品を読むと、それぞれの急所を、より的確につかむことができる。

百田氏はエンタテインメント小説に強いこだわりを持ち、常々小説は売れなければ意味がないと言っている。しかし、本作に限って、彼は純文学として書いた節がある。若い頃彼はこれを、勢いに任せて書いたのだろう。それだけに彼の原質が剝き出しになっており、読者は彼の心の叫びをダイレクトに聞くことができる。要するに本作は、一種の私小説なのだ。

喧嘩、冒険、恋愛……。もちろん、虚実は取り混ぜてあるだろう。しかし、その境界は微妙で、虚構の部分も作者の優れた想像力と筆力によって、あたかも事実のように強いリアリティを持っている。そのため、すべてが百田氏の身に起こった実話として、ぐいぐい読者を引き込むのだ。読者は、そこに渦巻く膨大なエネルギーに飲み込まれ、貪るようにページをめくるにちがいない。僕は、これほど波乱に満ちた力強い自伝小説は、少なくとも日本には例がないように思う。

そして本作は、次のような主人公の心理描写と述懐で幕を閉じる。

「その時、ぼくは人混みに揉まれるように歩く自分自身の姿を見るような気がした。同時に、歴史の中に消えていった見も知らぬ人たちの様々な人生の映像が脳裏に幻のように浮かび上がった。砂漠を行軍する古代バビロニアの老兵士、アルプスの山に羊を追う牧童、パリのカルチェラタンで飲んだくれる貧乏絵描き、凍てつく雪原でアザラシを狩るイヌイット、沈みゆく夕陽を背に受けてシルクロードを往く商人——こういった名もない人たちの偉大な人生が、現代のアジアの一都市で泣きながら雑踏を歩く一人の青年の姿と重なったのだ。

ぼくはその瞬間、勇気を感じた。そして人生は生きるに値するものだという強い思いに胸を貫かれた。」

この最後の一節を読み、僕は感動の溜息をついた。ここまで又三の奔放な生き方から、少なからず切なさや絶望を受け取ってきた読者は、ラストで思いがけず、人生への壮大な讃歌を聴くことになる。そして本作が、実は「人生は生きるに値するものだ」という強い考え方に貫かれていることを、しみじみと感じるのだ。

又三はしょっちゅう諍《いさか》いを起こして殴り合いをし、誰かと恋に落ちたかと思うと、すぐに破れる。こうした七転八倒の生き様を、「お前は生きよ」という天の声によって肯定し、一気に読ませる物語に仕立てた作者の手腕は、感嘆せざるをえない。

僕の敬愛する思想家吉本隆明氏は、若くして生涯を閉じたフランスの哲学者シモーヌ・ヴェイユについて語りながらこんなことを言っている。

さらに言うと、最後の一節は、素晴らしく含蓄がある。

「科学とか、芸術とか、文学とか、哲学とかは全部、人間の人格のひとつの表現のさまざまな形式をなしている。そのなかにたいへん優れた人がいて、人類の歴史のはじまりから何千年も名前と業績が伝わっていて、光輝ある仕事だ、業績だといわれている。しかしほんとうはそうじゃないんだ。そういう輝かしい天才たちが何千年も名前を遺すような仕事と業績の領域のもっと向こう側に、ほんとうに本質的な領域がある。歴史がかんがえてきた領域の向こう側に、ひとつの深淵で距てられた、第一級のものだけが存在する別の領域がある。その存在する領域は偶然に名前が記録されることもあるかもしれないが、本質において無名の領域だという言い方をしています。その無名の領域ないしは匿名の領域へ誰が入ったのかはぜんぜんわからない。」（『ほんとうの考え・うその考え――賢治・ヴェイユ・ヨブをめぐって』）

人間の真の偉さは、有名であるかどうかなど関係ない。誰もの人生に、さまざまな問題が降りかかる。その時逃げずに格闘し、それを乗り越えることで、人は人としての価値を高め、人生の深遠に近づいていく。僕は又三が物語の終わりで、吉本氏の言う「無名の領域」、名誉とは無縁の尊《とうと》い人生に向け、第一歩を踏み出したのだと考える。この最後の一節は、ビルドゥングスロマンの締めくくりとして、見事というよりほかはない。

僕は昭和25年末の生まれ、又三は30年生まれである（百田氏は31年生まれ）。この年になると、5歳の差は大した違いではない。そのため、本作に描かれた人々の暮らしぶりが、目に見えるようだ。特に又三の幼少期に描かれた、ベッタン、ビー玉、切手集めなどの子供の遊びや流行のシーンは、僕を懐かしさでいっぱいにした。

高校から大学にかけて、又三は学生運動にも関わる。大学時代、僕も学生運動に熱中したので、そこに描かれた胸中や人間関係は実によくわかる。しかし又三（つまり百田氏）は、左翼闘争にまったく共感を示さない。それなのに運動を主宰するサークルの女子学生を好きになり、サークルに入り浸る。そしてマルクスを始めとした難しい理論書を読み漁り、きちんと理解する一方で、運動に参加する学生たちの心情も冷めた眼でおそろしくよく捉《とら》えている。

現在百田氏は、言わずと知れた保守派の論客でもある。左から右、極端から極端へ大きな振り幅があり、どちらの思想も十分吸収しているため、百田氏には深みがある。その深みが、魅力の源泉なのだ。百田作品が、あれほど多くの読者を獲得できた秘密は、そこにある。

それにつけても又三は、何という熱い男だろう。北方領土近海での密漁にしても、タイでの女性奪還劇にしても、すべての行動が命がけで、「俺は俺だ」という独立独歩の精神と義侠心に満ちている。滾《たぎ》るような青春のエネルギーを燃やし尽くし、最後又三は大人の世界へ船出するのだ。

ところで本作では、何人もの女性との恋愛が描かれるのは、先ほど述べた通りだ。そのほぼすべてが、又三の失恋に終わる。とりわけ物語の終盤で、ようやく平凡な女性と結婚するものの、とんでもない結末が待っている。又三はどこまで行ってもドラマチックな人生なのだ。

百田氏の筆は、恋に破れた男を描く時、殊《こと》のほか冴える。『錨を上げよ』を恋愛小説として読んだ時、一番胸に迫るのは、失恋した又三の描写である。その場面を読むと、小説のリアリティを堪能する一方で、若い頃、実は百田氏が恋愛では百戦錬磨だったことが窺える。

以前僕は、静岡新聞に請われ、自分の青春時代の初恋を連載エッセイとして書いたことがある。それは中学時代からの片想いが、高校の卒業の時に成就する話だ。それを読んだ百田氏から、早速メールが送られてきた。

「見城さん、あんなのは面白くないよ。恋愛は失恋でないと、文学にならない」

僕は『錨を上げよ』を読みながら、失恋の場面になるたび、あのメールを思い浮かべた。

そして僕だけが百田文学の秘密を知っているような気がし、微笑を禁じえなかった。

——幻冬舎　代表取締役社長

この作品は二〇一〇年十一月講談社より刊行された
上下巻を文庫化にあたり四巻に分冊したものです。

錨《いかり》を上《あ》げよ〈一〉

出航篇《しゅっこうへん》

百田尚樹《ひゃくたなおき》

令和元年9月25日　初版発行

発行人――石原正康
編集人――高部真人
発行所――株式会社幻冬舎
〒151-0051東京都渋谷区千駄ヶ谷4-9-7
電話　03(5411)6222(営業)
　　　03(5411)6211(編集)
振替00120-8-767643
印刷・製本―中央精版印刷株式会社
装丁者――高橋雅之

幻冬舎文庫

ISBN978-4-344-42898-0　C0193　ひ-16-4

幻冬舎ホームページアドレス　https://www.gentosha.co.jp/
この本に関するご意見・ご感想をメールでお寄せいただく場合は、
comment@gentosha.co.jpまで。